Laurent Bénégui

Laurent Bénégui est romancier, scénariste et metteur en scène. Il a publié *Caramelle* (1989), *Au Petit Marguery* (1991), *Le Roman des Quarks* (1995), *La Paresse de Dieu* (1998, Grand Prix de littérature policière), *Je ne veux pas être là* (2006), *Le Jour où j'ai voté pour Chirac* (2007), *SMS* (2008), *Le Tournevis infiniment petit* (2009), *Mon pire ennemi est sous mon chapeau* (2012, prix Albert Bichot) et *J'ai sauvé la vie d'une star d'Hollywood* (2014), tous parus chez Julliard.
Laurent Bénégui est chevalier des Arts et des Lettres. L'adaptation cinématographique de *SMS* par Gabriel Julien-Laferrière, avec Guillaume de Tonquédec dans le rôle principal, est sortie sur les écrans en août 2014.

Retrouvez toute l'actualité de l'auteur sur :
www.laurent-benegui.fr

MON PIRE ENNEMI EST SOUS MON CHAPEAU

DU MÊME AUTEUR
CHEZ POCKET

SMS
MON PIRE ENNEMI EST SOUS MON CHAPEAU

LAUREN BÉNÉGUI

MON PIRE ENNEMI EST SOUS MON CHAPEAU

JULLIARD

ISBN 978-2-266-23880-9

1.

Les cardiologues ont plus d'humour qu'on le pense.

— Peu importe ce que vous êtes en train de faire, m'avait dit celui de l'hôpital Lariboisière en insérant la pile dans le compresseur. Où que vous soyez, lorsque l'appareil se met en route vous devez cesser tout mouvement et laisser tomber le bras gauche le long du corps, sinon la mesure ne peut pas être prise en compte…

Puis il avait ajouté :

— Évidemment, vous vivez normalement, vous ne changez rien à vos habitudes.

L'appareil, fixé à ma ceinture, était relié à un tuyau qui sinuait le long de mes côtes pour venir se ficher, après un détour par la nuque, dans un brassard pneumatique enroulé autour de mon bras. Programmé pour se déclencher tous les quarts d'heure, il émettait un vrombissement considérable, l'air comprimé gonflait le brassard et je me mettais à vibrer comme un batteur de fabrication soviétique. Figé sur place, le bras ballant, on aurait dit Robby le Robot attendant une pièce de rechange. À part ça, je pouvais toujours aller faire les courses ou sortir les poubelles comme si de rien n'était.

Peu décidé à obéir, j'avais jugé préférable de rester cloîtré dans l'appartement. Qui a envie de se mettre à bourdonner devant sa libraire ou son boucher ? S'affranchir de la recommandation médicale ne réclamait pas de compétence particulière, mais mentir à Juliette relevait d'une autre paire de manches. Je l'appelai donc, lui racontant que Génolab offrait un check-up de routine à tous ses employés ayant passé les quarante ans. On allait par conséquent évaluer ma tension artérielle en continu sur les prochaines vingt-quatre heures. Par chance, Juliette était vétérinaire. Si j'avais été un hamster ou un lapin, cela n'aurait pas fait un pli, elle aurait deviné que je la baratinais. Mais en matière de santé humaine, elle était moins affûtée. Aurais-je mieux fait de lui avouer d'emblée que mes artères avaient été flashées à 22 ? Faire grimper le niveau de mercure à cette hauteur équivaut à remonter les voies sur berge à deux cents kilomètres-heure. Peu de chances d'éviter l'accident.

À mon médecin traitant, j'avais plaidé que je traversais une période professionnelle critique, sans compter l'angoisse de celui qui lit les journaux, regarde la télévision et consulte Internet chaque jour. Il suffisait de mettre le nez à la fenêtre pour constater que l'hiver lui-même était en crise. Le toubib avait écouté la tirade, puis il avait tranché. Nous vivions tous dans ce monde déglingué, mais la plupart des individus restaient à 13-7. Et pourtant, comment mesurer l'effet produit par l'annonce de son licenciement ? On dit « sec ». On devrait dire « râpeux ». « Urticant ». « Vertigineux ». « Abyssal ».

— Le programme est reporté, professeur Minkowski.

— Reporté… jusqu'à quand ? avais-je naïvement répondu, six semaines plus tôt.

— *Sine die*, avait marmonné Talbot, le directeur de Génolab.

Comme s'il était moins douloureux pour un scientifique de se faire virer en latin.

— Toute l'équipe est limogée, vous avec.

Jusqu'à ce jour, j'étais un chercheur qui gagnait bien sa vie. Je pouvais sans hésiter mettre le prix pour une bonne bouteille ou improviser un séjour sur une plage du bout du monde, à condition de les partager avec cette femme de vingt ans ma cadette dont j'étais tombé éperdument amoureux. Toute la problématique venait non pas de notre différence d'âge, mais de l'idée que je me faisais du gap en question. Le véritable enjeu n'était pas d'être un compagnon parfait ni même un amant magnifique. Non, je m'étais mis en tête d'avoir l'air invulnérable. De façon à lui apporter ce que j'imaginais qu'une femme attend d'un homme plus âgé qu'elle. Ce qui supposait d'avoir l'air rassurant jusqu'en phase de sommeil profond. Dans ces conditions, pas question d'attraper ne fût-ce qu'un rhume de saison ou de paraître angoissé à l'idée de se garer sur une place livraisons. Alors, hypertendu et chômeur…

Aux alentours de midi, je préparais un sandwich thon-mayonnaise dont l'épaisseur aurait fait hurler mon cardiologue, lorsque le téléphone sonna.

— Bonjour, monsieur Minkowski, je suis l'assistante de M. Millard... Son attention a été retenue par votre candidature... il souhaiterait vous rencontrer à treize heures...

— Là ? Aujourd'hui ? répondis-je, catastrophé.

Cela tombait mal. N'importe quel jour de ma vie, oui. Mais pas celui-là, précisément. Pas avec cet attirail autour du corps.

— Il doit partir à Moscou pour deux semaines... il lui reste un petit créneau avant son départ. M. Millard pourrait vous recevoir à la place de son déjeuner.

— Ah bien, dans ce cas, c'est parfait, mentis-je.

— Alors à tout à l'heure, monsieur Minkowski...

— Bien sûr... Je me dépêche.

Je raccrochai, en espérant au moins qu'il ne soit pas en hypoglycémie. Décrocher un tel rendez-vous était inespéré. Paul Millard était un chasseur de têtes réputé en ingénierie génétique. À peu près le seul en Europe capable de slalomer entre les différents masters en biologie de l'hérédité. Il avait ses entrées dans tous les laboratoires et connaissait parfaitement le prix d'un chercheur. J'avais bien fait de rappeler mon existence à ses bons soins. Comme quoi un destin peut basculer pour un rien. Quand on pense que certains choisissent de traverser pile au moment où un chauffard ivre déboule au bout de la rue. Très peu pour moi.

Cinq minutes plus tard j'avais raflé dans la penderie mon costume le moins cintré et enfilé une chemise large par-dessus tout le bazar. J'enfournai l'escalier et mis pied dans le hall d'entrée en tentant de maîtriser le danseur de claquettes qui avait élu domicile dans ma poitrine. Si je pouvais retrouver du travail sans me rompre un vaisseau, ça m'arrangeait. Au moment où je poussais la lourde porte barreaudée qui séparait le hall en deux parties égales, le compresseur se mit à vibrer contre mon abdomen. Le tuyau se remplit d'air. La pression augmenta dans mon bras gauche et ma main fut parcourue de picotements. Circulation barrée, mon cœur rua violemment dans le creux de mon coude. Je m'arrêtai et laissai baller mon bras, aussi docile qu'un cheval de boucherie.

C'est alors qu'un livreur de chez Darty surgit derrière la deuxième porte, vitrée celle-ci, qui s'érigeait en ultime rempart contre les périls de la rue. Le gaillard l'ouvrit, en ahanant sous l'effort que représentait l'introduction d'une machine à laver engrossée de parements en polystyrène, dans un lieu où tout avait été calculé pour décourager l'accès. Son collègue, plus fluet, poussait le diable, la tête enfouie au milieu des épaules. Il releva les yeux, et m'aperçut, le bras le long du corps, figé comme un imbécile devant la lourde grille en train de se refermer.

— Monsieur ! Vous pouvez la retenir, s'il vous plaît ?

— Peux pas bouger..., sifflai-je, en prenant soin de remuer le moins possible les lèvres.

Il leva les yeux au ciel et se précipita en me frôlant, pour saisir le châssis métallique. L'entrée de l'immeuble résonna de l'écho de la lourde machine dont l'avant venait de heurter le carrelage.

— Putain, mais préviens quand tu lâches !

Heureusement que je n'avais pas le pied en dessous…, beugla le gros livreur.

— Excuse, Hervé, fit l'autre, en calant la grille avec un calepin, puis il bondit en arrière, m'évita avec l'agilité d'un poids coq, et retourna soutenir son collègue.

— C'est bon… plus de peur que de mal, répondit le dénommé Hervé, en dardant sur moi un œil crépusculaire.

Finalement, l'appareil émit un discret soupir et le garrot se relâcha. La mesure était terminée, le sang circulait de nouveau et j'agitai mes doigts pour chasser l'engourdissement. Entre-temps, Hervé et son collègue m'avaient contourné pour franchir la grille, me présentant ostensiblement leur dos, faisant mine d'éplucher leur bon de livraison.

Juste avant de sortir, j'eus le temps de les voir s'engouffrer dans la cabine de l'ascenseur.

À l'extérieur, le soleil d'hiver rasait le sommet des immeubles avant de plonger dans la rue. Ébloui, je m'arrêtai pour enfiler une paire de lunettes noires, au niveau de la camionnette aux couleurs de Darty, dont les deux pneus du côté droit mordaient sur le trottoir. Par solidarité citadine j'inspectai l'enfilement de la chaussée jusqu'au prochain carrefour : aucun agent de police en maraude, le carnet à contredanses coincé entre les menottes et le Taser. C'était toujours ça. N'aurait plus manqué qu'après avoir frôlé le lumbago, Hervé prenne une prune.

Ce faisant, j'aperçus à l'arrière du véhicule un emballage rectangulaire de belle taille, qui ne laissait aucun doute sur la nature de leur prochaine livraison :

un écran plasma Panasonic HD, un mètre quarante de diagonale. Autrement dit de quoi remplacer avantageusement notre télévision tombée en panne à la suite du déménagement. Personnellement, je ne la regardais quasiment pas, mais Juliette pouvait ingurgiter des séries américaines avec la même détermination qu'un boa boulotte une antilope.

Le hayon arrière était resté entrebâillé.

Je rebroussai chemin et jetai un regard discret dans le hall. L'ascenseur achevait de se hisser dans les hauteurs de l'immeuble. Le voyant lumineux s'immobilisa au quatrième étage. Chère Mme Renalin. Le temps qu'elle dresse l'inventaire de ses rhumatismes, Hervé et son collègue auraient loisir de lui installer un climatiseur et une hotte aspirante en plus de la machine.

Je ne sus alors si la perspective de rencontrer Paul Millard diffusait dans mes veines une audace inhabituelle, ou si mon besoin de satisfaire Juliette était tel que j'avais perdu la notion du bien et du mal, ou bien encore si la menace de la précarité me faisait perdre la boule, mais j'écartai le hayon, me penchai à l'intérieur de la camionnette, m'emparai du carton à bras-le-corps, et me redressai en serrant les fesses.

Trente secondes plus tard j'avais franchi dans l'autre sens la lourde grille métallique, soufflant comme une locomotive à charbon, cramoisi de congestion. Ce truc pesait le poids d'un bébé hippopotame. C'est tout le problème de la miniaturisation, ils arrivent à en mettre tellement en si peu de place. À l'arrivée c'est ultraplat, mais ultradense.

J'appelai l'ascenseur, proférant toutes sortes d'incantations mentales pour qu'il ne tombe pas en rade. Pas maintenant. Je n'y survivrais pas. Je ne me voyais pas porter le carton sur trois étages. Sans compter le risque qu'il m'échappe au beau milieu de l'escalier. C'est encore plus ballot de casser un téléviseur qu'on a volé. L'homme est ainsi fait qu'en cas de problème il désire avant tout pouvoir se plaindre. Dans le cas présent, je n'aurais pas trouvé grand monde pour me témoigner de la compassion : « Tu l'as volé, tu l'as cassé, c'est bien fait. »

Je tendis l'oreille en direction de la cage d'escalier, guettant le moindre claquement de porte, mais rien ne se produisit. Enfin le battant coulissa devant moi. Je pénétrai dans la cabine en poussant le lourd carton avec un luxe infini de précautions.

Arrivé au troisième étage, je glissai la tête sur le palier. Personne. Je bloquai la cabine en position ouverte, y abandonnai un instant mon butin et trottinai jusqu'à l'appartement. J'introduisis la clef dans la serrure. Tournai avec une délicatesse de cameriste, puis, après avoir vérifié que la voisine n'avait pas choisi ce moment pour aller chez le coiffeur, je me précipitai pour récupérer le carton. Débloquai l'ascenseur, le renvoyai au quatrième. Tirai l'écran jusqu'à l'intérieur. Refermai délicatement. M'appuyai au chambranle et collai mon œil au judas. Aucune unité de gendarmerie ne surgit, prête à en découdre. Mon cœur battait à tout rompre. Soumettant mes artères à rude épreuve. Je tentai de recouvrer mon calme en imaginant la panique de Juliette si elle me trouvait, raide mort, étendu à côté d'un écran plat d'origine inconnue. Après un coup pareil, plus question de regarder *Urgences* sans éclater en sanglots.

Un bruit sourd résonna au-dessus du salon. Hervé venait de lâcher sa clef à molette dans la cuisine de Mme Renalin. Je lui adressai un signe de connivence par plafond interposé et me hâtai de déballer l'écran. C'était vraiment un monstre, bardé d'autocollants vantant la technologie 3D active, la norme HDTV 1080p, le système Viera connect, le wifi intégré, son service de communication Skype, sans compter la fonction enregistreur numérique et l'adaptateur PCMCIA. J'en avais le tournis. Si j'avais dû me le procurer honnêtement, il aurait fallu un trimestre entier au vendeur pour me décrypter un tel charabia. Un engin pareil devait coûter le prix d'une voiture. Mais bon, pour le téléachat il vaut mieux une image de qualité, ça aide à choisir son épilateur à disques rotatifs.

J'avais tellement transpiré que je fus obligé de changer de chemise, puis je rédigeai à la hâte un mot dans lequel je rappelais à Juliette l'extrême intensité des sentiments que je nourrissais à son égard. Sans mettre l'accent sur leur complexité. Et inventais une histoire de prime de résultat au labo pour justifier un tel achat. Quelques minutes plus tard, je descendis l'escalier en essayant de dominer mon envie de jeter mes jambes en vrac. Au rez-de-chaussée, j'entendis la machinerie de l'ascenseur se déclencher. J'eus l'impression qu'on avait armé le percuteur d'une arme braquée sur mes omoplates. La flèche lumineuse indiquait le sens de la descente. Hervé et son collègue étaient en route. J'accélérai insensiblement. Composai le code de la grille. Et me faufilai en l'entrouvrant à peine, de manière qu'elle soit assurément claquée lorsque les livreurs allaient se pointer.

Dehors, le soleil brillait toujours avec force. Je filai devant la camionnette en baissant les yeux, inspirant d'amples bols d'air glacé à chaque pas. Chaque bouffée contribuait ainsi à refroidir l'intense émotion qui m'étreignait. La station de métro était située au prochain carrefour sur la droite. Encore quelques dizaines de mètres et je serais à l'abri.

Lorsque le compresseur se déclencha de nouveau.

Un quart d'heure venait de s'écouler. La main d'un policier saisissant mon bras ne m'aurait pas fait sursauter davantage. Je me figeai illico. La pression augmentait dans le brassard en achevant un tronçon de ma vie. Pas n'importe lequel, celui de mon entrée dans la délinquance. N'entendant aucune cavalcade dans mon dos, aucune stigmatisation hystérique, je pivotai avec lenteur en prenant garde de bien laisser pendre mon bras gauche.

Hervé et son collègue fluet étaient en train de se disputer autour de la camionnette, se renvoyant visiblement la responsabilité du vol à grands coups de moulinets des bras. L'un mimait la taille du carton tandis que l'autre lui agitait les clefs du véhicule sous le nez.

Puis ils finirent par grimper à bord. Le véhicule bondit et remonta la rue dans un hurlement de moteur, me croisant à quelques mètres à peine. J'entrevis le visage furax du petit livreur, avant qu'il ne tourne à droite et disparaisse.

Mesure terminée. Le brassard se dégonfla, relâchant dans les veines un torrent de sang qui m'étourdit quelques secondes. À moins que ce soit le soulagement. Je restai immobile, les yeux fixés sur l'azur glacé de décembre, en attendant que cesse le vertige. Ce fut un curieux moment, poivré d'enfance, comme lorsque après avoir chapardé un bonbon on balance entre l'euphorie de la transgression et la peur de la réprimande.

Je profitai du trajet en métro pour sortir le carnet où le cardiologue m'avait demandé de consigner tout événement pouvant expliquer un à-coup de tension. Vu mon état de nerfs j'avais intérêt à trouver une bonne excuse. Je notai : « Reçu vers midi un appel de ma mère, elle a un cancer des poumons. » Sauf à être un fils indigne, le médecin conviendrait qu'il ne fallait pas tenir compte des valeurs mesurées à la mi-journée. Fort heureusement, ma chère maman se portait comme un charme à soixante-dix-huit ans, même si depuis qu'elle avait pris sa retraite dans le Sud-Ouest, elle passait une heure chaque matin à inspecter ses grains de beauté. Alors il était préférable qu'elle ne tombe jamais sur ce carnet.

J'arrivai au troisième étage de l'immeuble cossu du quai de la Tournelle, où Paul Millard possédait des bureaux, et écrasai la sonnette, fermement, mais sans ostentation.

L'assistante vint m'ouvrir, étonnamment longiligne. Ou alors sa jupe était très courte. Elle me dépassait d'une bonne tête. Blonde aux yeux bleus, le teint frais et rose, les pommettes hautes. Millard avait dû la recruter sur le podium de Miss Lorraine.

— M. Millard va vous recevoir tout de suite… Je vous précède ?

Je lui emboîtai le pas, comme le caneton suit le premier objet en mouvement aperçu à la sortie de l'œuf, calculant que je disposais d'un crédit d'une bonne dizaine de minutes pour rejoindre Millard avant de bourdonner de nouveau. Face à lui, il serait simple de tout expliquer : « Voilà… dans quelques secondes, je vais émettre un bruit étrange et cesser totalement de bouger mais il ne faudra pas vous inquiéter, c'est tout à fait temporaire… »

Nous avions tous deux passé le mitan de notre vie et je comptais qu'il se sente concerné, voire solidaire. Lors de notre précédente entrevue, j'avais remarqué son teint cramoisi, son souffle court, et les boutonnières de sa chemise qui menaçaient d'exploser. Les facteurs de risque cardiovasculaire, ça rapproche. J'aurais parié qu'il était diabétique et que ses vaisseaux étaient tapissés d'athérome. Ainsi, à mesure que j'approchais de la porte capitonnée, je me persuadais que nous allions échanger spontanément et chaleureusement, comme deux amis qui se retrouvent après une longue période. Cinq ans environ. Depuis qu'il m'avait débauché du CNRS pour me faire entrer chez Génolab.

L'assistante ouvrit la porte et s'effaça, découvrant son patron, dont le nez patatoïde plongeait dans mon CV. Millard avait pris au moins vingt kilos depuis notre dernier rendez-vous. Ses yeux paraissaient rétrécis dans son visage infiltré de graisse, la bouche réduite à un trait d'union entre ses joues mafflues.

— Bonjour, monsieur Minkowski… pardon de

vous avoir appelé au débotté… asseyez-vous, je vous en prie… je n'ai que peu de temps…

Son cou plissé débordait du col de sa chemise et, à la manière dont chaque parole semblait le priver d'air, je me demandai s'il vivrait assez longtemps pour m'expliquer en quoi consistait le job.

— Oui… votre assistante m'a prévenu, répondis-je, en me retournant pour sourire à la jeune femme.

Mais elle avait déjà quitté la pièce, m'offrant à la place de son regard pétillant la perspective d'un capiton de cuir se refermant dans un courant d'air. Un soupir caverneux ramena mon attention sur Millard, qui me désignait un siège.

— Vous étiez chez Génolab depuis combien de temps déjà ? enchaîna-t-il en enfouissant ma lettre de candidature dans sa grosse pogne.

Il chercha la réponse dans la succession de signes stressés que j'avais jetés sur cette feuille en désespoir de cause.

Au lendemain de mon licenciement, je ne m'étais pas affolé. Le champ d'application de la génétique ne cessait de croître et de s'étendre à tous les compartiments de la société. Mais le tour des labos privés m'avait rapidement fait prendre conscience de l'hallucinante pénurie de postes. Dans l'Europe entière, les patrons serraient la vis. La récession était responsable de l'interruption de la plupart des programmes de recherches qui n'étaient pas rentables à court terme. Et tant pis pour les découvertes qui demandaient dix ans pour aboutir. On se préoccuperait de guérir le sida ou d'enrayer l'Alzheimer lorsque la crise serait passée. Ainsi, des start-up aux grands groupes de l'industrie pharmaceutique, on mettait chaque jour sur le carreau plus de chercheurs qu'il n'en aurait fallu pour occuper les vingt prochaines années du comité Nobel. Dans un deuxième temps je m'étais tourné vers la fonction publique, espérant renouer avec mon corps d'origine. La directrice de l'Inserm m'avait reçu avec un fatalisme narquois qui allait de pair avec son look triste, chignon, lunettes de métal. Par comparaison avec la splendide assistante de Paul Millard, on pouvait constater que le fossé entre le secteur privé et le service public ne cessait de croître.

— Professeur Minkowski, vous savez que l'ambiance est au non-remplacement des fonctionnaires… Il fallait y penser avant de quitter l'Administration et de tenter l'aventure du privé. Vous faites partie d'une espèce rare : ceux qui ont décidé d'eux-mêmes de s'exclure du système. Évidemment, rien ne vous interdit de tout reprendre à zéro et de repasser les concours de la Faculté…

En dernier ressort, j'avais poireauté trois heures aux Assedic, dans une ambiance de fin du monde. Il y avait eu une prise d'otage récemment. Cela en disait beaucoup sur la détresse agglutinée dans ces locaux. Personne n'était dupe. Il y avait à peu près autant de chances de trouver un job intéressant en venant au Pôle emploi que de trouver une perle dans une moule.

Voilà pourquoi je m'étais décidé à contacter Millard, tout en doutant que cela débouche sur un résultat. D'ordinaire, c'est le chasseur qui recrute, pas la tête qui roule des yeux pour qu'on la remarque. Mais comme il m'avait convaincu autrefois de quitter le public, j'avais espéré qu'il se sente sinon responsable, du moins motivé par ma situation actuelle. Visiblement, j'avais vu juste. Il gardait de moi un souvenir suffisamment vif et positif pour m'avoir convoqué dès réception du courrier.

— Cinq ans… J'étais chez Génolab depuis cinq ans, répondis-je. C'est vous qui m'aviez persuadé d'aller dans le privé… Pourtant ce n'était pas ma tasse de thé, ajoutai-je, en souriant.

Millard me fixa comme si je m'étais exprimé dans une langue disparue. Ses yeux formèrent deux points noirs au-dessus de ses pommettes.

— Vous êtes certain que c'était moi ? grommela-t-il. J'ai pas mal de confrères…

— Si, bien sûr, l'interrompis-je. Vous m'aviez d'abord contacté pour un poste chez Pfizer, et puis il y a eu cette opportunité chez Génolab… Je venais de réussir le concours de directeur de recherches.

— Oui, je vois sur votre CV « DR deuxième classe »… Je suis désolé, je ne m'en souviens pas du tout.

J'étais déçu, mais je positivai. Dans ce cas, mon profil l'avait convaincu pour la deuxième fois.

— Et pourquoi quittez-vous Génolab ? demanda-t-il.

Inutile de mentir, Millard jouait au golf avec les patrons de tous les labos.

— Ce n'est pas moi qui les quitte… ils m'ont viré… Enfin, ils ont suspendu le programme… la crise… les actionnaires, ajoutai-je en écartant les bras comme si la fatalité du libéralisme économique était une évidence.

— Et quel était votre sujet ?

— Inhibition des gènes codant pour les protéines tyrosine kinase et phosphatase… L'idée est d'apporter sur un tissu lésé des cellules en voie de différenciation capables de le régénérer en quelques heures… On étudiait particulièrement les cellules osseuses… les premières projections permettaient d'espérer consolider une fracture de la jambe en moins d'une semaine…

— Avec une mise en commercialisation à quelle échéance ?

— C'était bien là le souci… Mais on aurait fini par régler les questions génétiques avant les juridiques…

Millard hocha la tête. Le Conseil d'État avait autorisé la recherche sur des cellules souches embryonnaires humaines, mais les lois sur la bioéthique en limitaient considérablement les applications. De nombreuses innovations thérapeutiques risquaient ainsi de rester à l'état de prototype.

— Est-ce qu'on peut considérer que guérir de sa fracture au petit doigt en quelques jours est un progrès médical majeur ? ironisa-t-il.

— Peut-être pas, mais ce que l'on réussit avec l'os peut s'appliquer au muscle… Imaginez qu'une injection permette de reconstituer du tissu myocardique en quelques heures, on sauverait quatre-vingt-dix pour cent des infarctus…

Millard réfléchit longuement et hocha la tête, apparemment convaincu.

— Bien… vous pouvez dire que votre lettre est arrivée à pic… J'ai reçu une demande ce matin, et je n'ai pas le temps de chercher dans toute la France… Je crois que c'est dans vos cordes.

Je me calai dans le fauteuil. Visiblement notre conversation l'avait rassuré, si besoin était.

— C'est un contrat pour Sanofi…, commença-t-il.

Je connaissais bien Sanofi-Aventis, premier groupe pharmaceutique européen, cinquième groupe mondial, trente-trois milliards de chiffre d'affaires annuel. Les actionnaires de boîtes comme Génolab se levaient chaque matin en priant qu'un tel mastodonte signe un partenariat de développement avec eux. En général, cela s'accompagnait du triplement du cours en Bourse de la start-up et les types avaient gagné leur journée.

— Le risque génétique, vous en avez entendu parler ?

J'écartai les mains pour signifier que cela voulait tout dire ou rien. Le risque nucléaire était déterminé. Le risque de manger une huître pas fraîche, également. Mais le risque génétique ? Avoir les yeux bleus ? Des doigts de pied palmés ?

— C'est depuis tout ce barouf sur les OGM, reprit-il. Ça nous vient tout droit des États-Unis et on peut remercier les groupes de pression écologistes… En gros la FDA veut être certaine que chaque médicament est inerte du point de vue génétique… comme on veut être sûr en consommant des haricots verts en boîte qu'il ne va pas nous pousser un troisième bras…

— Même ceux qui n'ont rien à voir avec les thérapies géniques ?

— Particulièrement ceux-là… l'aspirine, le sirop pour la toux… les pastilles contre le mal de gorge…

— C'est ridicule…

— Bien sûr… mais c'est un décret de la FDA… Du coup les labos doivent ajouter une mention à la notice de toutes les molécules exploitées sur le territoire américain, du genre « absence de risque génétique », mais en adaptant la formule au type de médoc… J'imagine que cela prendra place quelque part entre les effets indésirables et les précautions d'emploi… Bon, pour Sanofi, cela représente près de huit cents notices à relire et à réécrire, si on compte les différentes formes galéniques…

— Mais c'est absurde, m'exclamai-je, c'est du secrétariat, pas de la recherche…

— Ils veulent recruter un généticien, ça leur donne une caution pour l'agrément…

En voyant la déception envahir mon visage, il consulta sa montre.

— Écoutez, c'est une mission courte, le travail doit être rendu avant la fin du semestre, c'est payé dix euros par notice… on ne va pas passer trois heures à se décider…

— Mais je suis un scientifique…

— Pour l'instant vous êtes un chômeur, dans un secteur qui débauche et qui réduit ses budgets… et vous avez quarante-deux ans…

— Ce qui veut dire ?

— Aujourd'hui on recrute des postdocs à vingt-six ans…

— Mais il y a cinq ans, quand vous m'avez débauché…

— Il y a cinq ans, c'était il y a un siècle…

J'allais lui dire que j'avais plus d'expérience que dix thésards réunis, lorsque le compresseur se déclencha.

— Une minute…, marmonnai-je, en me tassant sur mon siège.

Millard inclina la tête sur le côté, à la manière d'un

chat qui se demande si le couinement qu'il vient de repérer est bien celui d'une souris.

— Un petit problème de tension…, ajoutai-je, en laissant tomber mon bras gauche hors du siège.

Il hocha la tête et fronça les sourcils.

— MAPA ? demanda-t-il.

Mais bien sûr ! Il connaissait la « mesure ambulatoire de la pression artérielle ». Après les pontes en génétique, les cardiologues venaient sûrement en deuxième dans son répertoire téléphonique. C'est pour cette raison qu'il avait eu l'air intéressé lorsque j'avais évoqué la réparation du muscle cardiaque. Il s'y voyait déjà. Un type comme lui, dont la surcharge pondérale était telle qu'il devait payer deux ou trois places en avion, avait forcément fait le tour des explorations en la matière : échographie cardiaque, électrocardiogramme d'effort, fond d'œil, doppler artériel, capillaroscopie et… MAPA !

J'opinai du bonnet avec enthousiasme. On allait finalement s'entendre. J'avais péché par orgueil. Certes, je n'avais pas fait neuf années d'études après le bac pour qu'on me propose de relire des notices, mais j'allais accepter. C'était le plus sûr moyen de ne pas décrocher du monde du travail. Me revinrent l'image de cette télévision qui trônait maintenant au milieu de notre salon, et la manière dont j'avais si rapidement basculé hors la loi. Finalement, on n'est jamais loin de perdre dangereusement le contact. Et puis ce job pour Sanofi constituait la meilleure entrée en matière pour de futures collaborations. Millard l'avait dit lui-même, la mission ne serait pas longue. Il n'allait pas s'écouler cinq années avant notre prochain entretien. Cette fois, il se souviendrait de moi au premier poste valable. Dès son voyage à Moscou, qui sait ? Les scientifiques russes ont toujours été parmi les meilleurs. À une époque, il suffisait de débarquer avec une valise en carton et d'avoir un nom en « ov » pour que les laboratoires occidentaux vous confient leurs meilleures équipes. Aujourd'hui on parlait beaucoup de leur nouvelle école de génétique et, si Millard se rendait là-bas, ce n'était certainement pas pour améliorer son casatchok. Coûte que coûte, je décidai de rester dans ses petits papiers. En attendant que la mesure s'achève je levai le pouce droit vers le haut, dans ce geste universellement répandu dans la communauté des plongeurs sous-marins qui signifie que tout est OK.

Visiblement, Millard ne s'était pas souvent essayé à la plongée, car il referma mon dossier avec un soupir résigné et prit appui sur ses bras pour se désincarcérer d'entre les accoudoirs.

— Ne vous dérangez pas, finissez tranquillement. Je dois y aller, haleta-t-il en raflant son BlackBerry. Vous avez raison, vous êtes trop qualifié pour ce boulot, je vous comprends.

J'allais protester mais il se propulsa jusqu'à la porte avec une agilité surprenante pour sa masse.

— Je vous rappellerai si j'ai quelque chose de plus intéressant… maintenant excusez-moi, j'ai un avion…

La valve du compresseur s'ouvrit, le brassard se dégonfla. Je tendis le bras.

— C'est à cause de ça ? demandai-je.

La porte se referma.

— C'est mon âge ?

Mais il n'entendait plus. Il avait disparu. Je restai

assis, sonné, une minute ou deux. L'esprit à peu près aussi ordonné que Stalingrad après la bataille.

Soudain la porte s'ouvrit. Miss Super Mollet passa doucement la tête, affublée du sourire qu'elle réservait ordinairement aux grands invalides :

— Si vous avez fini, je peux vous accompagner jusqu'à la sortie…

2.

Toutes les histoires commencent à un moment où aucun des protagonistes n'a conscience d'y jouer un rôle. Celle-ci ne fait pas exception, puisque les événements qui vont être relatés maintenant se déroulèrent cinq ans avant que Laurent Minkowski, en s'emparant d'un écran plat qui ne lui appartenait pas, se mette dans une situation dont les conséquences allaient rapidement le dépasser. À cette époque, il ne connaissait pas Juliette, qui venait d'entrer à l'École nationale vétérinaire de Maisons-Alfort. Mais surtout, son destin n'avait pas encore été attiré dans l'orbite funeste d'Hassan Cherkaoui.

Ce dernier, le visage barré d'une paire de lunettes de soleil, était assis dans un fauteuil éventré au milieu d'une chambre délabrée du quartier de la Goutte-d'Or. Un revolver en polymère, de marque Glock, posé sur l'accoudoir. Un détonateur à portée de main, relié à un pack de grenades camouflé dans le rembourrage du dossier. Il regardait *Questions pour un champion* sur un vieux poste cathodique, et malgré les verres fumés, la luminosité du poste transperçait ses pupilles dépigmentées, lui causant une douleur cuisante. Certains jours, cela le blessait davantage. Hassan se connaissait suffisamment pour savoir qu'il valait mieux ne pas insister, mais le jeu télévisé apportait une rare distraction à son existence clandestine. Depuis des années, Julien Lepers, le Monsieur Loyal de l'émission, lui prodiguait une forme de savoir. Bien plus que n'avait eu l'occasion de le faire son propre père, ou par la suite les familles d'accueil et les personnels des centres de redressement.

— J'ai vécu au Iᵉʳ siècle après Jésus-Christ et on me prête de nombreuses inventions dont celle du piano, débitait l'animateur du ton monocorde dont il avait fait sa marque de fabrique. De ma vie on sait peu de choses, si ce n'est que j'étais originaire d'Alexandrie…

Les deux finalistes de l'émission suivaient avec attention l'implacable égrainement d'informations. Debout, le buste tendu, les mains couvant le champignon du buzzer. Prêts à déclencher au premier nom qui affleurerait :

— Ingénieur et mathématicien grec, je suis l'auteur d'une formule qui permet de calculer l'aire d'un triangle en connaissant la longueur de ses côtés. Je suis…

Le présentateur laissa la phrase en suspens, le bras replié contre l'épaule, la petite fiche orange pincée du bout des doigts flottant dans l'air bleuté du studio. Son regard glissa rapidement d'un candidat à l'autre, seul mouvement dans cette parenthèse ouverte dans l'écoulement du temps. Le visage en gros plan de Julien Lepers se superposa sur l'écran au reflet attentif d'Hassan. Face à l'animateur dont la peau maquillée luisait en fin d'émission, l'homme né aux confins du désert sud-marocain paraissait presque rose, comme si on devinait le sang circulant sous la face. Ses lèvres fines dessinaient un bourrelet pâle sous le nez aquilin. Ses sourcils étaient presque invisibles, ses cheveux ras posés comme une étoupe blanche sur son crâne. L'absence de pigment estompait le dessin délicat de ses pommettes. Le visage d'Hassan Cherkaoui était un masque blême et sans relief, à la surface duquel les lunettes noires plaquaient les orifices de deux puits sans fond.

Tout dans son allure, jusqu'à son immobilité absolue, révélait qu'il était un fauve et n'appartenait pas à la communauté.

Hassan émit un grognement agacé. Il avait le nom sur le bout de la langue. L'inventeur du piano. Un Grec, qui écrivait en arabe. À l'époque où l'Égypte était romaine. La sale habitude de coloniser l'Afrique avait démarré bien avant l'ère moderne. Comme si les Occidentaux avaient de tout temps voulu prendre leur revanche sur les hommes qui avaient foulé le sol d'Europe en premier. Hassan l'avait lu, une dizaine d'années auparavant, dans l'atlas historique de l'Afrique, déniché sur un rayonnage de la bibliothèque, à la prison centrale de Clairvaux. Grâce à cet ouvrage il s'était hissé hors de l'analphabétisme, et avait forcé l'admiration de ceux qui l'avaient côtoyé à l'époque, détenus comme surveillants. Tous avaient reconnu une intelligence et une capacité d'anticipation hors du commun, lui prédisant un destin tranché après la levée d'écrou. Soit une réhabilitation exceptionnelle et une insertion brillante dans la société, soit un comportement criminel et une carrière fulgurante parmi les malfaiteurs.

Hassan avait fini par purger moins de la moitié de la peine à laquelle il avait été condamné. Le jeune détenu, outre son comportement irréprochable, avait donné son sang à plusieurs reprises. Chaque poche avait contribué à faire pencher la balance en sa faveur lorsque le juge d'application des peines avait été saisi d'une demande de libération anticipée. Sitôt celle-ci obtenue, Hassan avait disparu de la circulation, si bien que tous ceux qui lui avaient porté de l'intérêt étaient restés dans l'ignorance de son inclination naturelle.

Jusqu'à ce qu'il soit formellement identifié comme l'une des figures émergentes les plus radicales du grand banditisme. Désormais connu sous son seul surnom : l'Albinos.

À présent, Hassan était âgé de vingt-neuf ans. Son cache-cache avec les forces de l'ordre durait depuis près d'une décennie. Les échecs répétés à l'interpeller avaient participé à forger sa légende, alimentant les interprétations les plus fantaisistes. Celles de la police. Celles des journalistes. Il n'en avait cure. Et lorsqu'une de ses taupes lui apprenait que son nom était cité dans une enquête à propos d'un meurtre qu'il n'avait pas commis, il laissait dire. Ce qui profite à la réputation aide à garder la main sur un business toujours plus disputé. Ses crimes étaient les siens. Il n'avait jamais oublié le visage d'une victime.

Il avait fait sienne cette phrase, piochée au chevet d'un rival à qui il venait de loger une balle dans le front : « Quand il ne restera plus sur terre face à face que deux hommes – un fou et un sain d'esprit –, qui les départagera ? » Pour Hassan, la chose était entendue. Les fous l'emportaient sur les sains d'esprit et son rôle dans la mécanique du monde ne consistait pas à corriger le tir. Il en voulait pour preuve l'obstination farfelue de ce docteur Kirchner, médecin de la police scientifique qui s'était répandu dans la presse, imprécateur flamboyant prétendant que l'albinisme n'était que la partie visible d'un iceberg de mutations effroyables. Après avoir déniché une poche de sang dans le congélateur de l'infirmerie de la prison centrale, il s'était mis en tête d'étudier l'ADN d'Hassan Cherkaoui. Kirchner avait ressorti des travaux des années 1960 sur ce qu'on appelait le « chromosome du crime », un chromosome X surnuméraire identifié à plusieurs reprises sur des délinquants multirécidivistes. Il avait remis au goût du jour ces recherches en s'inspirant d'études américaines dans lesquelles des populations de jumeaux dont l'un avait enfreint la loi et l'autre pas avaient vu leur génome jeté en pâture à la communauté scientifique. Cela avait permis de financer les travaux d'une commission dont il avait pris la présidence, et qui, après plusieurs mois, avait fini par reconnaître que rien dans l'ADN d'Hassan Cherkaoui ne permettait, dans l'état actuel des connaissances, d'expliquer qu'on se débarrasse d'un concurrent en le jetant dans la Seine, ou qu'on force sa voisine à se prostituer.

Si un crime peut s'expliquer, ce n'est pas avec les moyens de la science, mais en examinant les règles édictées par les hommes. Et celles-ci fluctuent avec les époques et les lieux, les modes et les politiques. Qui peut affirmer de manière pérenne que la condamnation à mort du détenu texan est plus légitime que celle de la balance dont on abandonne le cadavre aux cochons ?

De tout temps, Hassan avait vu les Occidentaux confisquer la morale. Lui, plus blanc que les Blancs, si pâle qu'il souhaitait parfois se déchirer la peau. Tenant une forme de revanche à chaque nouvelle fille de l'Est qu'il mettait sur le trottoir. Elles et leur épiderme d'albâtre, vendues à des bras noirs ou bruns pour son profit.

Tandis qu'Hassan touillait de si sombres pensées, le chronomètre de l'émission acheva sa course et un jingle résonna. Les deux candidats avaient séché. Aucun ne connaissait l'inventeur du piano. Julien Lepers prit l'air de celui qui passe ses week-ends à en assembler dans son salon, et tapota du bout du doigt sur sa petite fiche. Il s'apprêtait à donner la réponse lorsque le courant sauta. L'écran s'éteignit dans un froissement d'électricité statique et la porte de la chambrette vola en éclats.

Hassan reconnut l'odeur de la cordite. Il n'eut pas le temps de saisir son automatique. Deux membres du RAID, cagoulés, engoncés dans des plaques de Kevlar, l'avaient saisi aux aisselles et le plaquèrent sur le sol. En quelques secondes le petit appartement fut investi, résonnant de communications radiophoniques. Une dizaine de policiers mirent au jour la cloison percée dans la chambre à coucher. L'ouverture permettait de communiquer avec l'appartement voisin, lui-même éventré au niveau du plafond et relié par une échelle à l'étage du dessus. Ainsi, de trou en trou, de passage en passage, la totalité des appartements de cet immeuble promis à la démolition formait un réseau inextricable de caches d'armes et d'issues de secours.

Hassan Cherkaoui avait trop d'expérience pour s'opposer. Tirer dans le tas si on a une chance de s'enfuir, oui. Mais une fois menotté et sans soutien logistique, il faut se tenir à carreau. Pendant qu'on le fouillait, il se demanda comment les flics avaient réussi à le loger, passant en revue la liste de celles ou ceux qui avaient pu le trahir.

Sous l'effet de cette réflexion, un nom s'imposa à son esprit. Les rouages de la pensée sont tels et leurs modes d'activation parfois si capricieux qu'en définitive la mise en route d'un processus mental en avait suscité un second, exhumant de sa mémoire la réponse attendue par Julien Lepers :

— Héron… Héron d'Alexandrie, marmonna-t-il, sur le seuil de l'appartement, alors que deux membres de l'unité d'élite l'entraînaient vers l'extérieur.

Ces derniers haussèrent les épaules. Ils ne connaissaient pas l'acolyte en question. Un Égyptien visiblement. Le caïd pouvait balancer les noms qu'il voulait, la collecte d'informations sur ses complices n'entrait pas dans leur champ d'attribution. Le juge d'instruction recueillerait les confidences du prévenu. Leur mission se cantonnait à interpeller le suspect, puis à le conduire en lieu sûr.

En le poussant dans le couloir, ils rabattirent la capuche du sweat sur son visage. Redoutant les appuis et les complicités du truand, ils préféraient qu'on ne l'identifie pas lors du transfert. Ce dont il leur rendit grâce. Le port d'une capuche n'était pas tant l'expression de sa coquetterie ou un signe de reconnaissance vestimentaire qu'une protection contre la lumière du jour. Car juste après une balle tirée dans la nuque, il n'y avait rien d'autre que Cherkaoui redoutait autant que les ravages du soleil.

Peine perdue pour l'anonymat. La nouvelle de l'arrestation d'Hassan s'était déjà répandue dans le quartier. Les habitants de la rue Myrha et des alentours gagnèrent les trottoirs, se dirigeant en une procession d'abord silencieuse, puis animée en direction de l'immeuble aux entrées murées. Les flics, alertés par le brouhaha, passèrent prudemment la tête à la fenêtre pour réaliser que, trois étages plus bas, la foule bigarrée les acclamait. Européens, Africains ou Maghrébins, en jean, en costume ou en boubou, tous étaient ravis d'être débarrassés d'une des pires ordures que la nature humaine ait engendrées. Cherkaoui et son organisation faisaient régner depuis plusieurs semaines une terreur digne des siècles obscurs. L'immersion récente d'un gamin du quartier dans un bain d'acide avait frappé les imaginations et fait basculer une population qui, traditionnellement, n'était pas au mieux avec les forces de l'ordre. Des deux côtés, on s'accordait à dire qu'on ne résout pas ses différends professionnels en dissolvant les enfants de ses collaborateurs.

En montant à bord du fourgon blindé, Hassan aperçut les membres du RAID qui paradaient au petit balcon de l'appartement. Ils avaient déposé leurs armes de combat et, toujours encagoulés, tournoyaient, levaient les bras au ciel et signaient du V de la victoire. Les youyous mêlés aux applaudissements gagnèrent jusqu'au métro aérien et au sud en direction du centre de Paris, accompagnant Hassan tout au long de son trajet en direction de la préfecture de police.

On se serait cru un lendemain de qualification en Coupe du monde.

Dans l'heure qui suivit, le préfet de police organisa une conférence de presse. Les journalistes ne le harcelèrent pas sur les taux d'élucidation, pas plus qu'ils ne fouinèrent du côté des récentes bavures ou de la prolifération des flics ripoux. Le moment était suffisamment rare pour que le représentant de l'État en savoure chaque seconde.

— Le problème était de le localiser avec précision à l'intérieur de l'immeuble, commenta-t-il avec enthousiasme, les forces du RAID avaient neutralisé les gardes postés aux entrées, mais nous savions que nous devions l'interpeller sans coup férir... Comme vous le savez, l'Albinos avait promis un bain de sang...

— Vous l'aviez mis sur écoute ? demanda un éditorialiste.

— Non... mais lorsque nous avons obtenu l'information sur le lieu où l'individu était caché, nous avons décidé d'agir sans délai...

— Comment l'avez-vous localisé alors ? demanda une journaliste, dûment accréditée, qui n'était autre qu'une informatrice rémunérée par Hassan Cherkaoui. L'organisation de l'Albinos offrait dix mille euros pour tout renseignement conduisant à l'identification de ceux qui l'avaient trahi. C'était bien plus qu'elle ne gagnerait jamais en noircissant des feuillets sur l'affaire.

— Vous comprendrez que je ne peux pas répondre à cette question, il en va de la sécurité de ces personnes.

— Parce qu'ils sont plusieurs ?

— Question suivante, s'il vous plaît.

— Monsieur le préfet, vous pouvez quand même nous dire s'il s'agit de certains de ses collaborateurs, insista un chroniqueur vedette de la première chaîne.

— Certaines… si l'on peut dire, concéda le préfet, de guerre lasse.

— Et comment vous l'avez localisé, alors ? relança l'informatrice, qui se dit qu'elle allait empocher sa prime grâce à l'obstination de son collègue de la télé.

Le scénario prenait forme. Hassan était accusé d'avoir dirigé un trafic international de femmes et contraint une trentaine de jeunes filles d'Europe de l'Est à la prostitution. Le proxénète devait probablement à certaines de ses anciennes gagneuses, évincées par l'arrivée de fraîcheurs slaves, d'avoir balancé sa planque. Sur les meurtres, il n'y avait rien, pas de témoin, aucune preuve. Mais avec les filles, il pouvait tomber.

— Il a allumé la télé, triompha le préfet.

La révélation étendit une chape de silence sur la conférence de presse. Qu'un objet aussi banal provoque la capture du truand entraîna de nombreux dodelinements de têtes. Leurs colonnes avaient tant bruissé des lugubres exploits de Cherkaoui qu'ils étaient déçus.

— Nous avions posté des observateurs dans l'immeuble en face, continua le préfet. Quand ils ont repéré, peu avant vingt heures, des reflets bleutés dans l'un des appartements censés être inhabités, nous avons donné ordre de procéder à l'assaut.

Cette précision fit l'effet d'un cyclone. Les bras faseyèrent au-dessus des têtes. Certains se levèrent, micros aux cimes pour tenter de capturer une bribe de réponse dans le tourbillon glapissant, d'où il ressortit que leur véritable préoccupation était la nature du programme regardé par Hassan Cherkaoui. Le préfet s'inclina, embarrassé, en direction du commissaire divisionnaire, qui interrogea du regard le capitaine responsable des opérations actives, lequel expliqua que, dans ce type d'intervention, on coupait l'alimentation électrique au moment de l'assaut.

— Pour augmenter l'effet de surprise et procurer un avantage à nos troupes, équipées de systèmes de visée infrarouge…

Ce qui n'empêcha pas le lendemain la plupart des rédacteurs de commenter la dernière soirée télé de Cherkaoui, comme s'ils avaient été assis à ses côtés, la main dans le bol de cacahuètes grillées. Les journalistes avaient étudié les programmes en extrapolant les centres d'intérêt du caïd. Mais il n'y en eut pas un pour penser à l'inventeur du piano.

Il ne fut pas nécessaire de prévenir officiellement maître Jean-Noël Baptisti de l'arrestation de son client. Un bandit de l'envergure de Cherkaoui collaborait avec un cabinet d'avocats à la manière d'un fleuron du CAC 40. C'est qu'il fallait monter les sociétés écrans, procéder aux acquisitions des studios pour les filles, établir un diagnostic amiante, plomb, termites, même lorsqu'il s'agissait de faire tapiner des Bulgares vingt-quatre heures sur vingt-quatre, sans parler de l'approvisionnement en armes, du blanchiment des bénéfices, du règlement des salaires et de la supervision des frais de fonctionnement. Comme dans toute holding dont l'activité s'exerce sur plusieurs fuseaux horaires, un membre du service juridique veillait à toute heure du jour ou de la nuit. Si bien que le téléphone de Baptisti avait sonné avant que les policiers aient notifié à Cherkaoui sa garde à vue. Dix minutes plus tard, le contenu des coffres avait été transféré, puis trois lieutenants dépêchés aux divers coins de l'empire dirigé par l'Albinos, dans le but de rassurer les affidés, mais aussi pour endiguer toute velléité de rébellion.

Dès que l'avocat en eut terminé avec ces mesures d'urgence, maintes fois envisagées dans le cadre de la procédure élaborée avec Hassan, il s'attaqua au casting. Les instructions de l'Albinos avaient été formelles. Si un jour cela tournait mal, son défenseur aurait à se focaliser sur la distribution du bon rôle.

Aussi, ce soir-là, quand Jean-Noël Baptisti s'assit en face de lui dans la pièce réservée aux entretiens avec les avocats, son premier geste consista à sortir de sa sacoche l'enveloppe qui contenait les photos sélectionnées.

— Comment allez-vous, Hassan ? demanda-t-il en l'ouvrant et en lui présentant un premier cliché.

— Bien, merci…, répondit l'Albinos, en faisant la moue, après un rapide examen du visage de la première fille.

— Nous sommes bien tristes, mais nous allons tout faire pour vous sortir dc là, affirma l'avocat, en passant à la photo suivante.

— J'ai un peu soif, vous savez…

Cette fois, Hassan approuva le choix. Et, il examina ainsi une dizaine de photos en continuant à tenir des propos anodins, de manière à ne pas alerter le planton resté posté derrière la porte.

Des trois photographies retenues, la troisième parut à l'Albinos la plus appropriée. Il la contempla longuement et confirma par signe à l'avocat qu'elle avait sa préférence. D'ici trois ou quatre ans, ce cliché allait ouvrir la porte de sa cellule. Il savait pertinemment que cette fois quelques poches de sang n'y suffiraient pas. Hassan avait appris à être patient, lorsqu'il gardait les troupeaux de chèvres de son père. Dans le désert, les nuits glaciales effaçaient les chaleurs torrides du jour, au point parfois de les faire regretter. Bien des années après, dans les prisons françaises, il avait découvert, à l'occasion de sa première incarcération, que chaque nuit ressemblait à chaque jour, et paraissait multiplier par deux la durée de la peine. Il attendrait. Le temps nécessaire. Son plan d'évasion était imparable.

3.

J'étais rentré du cabinet de Paul Millard en trois déclenchements de MAPA, avec un projet bien précis : me réfugier au fond de mon lit jusqu'à la fin du monde.

Où me retrouva Juliette, à son retour de la clinique. Il était vingt heures trente lorsque l'appartement résonna de sa voix, naturellement éraillée et vacillante, qu'une émotion pouvait souffler comme la flamme d'une bougie.

— Oh ! là, là ! l'écran, il est énorme ! Laurent, ça coûte une fortune ! Mais t'es malade !

Elle ne savait pas à quel point elle était en deçà de la vérité.

Puis elle entra dans la chambre et me découvrit ratatiné, en tee-shirt, sous la couette :

— Qu'est-ce qui t'arrive ? Ça ne va pas ?

— Si, si, si. Je t'attendais… je rêvassais…

— Oh, c'est le truc de ton check-up ? fit-elle en apercevant le brassard enroulé autour de mon bras gauche. Fais voir…

Elle se lança à genoux sur le lit et atterrit près de mon bras en découvrant la couette d'un geste rapide.

— Mais c'est *Star Trek...*

— Plutôt *Les Temps modernes...*, maugréai-je.

Juliette suivit le parcours du tuyau jusqu'à l'épaule puis dériva pour caresser doucement mon torse.

— Elle est vraiment géniale, la télé, merci…

— J'ai pensé que ça te ferait plaisir… Il y a une fonction *mute* avec sous-titrage automatique ; comme ça tu pourras répondre à Rébecca sans perdre le fil de *Desperate Housewives*…

Sa main effleura doucement mon nombril.

— Je ne me trouve pas si désespérée, chuchota-t-elle, en approchant ses lèvres.

Depuis le premier jour, j'éprouvais un désir fou pour cette jeune femme rousse aux yeux gris, à la peau tavelée d'éphélides. Il suffisait qu'elle approche pour m'électriser. Quelle que soit l'origine chimique ou magnétique de cette réaction, quelque part au cœur de mes cellules, un gène codait en sa faveur. Si cela ravissait le chercheur en moi, cela consternait l'amoureux. Jamais je ne chercherais à isoler le gène du rapprochement voluptueux. Pas question de faire le jeu de ceux qui tentaient d'inclure les comportements humains dans un code-barres.

— Écoute, il ne vaut mieux pas, Juliette, fis-je, en sentant son souffle tiède contre mon visage.

— Mais j'ai envie que tu me prennes…

La facilité avec laquelle elle identifiait ses désirs et les traduisait de manière simple et directe lui permettait d'avancer dans la vie avec la puissance d'un brise-glace.

— C'est la nouvelle télé qui te met dans un état pareil ? tentai-je de faire diversion.

— Essaie de m'offrir un fer à repasser et tu verras bien…

Je répondis à son baiser en souriant, sentant qu'elle déboutonnait son chemisier, puis se contorsionnait, bras en arrière, pour s'en débarrasser.

— Moi aussi j'ai envie…, fis-je, sans affranchir mes lèvres des siennes.

À son contact, j'avais progressé. Encore un siècle ou deux et je parviendrais à lui dire que je l'aimais, que j'avais terriblement besoin de sa présence et que chaque battement de mon cœur, pourtant harassé par la tension, lui était destiné.

— Seulement, ça me gêne, à cause de l'appareil, il enregistre tout…

Autant essayer de retenir une panthère avec une ficelle à rôti. Juliette dégrafa son soutien-gorge. J'étais cuit.

— Ils vont s'en rendre compte, plaidai-je pour la forme. Ça va se voir…

— Débranche-le, ou enlève la pile, fit-elle d'une voix réduite par le désir à quelques grains de poussière d'or.

— Non, ça va tout fausser…

— Et alors ? Ils ne vont pas te mettre à l'amende, conclut-elle, en se tortillant pour se débarrasser de son jean et de sa culotte.

Puis elle se colla contre moi, entièrement nue.

— Si tu veux, c'est moi qui fais tout, murmura-t-elle, peut-être que comme ça, ça se verra moins…

— 21-12 ! s'exclama le cardiologue, le lendemain matin.

Je baissai les yeux.

— À vingt heures quarante-cinq, précisa-t-il, en examinant la courbe sur l'écran de son ordinateur. Puis lors des deux mesures suivantes on note des pointes à 20 et à 19.

— Ah bon ? m'étonnai-je.

À chaque fois que le compresseur se déclenchait, Juliette hurlait de rire et voulait absolument s'empaler sur moi. La honte.

— Vous n'avez rien remarqué qui justifie ces pics ?

Devant mon air innocent, le toubib examina le carnet de bord, sur lequel je n'avais évidemment pas osé écrire que je m'étais transformé en sex-toy.

— Eh bien, oui, comme lorsque vous avez reçu l'appel de votre maman hier midi…

— L'appel de ma mère, répétai-je, distrait.

Le petit homme rondouillard à lunettes releva la tête avec, dans les yeux, une tendresse digne des premiers chrétiens.

— Vous savez, il y a cancer et cancer, surtout au niveau des poumons…, m'assura-t-il de sa voix la plus douce. Il y en a dont on guérit très bien… Bon, là vous êtes monté à 20, et vous êtes resté sur des valeurs élevées un moment, mais cela peut se comprendre… Elle ne vous a pas rappelé le soir pour en parler ?

Je restai muet. J'avais peur de porter la poisse à ma pauvre maman.

— C'est embêtant…, marmonna le toubib.

Tout portait à croire qu'il était inoffensif, mais je sentis que si je ne lui fournissais pas rapidement une explication solide, j'allais me retrouver hospitalisé, avec un goutte-à-goutte enfoncé dans chaque bras. Me revint une information pêchée sur un des sites médicaux qui pullulent sur le Net : chez l'hypertendu, la cause la plus répandue de décès par rupture d'anévrisme est l'effort consenti lors du coït ou de la défécation.

Je tentai le coup :

— Je suis allé aux toilettes.

— Pendant quarante minutes ?

— Euh… non.

— De toute façon, indépendamment de ces hausses ponctuelles, votre tension est en permanence au-dessus de la normale… y compris, et c'est un facteur déterminant, la nuit… Vous êtes hypertendu, monsieur Minkowski…

Je laissai mon regard dériver par la fenêtre de son bureau et observai un type en chemise de nuit blanche, qui cheminait lentement dans la cour centrale de l'hôpital Lariboisière. À moitié courbé en deux, il poussait un pied de perfusion sur roulettes. Âge, à peine cinquante.

— Ce qui veut dire ? fis-je, en le fixant avec dureté.

— Que vous allez devoir prendre un médicament, un petit comprimé chaque matin… On va commencer par de l'Aprovel 150, c'est un inhibiteur du système rénine-angiotensine…

— Combien de temps ? l'interrompis-je.

Il prit un temps, puis :

— Toute votre vie… mais c'est la dernière génération des antihypcrtenseurs, il n'y a pratiquement pas d'effets indésirables…

— Lesquels ?

— Je vous l'ai dit, il n'y en a presque pas avec cette molécule… On nous a parfois signalé des maux de tête… des troubles de l'érection…

L'image de Juliette, nue, me chevauchant hier soir,

ses seins d'opale ballottant au-dessus de mon visage, me traversa avec fulgurance.

— Probablement des gens qui avaient des prédispositions, tenta-t-il, en voyant ma tête.

Je me demandai pourquoi j'étais si facile à décrypter.

— Vous êtes inquiet…

Pas plus que les habitants d'un village situé en aval d'un barrage hydroélectrique qui menace de céder sous la pression.

— On vit très bien et très longtemps avec une hypertension contrôlée, poursuivit-il avec le sourire rassurant du sachant qui en a vu d'autres.

On voyait bien que ce n'était pas lui qui allait se taper une épitaphe dans le style « Ci-gît un amateur d'Aprovel 150, qui a avalé quatorze mille deux cent trente-cinq comprimés », au cas où je tienne le coup jusqu'à quatre-vingts ans, sans compter les années bissextiles. Il commençait à m'échauffer les artères.

— Et pourquoi je me mets à avoir de la tension, subitement ? aboyai-je. Il y a une cause ?

— Non, non, le reste de votre bilan est normal… Vous souffrez d'hypertension essentielle… il fallait bien que cela commence un jour.

Face à un tel optimisme, je restai sans voix. Comme quoi avoir été recalé à son UV de psycho n'empêche personne d'obtenir son certificat de cardiologie.

— L'origine est toujours plurifactorielle…

— Plurifactorielle, répétai-je, songeur.

— Avec très certainement une prédisposition génétique…, poursuivit-il. Chez vous, quelqu'un en avait ?

J'acquiesçai. Moi qui avais passé le plus clair de mon existence le nez fourré dans les gènes des autres, je n'avais pas vu venir le coup. Fomenté par la lignée complète de mes ancêtres. Mes parents en tête, que de tout temps il me semblait avoir vus avaler leur comprimé contre la tension au petit déjeuner, entre le jus de pamplemousse pressé et le bol de chicorée.

En ressortant de Lariboisière, et comme le cardiologue m'avait conseillé de faire de l'exercice : « Un kilo de perdu, c'est un point de tension en moins… », je me dirigeais vers la station de Vélib' la plus proche, focalisé sur la détection de l'inévitable roue voilée, de l'impayable selle tordue, ou de l'inénarrable chaîne mal emboîtée, lorsque je vis arriver un type pédalant comme s'il était sous EPO, l'air ravagé d'angoisse, un iPhone collé à l'oreille.

Je captai ses derniers mots, avant qu'il ne saute de la bécane et la clique sur une des bornes magnétiques :

— Où ça aux urgences ? D'accord ! Oui, je suis devant l'hôpital… non ça va, pas de problème, je vais attendre avec toi, mon train est dans six heures… j'arrive, tiens le coup !

Je le regardai cavaler vers le grand panneau lumineux rouge et blanc. S'il voulait attraper son train, il avait intérêt à ce que son interlocuteur souffre d'un problème sérieux. Car aux urgences, en six heures, à moins de souffrir d'un infarctus ou d'une blessure par balle, qui vous garantissent le sommet de la pile, on a à peine le temps de vous demander votre numéro de Sécu.

Il y eut un grand fracas dans mon dos. Je me retournai, le vélo gisait sur le sol. Dans sa précipitation, le sprinter dopé n'avait pas dû l'arrimer correctement.

Je jetai un œil par-dessus l'épaule. Le type se rapprochait de l'entrée. J'attendis qu'il ait disparu dans le bâtiment pour ramasser son vélo et l'enfourcher. Roue droite. Selle en place. Chaîne impeccable. Et me voilà parti à bonne allure, pédalant dans le froid de décembre.

La fréquentation des salles d'attente de médecins m'avait récemment amené à feuilleter quelques magazines auxquels je ne me serais pas intéressé spontanément. C'est ainsi que j'avais déniché dans *Glamour* un reportage sur les trafics de Vélib', coincé entre un article sur « Ce qu'il préfère en amour » et la recette de la tarte aux sardines en boîte. J'y avais découvert qu'un vélo de la Ville de Paris se négociait une cinquantaine d'euros au marché aux puces. Des petits malins étaient passés maîtres dans l'art de craquer les verrous magnétiques et s'occupaient ainsi de manière lucrative. Les vélos partaient par camions entiers en direction de la Roumanie ou des pays du Maghreb où ils étaient revendus le triple.

Je n'en étais pas encore à cinquante euros près, mais une solution se signalait à mon esprit, en droite ligne de mon raid contre la camionnette Darty.

Au lieu de me diriger chez moi, j'obliquai dans le boulevard d'Ornano et slalomai entre les pare-chocs jusqu'à la porte de Clignancourt, le guidon rivé sur le marché aux puces.

La température glaciale avait plongé la plus grande foire à la brocante parisienne dans une léthargie que ne parvenait pas à bousculer la proximité des fêtes de Noël. La crise ne favorisait guère le commerce des commodes Louis XV et les badauds s'étaient raréfiés dans ce dédale où se mêlaient échoppes sophistiquées et tréteaux installés à la sauvette. On pouvait y chiner de la plus rare antiquité à l'autoradio volé, à condition de savoir à quel stand s'adresser. C'est pourquoi je m'employai à remonter les travées de la rue Paul-Bert, répétant à qui voulait l'entendre : « J'ai un Vélib'... »

Ce que chacun pouvait constater, en me voyant trimballer l'engin par la selle. J'étais décidé à passer pour un demeuré aussi longtemps que nécessaire, essuyant les regards suspicieux d'experts ès fauteuils en plastique ou de ferrailleurs recyclés en designers tendance. Ils n'allaient pas me faire croire qu'ils étaient tous antiquaires. Mon intuition me dictait que j'avais plus de chances de dénicher la filière dans la partie structurée du marché que dans les travées périphériques, où les vendeurs à la petite semaine étalaient leur butin sur une couverture à même le trottoir.

Je m'efforçai d'afficher une mine tout ce qu'il y a de plus louche et collectionnai en retour moqueries et sourires condescendants jusqu'à un étal de surplus américains où le vendeur, un type aussi maigre que ses lames de baïonnette, me fit signe d'approcher. Il saisit une casquette d'officier des Marines, modèle « Tempête du désert », et la posa d'office sur ma tête. Puis, faisant la moue comme si elle ne m'allait pas, l'ôta en me glissant à l'oreille :

— Malassis... les pébroques... en face des hélices. Tu dis que tu viens de la part d'Adel...

Je restai interdit.

— Vous avez une grosse tête, monsieur, jaugea-t-il à haute voix, je n'aurai rien à votre taille.

— Mal assis ? demandai-je.

Il leva les yeux au ciel, désignant le panneau

indicateur dans mon dos qui fléchait la direction du marché Malassis.

— Ah oui, bien sûr, fis-je. Merci infiniment…

Je suivis la flèche, sentant peser sur mes épaules le regard navré du dénommé Adel. J'avais intérêt à être plus convaincant par la suite. On peut toujours pérorer sur les futurs délinquants, soi-disant détectables à l'âge de trois ans, comme si, là aussi, tout était affaire de déterminisme. Moi, je peux affirmer que c'est du travail, et qu'on ne s'improvise pas bandit du jour au lendemain.

Marché Malassis, les guitounes étaient plus cossues et si proches que leurs auvents jointifs retenaient la maigre lumière du ciel. Il y avait plus de monde aussi et je naviguai à petits pas avec mon butin. C'était l'heure du déjeuner, les boutiquiers se réunissaient pour croquer un sandwich, affalés sur une liseuse Bonaparte, un cubitainer de rouge posé sur une commode Directoire. Devant moi, un couple d'Anglais embouteillait, s'arrêtant presque à chaque stand. La femme, très enceinte, semblait prise du démon de la chine. Visiblement, elle avait décidé de ne pas quitter le territoire national sans un trophée. Je profitai qu'elle tienne conciliabule avec son mari devant un authentique berceau de l'amiral Nelson pour les dépasser, et apercevoir le stand de parapluies de collection. En face du spécialiste des hélices d'avion, comme l'avait indiqué Adel. Ou, plus exactement, j'interceptai le regard posé sur le Vélib' par un homme à la dégaine de marin-pêcheur, planté au milieu d'un étal de pépins de tous gabarits. La soixantaine, un collier de barbe, une marinière, une casquette et une pipe en écume tombant au coin des lèvres. On se serait davantage attendu à le trouver à la criée, au milieu de têtes de congres et de paniers d'étrilles. C'était le capitaine Achab transposé dans *Les Parapluies de Cherbourg*.

Sur les quelques mètres carrés de sa boutique, il y avait de quoi se protéger des climats déglingués pour les siècles à venir. Les têtes de loup sculptées, les pommeaux stricts, les manches de bois ou de métal surgissaient d'une efflorescence de toiles unies ou rayées, à pois, écossaises, noires ou colorées, mais aussi à motifs, « Vingt-quatre heures du Mans », « Chanel », « Betty Boop », une armée de modèles à la voilure modeste, d'autres aussi larges qu'un parachute, des télescopiques, des raides et des ombrelles. Aucune goutte n'avait la moindre chance de franchir cette barrière.

— Bonjour, fis-je d'une voix basse, je viens de la part d'Adel.

Le marin-pêcheur leva le menton pour signifier que j'étais au bon endroit.

— Avance…, me dit-il, en balayant l'allée du regard.

Il écarta un râtelier sur lequel de magnifiques spécimens étaient présentés dans des écrins. Jusque-là, j'avais toujours considéré les parapluies comme des objets à la nécessité relative, à l'encombrement majeur et au mécanisme défaillant. Leur acquisition arrivait loin dans la liste de mes priorités domestiques, largement après l'escabeau. Pourtant, ceux-là paraissaient si sophistiqués et si élégants qu'ils donnaient presque envie d'aller habiter en Bretagne.

— Ça, c'est de la belle came, commenta le marin-pêcheur, en interceptant mon regard. Poignée en jonc naturel, cent années de pousse… finition dorée en vingt-quatre carats. Toile ennoblie, traitée déperlante, coutures surjetées antidéchirures, baleines en acier au carbone… Existe en blanc pour les mariages.

— Eh bien, ça doit coûter une dent…

Même si je n'avais pas tout compris, il me semblait capital, à ce stade, d'avoir l'air intéressé par son commerce.

— Un mois de salaire pour un cadre, répondit le marchand.

À ce prix-là, on se prenait à regretter que la pluie ne soit faite que d'eau. Personnellement, je ne connaissais aucun cadre qui aurait eu envie de travailler tout le mois de mars juste pour éviter d'être mouillé par les giboulées.

C'est alors qu'au son caractéristique d'une bouteille qu'on débouche, un petit homme poil-de-carotte surgit dans le dos du marin-pêcheur. Une cicatrice s'étendait de la commissure droite de sa bouche à son oreille, élargissant d'une manière disproportionnée son sourire de connaisseur, tandis qu'il humait un bouchon de liège à l'extrémité brunie par les tanins.

— Enki, tu peux me garder le stand cinq minutes ? lui demanda le marin-pêcheur.

Le rouquin acquiesça en brandissant le flacon. Puis il se servit dans un gobelet en plastique, en m'observant du coin de l'œil.

— Château Palmer 1995, susurra-t-il, avec un accent qui n'avait rien de roux.

Il devait être originaire d'ex-Yougoslavie. Un Serbe roux, pourquoi pas ? Il y a bien des Irlandais bruns. Les phénotypes exprimés par les caractères récessifs ne s'embarrassent pas de frontières. Quant à l'absence d'étiquette sur la bouteille, elle plaidait en faveur de la filière des Balkans.

Évidemment, depuis ma rencontre avec Juliette, je m'intéressais plus aux roux qu'avant. Je remarquais leur présence, en tout cas. Juliette avait prétendu, non sans une certaine fierté, qu'ils étaient de plus en plus nombreux, et je m'étais promis de creuser la question. Quoi qu'il en soit, j'avais tendance à les trouver sympathiques, raison pour laquelle j'adressai à mon tour un sourire au bonhomme, tandis qu'il laissait glouglouter le nectar bordelais contre son palais.

— Cinq minutes, pas de problème, jaugea-t-il, en reposant son verre. Il faut qu'il s'aère de toute façon…

Le marin-pêcheur découvrit une ouverture dans la bâche arrière et m'indiqua de le suivre avec mon vélo.

L'arrière du stand donnait sur une ruelle déserte, pavée et creusée d'un caniveau central.

— Moi, c'est Benoît, fit le marin, en avançant.

Je pris cette information pour le gage d'une mise en confiance, et me dévoilai à mon tour :

— Laurent… Laurent, répétai-je, en lui emboîtant le pas, comme pour me persuader que c'était bien moi qui me retrouvais dans une situation pareille.

Et puis la conversation s'arrêta là. J'eus beau lui poser une ou deux questions sur les affaires, l'incidence de la récession sur la fréquentation du marché, le temps qu'il faisait, rien ne sembla pouvoir le décider à consacrer ses lèvres à autre chose qu'au tirage méthodique de bouffées âcres dans lesquelles je m'enfonçais pas après pas.

— C'est du tabac hollandais, non ?

Même à cela, il ne répondit pas. Je me rappelai tous

ces films de gangsters dans lesquels une complicité s'établit après qu'un rapport de force a été consommé entre les protagonistes. Mais de là à ce que je lui saute dessus pour lui faire une clef au bras, il y avait un pas que je n'osai pas franchir.

Nous arrivâmes en vue d'une camionnette garée à l'extrémité de la ruelle, à l'endroit où elle rejoignait le temps présent, son goudron, ses cannettes vides et ses préservatifs usagés. Sans un mot, le marin déverrouilla l'arrière de la camionnette et l'ouvrit. À l'intérieur, il y avait déjà sept vélos. Je restai interdit, me demandant si c'était sa moisson quotidienne.

— OK, je te le prends, fit-il, en détachant trois coupures de dix euros d'un rouleau de billets dégainé de sa poche.

— Non… non, ce n'est pas le prix, répondis-je, pas décidé à me faire arnaquer.

— Ah oui ? fit-il, goguenard. Et c'est combien, le prix ?

— Cinquante, répliquai-je, fermement.

Le type se marra en déposant le vélo à l'intérieur de la camionnette.

— Moi aussi je lis *Glamour*, ces journalistes racontent n'importe quoi. Tu as vu le papier sur « Ce qu'il préfère en amour » ? Tu te sens concerné ?

J'estimai qu'on n'était pas assez intimes pour lui répondre, et le laissai continuer :

— Tu bosses dans quel domaine ?

— Sciences… Je suis un scientifique.

J'avais failli dire : « J'étais un scientifique. » Il y a deux catégories de chercheurs qui ne cherchent plus. Ceux qui ont trouvé, en général multirécompensés, qui passent leur temps à intervenir dans des émissions télévisées et finissent conseillers du gouvernement. Et ceux qu'on a licenciés, nettement moins demandés.

— Alors quand tu lis un article dans le journal, reprit Benoît, à propos d'une découverte que tu connais, ou sur un sujet que tu maîtrises… tu ne trouves pas que c'est souvent bourré d'approximations, voire de contre-vérités ?

— Euh si…

— Et pourquoi voudrais-tu qu'il en soit autrement avec les petits trafics ? C'est la crise de la presse écrite. La faute du Net. Les gens n'achètent plus de journaux, les patrons de presse concentrent, dégraissent. La pub diminue. Les journalistes sont moins bien payés, ils doivent couvrir en même temps le concours de pétanque local, le procès Clearstream et le bombardement des zones tribales… À l'arrivée, ils ne font plus leur travail convenablement.

Il fit une pause et reprit :

— Je t'en donne trente-cinq, parce que t'as une bonne tête…

Je pris une inspiration et me jetai à l'eau.

— Ce n'est pas seulement pour ça que je suis venu…

Le type se raidit, je sentis qu'il passait en état d'alerte.

Il jeta un regard furtif autour de lui, par-dessus mon épaule et referma la portière de la camionnette.

— J'ai besoin de travailler… n'importe quoi… pendant quelque temps…

— Je ne vois pas, fit-il, impénétrable.

— Il me faut un boulot d'appoint, insistai-je. J'ai été viré de mon labo… Ça va prendre plus de temps que je pensais avant de retrouver un poste. Je n'ai pas froid aux yeux. Je peux être utile… deux ou trois semaines… un mois… le temps de me remettre en selle…

Il resta muet un moment, puis finit par lâcher :

— Écoute, moi j'adopte un vélo de temps en temps, comme ça… mais je ne peux pas t'être utile.

— Mais si je rapporte d'autres choses ? Je ne suis pas forcément dans les mêmes circuits que vous… Dans le laboratoire où je travaillais, il y a beaucoup de matériel, qui coûte très cher. Je sais comment entrer…

— C'est quoi, ta branche ?

— Génétique.

— Les petits pois ? Les jaunes et les verts ?

— Si on veut…, fis-je.

Même si c'était simpliste, je devais reconnaître qu'il avait l'air plus compétent en génétique que moi en parapluies.

— Ne restons pas là, dit-il en hochant la tête. Je ne peux pas quitter le stand aussi longtemps.

Il fit demi-tour dans la ruelle pavée. Je le talonnai, persuadé que j'avais su exciter sa curiosité.

— Dans ce labo où tu travaillais avant, reprit-il, tu aurais vu un vendeur de parapluies débarquer pour te demander d'intégrer ton équipe, avec plein d'idées préconçues sur la manière dont copulent des petits pois, tu lui aurais répondu quoi ?

— Vous ne me faites pas confiance ?

— Ce n'est pas le problème. Mais pour qu'un travail soit réussi, il faut qu'il soit fait par un professionnel. C'est quoi, tes appareils ?

— Un extracteur d'ADN, y en a un petit… ça vaut près de trente mille euros. On a aussi un séquenceur par électrophorèse capillaire dernier modèle, ça va chercher dans les trois cent mille euros…

— Où tu veux que je fourgue du matos pareil ? Les vélos, c'est facile, tout le monde sait pédaler… mais tes engins qui demandent quinze ans d'études juste pour savoir où est l'interrupteur, qu'est-ce que tu veux que j'en fasse ?

— Justement, c'est bien mon problème, repris-je. Dans mon métier c'est très spécialisé, ça rend la moindre décision complexe. Même pour embaucher un assistant… Alors en attendant de retrouver du travail, il faut que je tienne le coup…

Je fis l'impasse sur Juliette, à qui il fallait donner le change. De toute façon, avec son look de morutier et son odeur de tabac, il ne devait pas avoir ce type de problème à la maison.

— J'ai déjà volé une télé…, lançai-je, comme si j'avais dévalisé une bijouterie de la rue de la Paix.

— Eh bien, profites-en pour la regarder…

Nous avions regagné l'arrière de son stand. Il passa la tête par la bâche et vérifia d'un coup d'œil que tout allait bien. Le rouquin le rassura d'un signe et lui tendit un gobelet en plastique rempli du breuvage rubis.

— Ici on ne fait pas les braquages de fin de mois, murmura Benoît, en flairant le vin. C'est du sérieux. Comme quand on embauche dans une entreprise. On veut quelqu'un de stable et qui reste longtemps. Toi, dès que tu auras retrouvé un boulot dans ton domaine, tu vas te barrer. Et tout ce qu'on t'aura appris, le temps qu'on y aura passé, pfft, évanoui. Dans notre métier, l'expérience, c'est irremplaçable, c'est pour ça qu'on est pour l'emploi des seniors. Le gouvernement, il devrait nous subventionner. Les petits nouveaux, c'est que des emmerdes.

— Je comprends, fis-je, envahi par une grande lassitude.

En conclusion, j'étais devenu trop vieux pour intégrer une équipe de recherche scientifique mais je manquais d'expérience pour un gang de vol à la roulotte.

Avant de le quitter, j'insistai tout de même pour laisser mon numéro de téléphone. On ne savait jamais. En cas de crise de croissance, il arrive aux entreprises les plus structurées de recourir à l'intérim.

En ouvrant la porte de l'appartement, les échos d'un documentaire sur la diminution alarmante de la population des abeilles me firent l'effet d'une volée de gifles.

Il est tout naturel que, parmi les insectes, celles-ci bénéficient d'une cote de popularité élevée. Danser et butiner dans l'air chaud est plus séduisant que ramper entre les feuilles mortes ou grouiller derrière un évier. Et puis on ne peut rester insensible à la mise à disposition de telles compétences au seul profit de la collectivité. C'est la raison pour laquelle tant de gens aiment le miel. Même si ce n'est pas conscientisé à cent pour cent. Non, ce qui me tourneboula fut que se proposât aussi brutalement à mes oreilles, puis à mes yeux, tandis que j'avançais dans le salon, la matérialisation cruelle de ma propre situation : j'étais une abeille, menacée par les vicissitudes du monde moderne. Et Juliette, alanguie sur le canapé devant la télévision, un verre de vin blanc à la main, paraissait fascinée par le récit de cette disparition inévitable.

— Il faut faire quelque chose, dit-elle, sans se retourner, en posant sa main sur le dossier du canapé.

— Tu as raison…, dis-je, en réfugiant ma paume dans la sienne.

Puis je m'assis à côté d'elle et calai mon visage au creux de son cou, savourant son odeur comme un baume apposé sur la réalité.

— On sait ce qui les extermine ?

— Pas exactement, c'est plurifactoriel, apparemment.

Les abeilles et l'hypertension, même combat.

— Tu te rends compte ? Bientôt il n'y aura plus une seule abeille sur terre…

Pas vraiment motivé pour regarder un documentaire sur ma propre extinction, je prétextai un coup de fatigue et regagnai la chambre.

Allongé sur le lit, je tentai d'identifier le moment précis où ma vie s'était faufilée dans un nœud coulant. Clairement, naître m'avait été fatal.

— À quoi penses-tu ? demanda Juliette, en se glissant dans la chambre.

Une fois sur deux, elle me faisait sursauter. Elle était si légère qu'elle se déplaçait naturellement de manière furtive. Les ingénieurs de l'armée de l'air auraient payé une belle somme pour connaître son truc.

— À toi… Je pense tout le temps à toi, répondis-je de la façon la plus honnête qui soit.

— Alors quelque chose ne va pas, tu as l'air préoccupé en ce moment…

Je lui adressai un sourire mélancolique en me demandant si elle allait me quitter en apprenant la vérité, ou si elle allait me quitter quand elle apprendrait que je lui avais menti. C'est l'avantage avec le nœud coulant : plus vous vous débattez, plus il vous étrangle. Pour ne pas laisser filtrer davantage de désarroi, je l'enlaçai traîtreusement.

— Non, c'est peut-être que j'avais peur que tu restes scotchée avec tes abeilles… quand j'avais plutôt envie que tu me rejoignes…

— Envie pour… ?

Arrivé là, je n'avais plus le choix.

— Envie de…, fis-je, en glissant ma main contre le granulé de sa peau tiède.

Quelques vêtements quittés plus tard, alors qu'elle me présentait ses fesses, comme deux fruits soyeux accrochés à ses hanches, elle murmura :

— Tu n'as pas envie de faire un petit ?

Sa proposition provoqua un raidissement de ma personne qui n'était pas celui escompté. Elle avait beau me tourner le dos, ma réaction ne lui échappa pas. Je perçus sa déception au discret rapprochement des pointes de ses omoplates, au lent fléchissement de sa nuque dorée. Je restai à quatre pattes, penché au-dessus d'elle, encore envahi de désir, et pourtant retenu par la perspective d'une conséquence inattendue.

— Tu peux y aller… ne t'inquiète pas…, reprit-elle, je ne te fais pas de coup en douce…

Mais il était devenu difficile d'« y aller », comme elle disait. Jusqu'à présent nous avions fait l'amour, le plus souvent possible, en éludant l'idée que nous pourrions avoir un enfant. Je n'ignorais pas qu'un jour la question de produire à nous deux un nouvel individu allait être abordée. Mais comme Juliette ne semblait pas obsédée par la finitude hormonale, j'en avais profité pour me taire. Certes, elle avait largement le temps, mais j'en avais connu de plus jeunes dont le rapport à l'enfantement s'apparentait à celui de l'aiguille pour le nord magnétique.

— Je suis désolé… pardon…, fis-je, en basculant sur le côté et en l'attirant dans ma chute.

Ce n'était pas qu'une image. Je venais de vaporiser une grande partie de ses illusions. Du moins celles entretenues à mon égard. Pour les autres, je ne m'inquiétais pas. Sa confiance en la vie était telle qu'elle aurait planté un rosier grimpant au pied de la tour Eiffel.

Je restai à plat dos, le regard rivé au plafond, les pensées gluées au stuc. J'avais véritablement aimé trois femmes avant Juliette, vécu avec deux d'entre elles. J'aurais pu être père, cela ne s'était pas fait. L'indiscipline de mes spermatozoïdes, certains ovaires un peu poussifs, la valse des dates, que sais-je encore, en avaient été responsables. C'était plurifactoriel.

J'avais raté le coche et ma vie avait pris un virage net en direction d'une indépendance que certains auraient taxée d'égoïsme. En même temps, ce n'était pas eux qui risquaient, à soixante ans passés, d'aller faire les cent pas à la sortie d'un concert de Justin Bieber.

J'avais fini par me dire qu'elle n'était pas née, celle qui allait me faire défiler au grand carnaval des gènes. Intériorisant l'idée que j'étais un généticien qui ne voulait pas se reproduire. Comme il existe des chirurgiens qui ne supportent pas la viande rouge. Ou des pharmaciens qui ne jurent que par la tisane.

En catimini, Juliette m'enveloppa à nouveau de douce chaleur. Elle se hissa lentement à hauteur de mon visage, la pointe de ses seins glissant contre mon torse, sa toison pubienne, elle-même si rousse, si claire, presque transparente, frottée à la mienne. Elle me sourit.

— Tu m'aimes quand même ?

— Cela n'a rien à voir… Bien sûr…

Sa question trahissait la peur de me perdre. Moi qui étais réciproquement tétanisé à l'idée de ne pas être à la hauteur. Quel joli couple nous formions, cimenté par la crainte. À moins que ce soit toujours le cas de ceux qui durent un peu. Il n'y a qu'à voir la quantité de mariages de stars archi-riches, super belles, gâtées par la vie et confites de certitudes, qui ne passent pas la saison deux.

Juliette se pelotonna dans cette position et je la serrai terriblement.

— Pardon, ajouta-t-elle, c'était maladroit de ma part… et sûrement pas le moment idéal pour en parler…

Ma réaction n'était pas liée à notre position sur le lit, mais elle se trouvait confortée par ma disgrâce professionnelle.

— Éventuellement on pourrait avoir un chat, tentai-je, pour alléger l'atmosphère.

— On ne propose pas un chat à quelqu'un qui soigne des tigres, rétorqua Juliette en chavirant pour éteindre la lumière.

Ce n'était pas un proverbe chinois, mais la vérité. Elle me tourna le dos et resta silencieuse.

— Juliette ?

Je n'obtins pour seule réponse que le bruissement calme et profond de sa respiration. Comme il était peu crédible qu'elle ait trouvé le sommeil si rapidement, l'hypothèse qu'elle fasse la gueule s'imposa avec cruauté.

4.

Je dormis mal cette nuit-là, pire encore que la précédente, lorsque la MAPA vrombissait comme si une ligne de métro avait été inaugurée sous notre matelas. J'errai de cauchemar en cauchemar entre deux somnolences moites et vaseuses. Toujours le même rêve, monté en boucle : j'étais licencié au moment où l'on me découvrait une maladie cardiovasculaire, à la suite de quoi je devenais délinquant, peu avant que ma femme me largue pour un sportif.

Heureusement, en me réveillant, je pus vérifier que la situation n'était pas dramatique à ce point. D'abord, Juliette dormait paisiblement à mon côté, son visage angélique tourné vers la lumière du jour. Une légère tache d'humidité au coin de ses lèvres sur l'oreiller, comme une remontée d'enfance. Ensuite, côté sportif, je ne me faisais pas de mouron. Je ne l'avais jamais vue manifester d'intérêt pour un homme qui court après un ballon, quel que soit le diamètre ou la forme de celui-ci, pas plus qu'elle ne s'enthousiasmait à l'énoncé des mois de sacrifices requis pour une progression d'un centième de seconde sur une piste ou dans un bassin. Elle considérait ces efforts surestimés en comparaison de ceux qu'il fallait accomplir pour repousser le désert, refroidir la planète et procurer un toit à nombre de nos concitoyens. Pour couronner le tout, elle était extrêmement sensible aux odeurs de transpiration.

Rassuré, je réprimai une envie de laisser courir ma main sur son corps chaud, pas certain d'être accueilli par autre chose qu'un grognement d'ours, et repoussai le drap en douceur. Il était sept heures, on était dimanche. Tant pis pour la grasse matinée, mieux valait se lever que rêver à nouveau.

Je fis mouvement jusqu'à la cuisine, lançai un café, et en profitai pour ouvrir la boîte d'Aprovel 150, que j'avais achetée dans une pharmacie hors du quartier, à peu près aussi détendu que le jour où j'avais demandé ma première boîte de préservatifs.

J'observai le comprimé, comme on détaille le visage de son codétenu au premier jour d'une longue peine : ovale, blanc, mesurant huit millimètres, frappé d'un cœur en intaille, et satiné au toucher. Je le gobai et restai debout, les yeux clos, guettant le contrecoup thérapeutique. Je remuai lentement les orteils, pratiquai divers assouplissements de la colonne et tournai la tête dans toutes les directions. Rien. Pas de réponse. Une ingratitude absolue de mon corps envers ce petit comprimé chargé de le maintenir en vie. Le toubib m'avait averti que l'effet maximum ne serait pas atteint avant six semaines. C'était moins rapide que la saignée, mais plus efficace sur la durée.

Lorsque le frottement des pas de Juliette sur le parquet du couloir se fit entendre, je planquai la boîte de médicaments et tentai de m'intéresser à la surface noire de mon café, dans laquelle ne tarda pas à s'inscrire son visage maussade.

— Bonjour, dit-elle en passant.

Elle semblait s'être éveillée d'une humeur égale à celle de son endormissement. Je gardai la tête baissée et pus constater qu'elle avait chaussé une paire de baskets neuves.

— Tu as bien dormi ? risquai-je.

— Non.

Au temps pour moi.

Je relevai les yeux tandis qu'elle ouvrait le frigo pour se saisir d'une bouteille de jus d'orange. En bas, elle portait une paire de collants noirs sous un short. En haut, un de ces tee-shirts en matière techno, qui permettent de transpirer d'un côté et de respirer de l'autre.

— Je vais courir, se justifia-t-elle, sentant probablement le poids de mon regard ahuri sur ses épaules.

Sous la surprise, j'envoyai dévaler ma lampée de café du mauvais côté et manquai de m'étouffer. On ne se procure pas une de ces frusques dont raffolent les fondus de l'exercice physique sans avoir mûrement pesé sa décision. Il faut se rendre chez Décathlon ou passer commande par Internet. Et dans quel but ? Personne ne vaccine de chats dans une tenue pareille.

Elle resta quelques instants à contempler nos clayettes, comme si la vision d'une branche de céleri et de six œufs datés du jour de ponte valait une bonne expo à Beaubourg, avant de se retourner, les yeux tristes et fatigués.

— Je ne sais pas si je rentrerai à midi.

— Ah bon ? Tu vas courir tant que ça ?

Ce qui était idiot. Personne ne cavale cinq heures d'affilée.

— Pas la peine de m'attendre, je t'appellerai, éluda-t-elle, en se dirigeant vers la porte de la cuisine.

Chaque phrase l'éloignait de moi. Il fallait absolument que je trouve une injonction remarquable. Ce fut :

— Il fait froid…

— Écoute, Laurent, je vais faire du sport, j'ai besoin de me vider la tête.

Le mot était lâché. Je réalisai que mon rêve était prémonitoire. Les forces obscures de l'inconscient étaient à l'œuvre : il y avait un sportif dans la vie de ma femme. Ce type de vêtement moulant, qui souligne les formes et rendait Juliette encore plus désirable, en était la manifestation incontestable. À la réflexion, je me demandai si elle ne portait pas en dessous un de ces soutiens-gorge de maintien qui ressemblent à une brassière du XIXe siècle revue par Philippe Starck. Si ça se trouvait, c'était un cadeau de l'autre. J'aurais échangé tout ce que je possédais pour qu'elle n'ait jamais prononcé le mot « sport ». Si elle avait besoin de se vider la tête, pourquoi n'avait-elle pas plutôt dit : « Écoute, Laurent, je vais prendre la voiture et écraser quelques enfants en bas âge, j'ai besoin de me vider la tête » ou : « Écoute, Laurent, je vais vomir dans le tronc de l'église, j'ai besoin de me vider la tête ».

La mienne était remplie à m'en faire hurler.

La porte de l'appartement résonna lourdement en se refermant. Juliette m'avait abandonné en compagnie de Laurent Minkowski, la seule personne dont je ne supportais plus la présence. Les éléments étaient à peu près aussi difficiles à mettre en place qu'un puzzle de quatre pièces : depuis quelques semaines, Juliette avait mentionné tout le bien qu'elle pensait du Vélib'. J'avais mis cela sur le compte de son tropisme pour les initiatives en matière de solidarité, d'écologie et de raffermissement du lien social, n'envisageant pas sérieusement qu'elle soit adepte du coup de pédale. Féroce revanche du sort, j'étais puni par où j'avais péché. Car sur un vélo, volé ou non, il y a toujours quelqu'un qui mouline du genou. Et celui-ci peut tout à fait s'envoyer en l'air avec votre femme. J'imaginai un type de son âge, très hormoné, sans une once de graisse sur l'abdomen. Il n'avait pas encore de cheveux blancs et lisait le journal sans avoir besoin de lunettes. Enfin, il était naturellement enclin à lui accorder ce que j'avais refusé la veille.

Un enfant.

Comment un généticien pourrait-il concurrencer un cycliste ? Ces gars-là sont des héros, davantage que les pompiers, ils vous gravissent un col hors catégorie en donnant le sentiment de ne pas forcer plus que d'autres en se brossant les dents. En outre, les sportifs sont fétichistes, il est bien connu qu'ils gardent leurs vêtements en techno fibre pendant le coït.

En désespoir de cause, j'allai m'affaler devant la télévision et tombai sur *Sagesses bouddhistes*, une émission religieuse dans laquelle un bonze imperturbable, filmé en gros plan, psalmodiait des mantras. Au bout d'un moment, je tentai de les reprendre en chœur, mais j'eus beau ânonner les syllabes qui défilaient en surimpression à l'écran à la manière d'un karaoké sacré : *Om mani padme hum*, je ne parvins jamais à gagner l'état de secours, de bien-être et de libération qui m'était promis.

Ma rencontre avec Juliette avait eu lieu un an plus tôt, à Montpellier, lors d'un congrès sur l'élevage de la mouche du vinaigre. Pour être sincère, j'étais comme tous les généticiens, j'avais besoin de souris et de mouches, mais je ne me sentais pas vraiment concerné par leurs conditions de vie. J'avais accepté cette invitation car nous étions logés dans un hôtel luxueux dont le restaurant venait d'être récompensé par une troisième étoile au *Guide Michelin*. À cette époque, pas si lointaine, les laboratoires pensaient davantage à nous régaler qu'à nous jeter dehors. Par conséquent, en attendant l'heure, que je pressentais délicieuse, du dîner, j'avais passé la tête au hasard dans cette salle de conférence, plongée dans l'obscurité.

Et l'avais découverte, allant et venant, de son ordinateur à l'écran illuminé sur lequel s'enchaînaient les diapositives, révélant en contre-jour le mouvement de ses jambes fines sous une jupe légère et, lorsqu'elle se mit de profil, le galbe idéal de son sein. Les conférencières qui ne portent pas de soutien-gorge et s'habillent de tulle sont suffisamment rares pour que je me sois installé au premier rang.

Sa voix s'élevait comme une fumée légère, préconisant l'introduction d'un antifongique dans toute préparation nutritive au préalable à l'ensemencement par des drosophiles. Probablement influencé par la technicité du sujet et l'assurance avec laquelle elle menait son exposé, j'avais imaginé une femme fatale surdiplômée, flanquée d'une ribambelle d'amants plus jeunes qu'elle.

De temps à autre, un reflet de feu vibrait dans sa chevelure, et j'avais décidé de rester jusqu'à la fin, autant par curiosité que par attirance.

Lorsque la lumière était revenue sous des applaudissements clairsemés, Juliette m'était apparue dans son extraordinaire grâce. Je n'avais pu m'empêcher de la penser intacte. La jouvence incarnée, comme si les mauvais tours de la vie avaient échoué à griffer ses traits, à épaissir son premier visage. En même temps, il infusait de son attitude une séduction maîtrisée qui laissait peu de place à la candeur. Cela se nichait jusque dans son timbre si particulier. J'allais apprendre qu'elle avait un kyste sur une corde vocale, dont elle ne s'était jamais résolue à faire pratiquer l'exérèse. Parce que l'intervention était risquée. Et qu'elle trouvait sa voix sexy.

Je m'étais approché tandis qu'elle remballait ses affaires. Le prix d'un instant dérobé à sa beauté juvénile valait de broder sur l'alimentation des larves et les mérites comparés de la figue écrasée et du flocon d'avoine. Juliette m'avait écouté en souriant. Elle n'avait pas parlé de figue, mais de banane, qui favorisait en effet la croissance des nymphes. Cependant, elle m'avait remercié, je devais être un des rares à avoir retenu quelque chose. Elle m'avait repéré. En général les retardataires prennent place au fond. Et s'était doutée que je ne m'étais pas assis au premier rang à cause des mouches. C'eût été faire injure à son intelligence de ne pas répondre :

— Vous avez raison, c'est à cause de vous.

— Alors on va boire un verre quelque part ?

Tandis que ces souvenirs affluaient comme une eau fraîche, les magazines confessionnels s'enchaînaient sur France 2, et un imam glabre succéda au moine bouddhiste. Le chef de prière portait une chemise blanche sous une veste noire et détailla de quelle manière le livre sacré des musulmans avait été recensé après la mort du prophète Mohammed et comment le Coran était devenu la référence et la source d'inspiration spirituelle des croyants. Je l'écoutai avec attention, mais j'eus beau essayer de me projeter, je peinais à élever mes pensées.

À la suite de quoi, vers dix heures trente, l'imam s'effaça devant un rabbin qui tenta de nous expliquer que Moïse n'était pas bègue, contrairement à ce que l'on peut lire dans les mauvaises traductions de la Bible. Néanmoins, il souffrait d'un défaut de prononciation dont l'origine remontait vraisemblablement à l'époque de son enfance, lorsque, assis aux côtés de Pharaon, il s'était brûlé la langue avec des charbons ardents. Je trouvai cela captivant et me demandai pourquoi je ne regardais pas plus souvent la télévision le dimanche. Mais avant que le rabbin ait fini, mon attention dériva de nouveau sur Juliette.

Je ne m'étais jamais considéré comme un de ces stakhanovistes de la séduction qui prétendent attirer chaque soir une femme dans leur lit. Pas la même, évidemment. En général ils sont petits et moches, contredisant toutes les idées reçues en la matière. Ou alors ce sont des vantards. Ou des escrocs. Souvent les deux. J'avais donc accepté la proposition de

Juliette en mesurant la chance que j'avais de voir notre relation s'engager avec une telle spontanéité. Pourtant, une partie de moi résistait. Celle qui était gourmande et avait entraîné le reste du corps dans ce séjour censé aboutir à l'une des tables les plus innovantes de France. Mais elle avait fort à faire contre l'autre partie, celle qui aimait les femmes, les rencontres insolites et préférait l'orgasme à l'appétit. À cette époque j'étais seul depuis un moment et cette fraction manifestait de puissantes revendications.

Il faut être réaliste, inviter tout à trac une femme dont on ne connaît rien à dîner dans un trois-étoiles confine à la balourdise. Quant à lui proposer que chacun règle sa part, c'est indécent. Elle avait tout de la postdoctorante fraîche émoulue, qui peut à peine se payer le petit menu de chez Flunch. En conséquence de quoi nous nous rendîmes dans ce bar de la place de la Comédie, point névralgique où s'amalgamaient les fêtards de Montpellier. Nous étions dehors parmi tous les autres, dans l'air tiède de cet exceptionnel hiver du Sud. Fumeurs et non-fumeurs, mêlés dans une ambiance joyeuse où chacun sentait qu'il profitait pour l'une des dernières fois de la clémence du climat.

Encouragé par la connivence chaleureuse qui cheminait au gré des boissons et des conversations enjouées, je m'emparai de la main de Juliette après qu'elle eut reposé son verre de vin vide au pied d'un platane. Elle parut déconcertée, un court instant. Une ou deux secondes d'hésitation pour vingt et un ans de différence, personne ne va hurler. Puis, naturellement, elle se dressa sur la pointe des pieds et posa ses lèvres sur les miennes. Un peu plus tard, dans sa chambre d'hôtel, alors qu'elle ôtait ses vêtements si légers, j'étais comme ce type qui, en regardant le tirage du Loto, prend conscience qu'il est en train de devenir immensément riche. À chaque pièce d'étoffe retirée, un numéro gagnant. Dès le troisième on sourit, on sait que sa mise est remboursée. À partir de quatre on se prend à rêver. Cinq procure un vertige. Six peut faire culpabiliser, et même créer davantage d'embarras que de satisfaction. Ce qui justifie l'existence d'une cellule de soutien psychologique aux grands gagnants. Mais là, franchement, je ne me voyais pas appeler quiconque à la rescousse.

Si j'avais connu des partenaires à la plastique mémorable avant Juliette, aucune ne possédait sa sensualité immanente. Sa carnation laiteuse intégralement constellée de taches de rousseur semblait lui conférer plus de nudité qu'aux autres femmes. Oui, il s'agit bien d'une question de seins, de sexe et de fesses, parmi lesquels je m'allongeais cette nuit-là, et d'entre lesquels je ne me suis jamais vraiment relevé. Je précise que j'allais très rapidement avoir l'opportunité de louer avec une intensité équivalente l'esprit de Juliette, sa vivacité, ainsi que l'attention qu'elle portait aux autres. Elle aimait tellement le genre humain que je m'étais toujours demandé pourquoi elle n'avait pas plutôt étudié la médecine. Apparemment, le seul point noir dans son rapport à autrui se nichait dans sa relation à ses parents. M. et Mme Deplessis résidaient à l'étranger et elle ne les voyait plus. La raison était mystérieuse, pas moyen d'aborder le sujet. Et d'autant plus troublante que je ne pouvais m'empêcher de m'interroger sur l'exceptionnelle collision chromosomique à la source du gris bleuté de ses yeux, comme l'est la surface de la mer avant l'orage, et de la rousseur de sa chevelure, si semblable à de l'or liquide.

Bien sûr, les qualités que je lui prêtais, tant physiques que morales, pouvaient n'être qu'une interprétation de la réalité. Une forme optimiste de lecture de Juliette. Mais l'important restait qu'il s'agissait de la mienne. On est toujours seul responsable du crédit que l'on porte aux autres.

À notre retour de Montpellier, je pensais que nous allions encore passer de bons moments. Quelques semaines, tout au plus. Que cette jeune femme, récemment diplômée de l'École nationale vétérinaire, allait se lasser de ma compagnie au premier universitaire bien bâti qui traverserait son champ de vision. C'était me sous-estimer, mais la sous-estimer davantage. Un matin du sixième mois, Juliette avait suggéré de mettre en commun nos problèmes de chaussettes sales et de poisson pané. Après m'être retourné pour voir qui était le veinard planqué dans mon dos, j'avais dû admettre qu'il allait être difficile de ne plus exister dans sa vie.

Et ce n'était pas ce pasteur, dont le visage empourpré occupait maintenant tout l'écran, qui allait me contredire. Nous avions tous besoin d'un guide, n'est-ce pas ? Le ministre du culte nous incitait, lui, à prendre pour modèle le prédicateur charismatique et théologien majeur du XXe siècle, Martin Luther King. Apôtre de la non-violence ! Lutteur acharné contre la ségrégation des Noirs d'Amérique ! Prix Nobel de la paix, mort à trente-neuf ans en laissant une trace indélébile dans nos consciences ! Amen !

Enfin, il échut aux catholiques de clôturer la série.

Dans cette distribution d'envergure, Jésus eut le dernier mot, par l'intermédiaire d'un prêtre moustachu qui tint à rappeler, à quelques jours de Noël, que la naissance du Christ s'était effectuée dans le plus grand dénuement, signifiant ainsi que la richesse était en chacun, irréductible, incommensurable. À la suite de quoi il y eut la diffusion d'une réclame pour une lessive sans détergent, interprétée par une jeune femme qui ressemblait à s'y méprendre à celle de la pub pour le risotto à la poêle.

Je levai solennellement la main à l'horizontale, et appuyai sur le bouton de la télécommande, provoquant l'extinction de l'écran. J'étais sonné, ne pouvant imaginer soumettre mon cerveau à une parole de piété supplémentaire. Il n'était pas loin de midi.

La sonnerie du téléphone me réveilla une heure plus tard. Je m'étais lourdement assoupi sur le canapé, penché en avant, les bras, on ne sait comment, coincés sous les cuisses. Si bien qu'en voulant saisir le combiné j'eus le sentiment qu'on m'avait greffé des planches au bout des poignets.

— Juliette ? Allô ? Juliette, c'est toi ? hurlai-je dans la pièce.

— Oui… c'est moi…

Je l'avais reconnue dès le « O ». J'aurais identifié sa voix entre un million. Partout, dans toutes les foules. Sur la place Tian'anmen, à Times Square, ou sur la Place rouge.

— Ça va… ça s'est bien passé ?

— Pourquoi tu parles si fort ?

— Ah bon ? répondis-je en secouant mes bras ankylosés, le combiné coincé entre le cou et l'épaule.

Je devais avoir l'air d'un manchot hystérique, et bénis le ciel qu'on n'ait pas généralisé la visiophonie.

— Je suis avec Rébecca, poursuivit Juliette. On va déjeuner, puis on ira à l'expo Arcimboldo.

— Celui qui faisait des portraits avec des fruits ?

— Il en a peint aussi avec des animaux…

Pour une vétérinaire ça m'étonnait moins, mais j'avais du mal à avaler l'alibi de la meilleure copine. Je la voyais plutôt avec du poil aux pattes et une pomme d'Adam hypertrophiée.

— Ne m'attends pas, répéta-t-elle. D'accord ?

Mais si, Juliette, j'étais prêt à t'attendre tout le temps qu'il fallait. D'une certaine manière je t'avais guettée pendant les quarante premières années de ma vie. Alors on n'allait pas se luxer le pancréas pour quelques heures de plus ou de moins. Et puis elle était peut-être vraie, cette histoire. Je la connaissais bien, Rébecca. Pas trop le genre à mentir. Elle était inspecteur des impôts. Et toi, tu avais le droit de te mettre au jogging si ça te chantait. Tiens, pour un peu, j'étais prêt à essayer. Après tout ça pouvait être instructif d'effectuer vingt fois le même tour de stade. En améliorant sa connaissance des virages, on progressait dans l'analyse de soi. Au fond, j'étais parti en vrille avec cette histoire de sportif parce que je n'étais pas dans mon assiette. Je me promis d'éplucher la liste des effets indésirables de l'Aprovel, pour voir si cette substance ne pouvait pas provoquer des bouffées délirantes.

— OK, OK, fis-je, pas de problème. Je vis ma vie…

— Et… tu as fait quoi ce matin au fait ? demanda-t-elle,

comme si elle cherchait par la conversation la plus anodine à retendre le lien.

Si je lui disais que je m'étais farci l'intégrale des émissions pieuses du service public, elle allait prévenir les urgences psychiatriques de Sainte-Anne.

— Pas grand-chose… j'en ai profité pour faire du ménage, laver les carreaux, passer l'aspirateur, des choses comme ça… j'ai repassé quelques vêtements aussi…

Cela avait le mérite de me tracer un programme d'ici son retour.

— Ben dis donc… je devrais aller faire du jogging plus souvent.

J'appréciai qu'elle se détende enfin. Mon mensonge jouait sur les deux tableaux en me faisant passer pour un type à la coule, qui ne prend pas ombrage d'un mouvement d'humeur passager de sa compagne. Néanmoins, sa dernière phrase avait ranimé un mauvais doute :

— Mais… tu vas à une expo en tenue de jogging ?

— Non, je me suis changée chez Rébecca, j'ai pris une douche aussi…

Elle aurait voulu utiliser sur moi un pistolet à décérébrer les veaux, qu'elle ne s'y serait pas prise différemment. Le coup de la douche me projeta mentalement à genoux, la langue pendante, des contractions réflexes aux pattes arrière. On ne se lave pas sans quelque chose à nettoyer. Les traces de l'autre, évidemment. La prochaine fois que je croiserais Rébecca je la giflerais. Et tant pis si j'écopais d'un contrôle fiscal en retour. J'étais si malheureux. Chômeur et redressé, je n'étais plus à ça près.

— Bon… alors à ce soir ? conclut-elle, d’une voix enjouée.

— Oui. C’est ça.

Et je mis fin à la conversation en écrasant la touche sur le combiné d’un index dans lequel le sang bouillonnait de nouveau.

5.

Les hurlements du détenu condamné au mitard avaient résonné toute la nuit par le conduit d'aération, situé vingt centimètres au-dessus de la couchette supérieure. Hassan Cherkaoui n'avait pas fermé l'œil, il se redressa en maudissant celui qui avait conçu le système de gaines de la prison. Un vrai génie. Si quelqu'un beuglait là-haut, tout le monde en profitait. Depuis un moment personne n'avait été mis à l'isolement, mais le grand Abderrahmane avait écopé d'une semaine à la suite d'une rixe dans les douches. Il avait planté sa fourchette dans le dos d'un détenu qui essayait de lui voler ses tongs. On ne plaisante pas avec les mycoses en milieu carcéral et, vu l'état des douches, les claquettes en plastique sont des objets de première nécessité. Une semaine pour un coup de fourchette, alors qu'il était libérable dans quarante-huit heures. Cinq jours supplémentaires après deux ans de prison, ça ne paraît pas grand-chose, mais quand on pense qu'on devrait être dehors et serrer ses enfants dans ses bras, faire l'amour avec sa femme, respirer l'air des avenues, ces journées valent vingt ans. Abderrahmane avait passé la nuit à gueuler, à se taper la tête contre les murs. Il ne s'était tu qu'au petit matin quand les surveillants l'avaient conduit à l'infirmerie.

Pourtant, l'ambiance était calme au D2 depuis que l'administration pénitentiaire avait revu à la baisse le tarif de location des téléviseurs. Une commission d'énarques avait voté le train de mesures en faveur des populations captives. Ainsi, au lieu de s'écharper dans la salle de musculation, ou à la promenade, les détenus bullaient davantage devant les programmes. À ce sujet, le mercredi précédent, Julien Lepers avait reposé la question sur l'inventeur du piano. Cette fois un des candidats connaissait la réponse. Dix-huit mois après son arrestation, Hassan s'était dit qu'ils ne renouvelaient pas leurs sujets très souvent.

Le caïd déplia son corps moulu et posa les pieds sur le ciment froid. Si jamais Abderrahmane remettait ça ce soir, il boucherait la grille d'aération avec du papier journal et occuperait la couchette du bas. Dormir dans les hauteurs est un privilège dans des cellules surpeuplées, où les odeurs mêlées des corps, des déjections et de la nourriture forment une nuée puante qui stagne en dessous du quatrième barreau de l'échelle. La couchette du haut revient à celui qui a le plus d'ancienneté, ou à celui qui sait le mieux se battre. Mais ici, Hassan n'avait pas eu à négocier. Son statut de « détenu particulièrement signalé » lui valait de se retrouver seul dans une cellule de onze mètres carrés, l'équivalent, à la maison d'arrêt, d'une suite présidentielle au Negresco. Certes, ses promenades étaient limitées à la cour couverte, mais cela ne le dérangeait pas. Ce n'était pas au moyen d'un hélicoptère qu'il comptait quitter les lieux. Pour le reste, les brouilleurs de portable, les fouilles au corps inopinées, les entraves aux chevilles à chaque déplacement, il en faisait son affaire. Non, le vrai problème du statut de DPS était la stricte limitation des parloirs et le double vitrage de quinze centimètres qui le séparait de ses trop rares visiteurs.

Quand il avait appris son inscription au fichier des DPS, Hassan avait été obligé d'admettre que son séjour en prison allait durer plus que prévu. Un contretemps d'une à deux années selon l'estimation de son avocat. Mais Hassan savait attendre. Autrefois, lorsque le troupeau atteignait un des maigres pâturages des contreforts de l'Atlas, il fallait rester sur place de longues journées. Sinon les bêtes consommaient plus de graisse à venir paître qu'elles n'en formaient en pâturant.

Comme chaque matin, Hassan se mouilla le visage et se rasa devant la boîte de conserve posée sur la tablette au-dessus du lavabo. Malgré la déformation du cylindre d'alu, il ne se trouvait pas si mauvaise mine. L'ombre lui allait bien. Le procès approchait et rarement détenu avait été aussi impatient de se présenter devant une cour de justice qui pourtant n'allait pas manquer de le condamner sévèrement. Il s'attendait à écoper d'une vingtaine d'années, mais Hassan sourit en allumant sa première cigarette de la journée. Il savait qu'il ne les ferait pas.

La chaleur de la fumée lui arracha une toux sèche. C'était le seul imprévu au fond, il s'était mis à fumer. La peur de perdre ce pour quoi il se battait depuis le premier jour. Être un bandit, c'est rechercher, et parfois avec davantage de pugnacité que le bourgeois, une élévation sociale. Lui, le Marocain albinos, à la couleur de peau si différente des siens, et qui pourtant ne serait jamais blanc parmi les Blancs, le savait. Alors, oui, il avait cédé à la tentation de la cigarette pour apaiser ses angoisses. C'est ainsi qu'il avait fait la connaissance d'Enki, le petit Slovène. Le seul parmi les deux mille huit cents détenus qui résidaient en sa compagnie en qui il avait confiance.

Le rouquin, impliqué dans la contrefaçon d'étiquettes de grands châteaux bordelais, était tombé pour une caisse de kalachnikovs trouvée sous son lit. À sept cent cinquante euros pièce, le milieu s'arrachait les armes vendues par les vétérans de la guerre de Yougoslavie et les juges se lamentaient des cadavres retrouvés chaque semaine dans les cités. En bout de chaîne, Enki avait pris deux ans. Ça lui apprendrait à mélanger les trafics.

Trop fraîchement débarqué de Ljubljana ou d'un naturel distrait, Enki n'avait pas eu vent de la réputation de l'Albinos et lui avait refilé sans calcul feuilles et tabac à rouler, le temps que le régime d'incarcération du caïd s'assouplisse. Car Hassan avait fait l'objet de mesures de garde restrictives, constamment surveillé, réveillé au milieu de la nuit pour des fouilles au corps. Quant à l'accès au compte qui permet habituellement à tout détenu de cantiner, il avait été retardé. Pourtant se tenir à carreau faisait partie de son plan d'évasion. C'en était même la pierre angulaire. Mais malgré sa conduite exemplaire, l'administration pénitentiaire vivait dans la crainte d'un coup fourré. Le ministère de la Justice en serait volontiers retourné aux méthodes en usage au bagne, si maître Baptisti n'avait pas vigoureusement protesté dans les médias, répétant que les conditions d'enfermement d'Hassan

Cherkaoui rappelaient les heures les plus noires des dictatures, allant jusqu'à comparer son client à un prisonnier politique.

L'amitié d'Hassan Cherkaoui pouvait coûter cher, Enki s'en était rendu compte lorsque, en pleine cour de promenade, un Malien lui avait élargi le sourire au moyen d'un rasoir. Manière de faire passer un avertissement à l'Albinos, qui, lui, demeurait intouchable. Le commerce des femmes sur les trottoirs demande une attention de chaque instant. Et d'aucuns considéraient qu'Hassan, désormais tenu éloigné des affaires, devait passer la main. L'Albinos avait réagi en commanditant l'exécution du frère du manieur de lame, puis en mandatant Baptisti pour négocier avec le reste du clan. De l'épisode, Enki avait gardé cette cicatrice remarquable, qui n'échapperait pas à Laurent lorsqu'ils se rencontreraient aux puces, un samedi hivernal, quelques années plus tard.

Dans la matinée, alors qu'Hassan terminait d'enfiler sa chemise blanche, une rumeur et des cris le poussèrent à se rapprocher de la fenêtre obstruée. Une mesure de sécurité prise eu égard à son statut. On pouvait vouloir l'abattre, ou il pouvait tenter de communiquer avec l'extérieur. Il enfila ses lunettes noires, et pencha la tête sur le côté, posant sa joue contre le châssis. Le rectangle de contreplaqué, vissé au-dehors, s'était fissuré avec l'hiver, et par une fente dans le bord latéral il pouvait apercevoir un triangle de sol bitumé à l'extrémité orientale de la cour de promenade, ainsi que la tour de garde nord.

C'est là qu'avançait à présent une femme blonde, la cinquantaine, à la silhouette élancée, autant qu'il puisse en juger à cause de la faiblesse congénitale de sa vue. Escortée par deux policiers en uniforme, c'est son apparition dans la cour des hommes qui avait provoqué un tel chahut. Évidemment, il n'y avait aucun prisonnier de sortie. On imagine ce qui se serait passé si elle avait traversé une cour remplie d'hommes sujets à une colère chronique, privés de sexe, et dont un bon nombre considéraient qu'user de la force à l'égard des femmes n'était pas répréhensible. Des sifflements, des remarques égrillardes, des insultes fusèrent de derrière les barreaux de toutes les fenêtres, sur les quatre étages que comptait le bloc. Une ou deux cannettes, et même un slip, s'envolèrent et atterrirent non loin du petit groupe au moment où le directeur de la prison le rejoignait. Chauve et trapu, il accueillit avec respect son interlocutrice, puis la pressa du bras. Rapidement ils sortirent de l'angle de vue d'Hassan et atteignirent la porte et l'abri des épais murs de béton. Les cris cessèrent aussitôt, la distraction était terminée.

Hassan savait que cette femme s'était déplacée dans le but de le rencontrer. Il s'assit donc sur la couchette inférieure et posa ses deux mains à plat sur ses genoux en attendant la venue du surveillant.

Son regard s'attarda sur son reflet dans la boîte de conserve.

Ce qu'il observait, c'était l'image de sa différence depuis toujours, cette malédiction originelle, venue poser son empreinte sur chaque seconde écoulée depuis sa naissance, dont il avait regretté maintes fois qu'elle soit advenue.

Cinq minutes plus tard, le surveillant Morder, dont il identifia la démarche éternellement fatiguée, promenait son quintal de muscles sur la coursive. Morder sensibilisait chaque nouvel arrivant au fait que lui aussi se trouvait en prison du matin au soir. Chacun devait faire son temps et il attendait qu'on lui fiche la paix. Son vœu était respecté et personne ne prenait vraiment le risque de contrarier le gardien en entamant une conversation.

Le judas s'ouvrit et la voix de Morder chuinta :

— Cherkaoui, t'as de la visite… en route…

Puis, sans attendre la réponse d'Hassan, il se mit à gueuler :

— Ouverture cellule 128 !

— Ouverture cellule 128…, répondit en écho la voix du contrôleur situé dans la vigie au centre de la rotonde.

La clenche électrique joua, libérant la lourde porte de métal que le surveillant acheva d'ouvrir. D'un signe de tête, il indiqua à Hassan de faire un pas et lui tendit les fers qu'il devait lui passer aux chevilles. Celui-ci obtempéra en essayant de ne rien trahir de sa fébrilité.

Lorsque Baptisti l'avait prévenu que la juge Isabelle Mossinet souhaitait lui rendre visite, il s'était violemment interrogé.

— Qu'est-ce que ça veut dire ? Elle a flairé quelque chose ?

L'avocat avait écarté les bras en signe d'impuissance.

— La démarche est autorisée par la loi, mais la plupart des présidents de cour d'assises ne recherchent pas de contact personnel avec le prévenu… ils envoient leurs assesseurs.

— Je n'aime pas ça…

Puis Hassan s'était tu. Se pouvait-il que cette magistrate soit moins formatée que ses collègues ? Même si elle ne déciderait pas grand-chose en définitive, elle allait mener les débats. Et l'objectif poursuivi par Hassan dépendait de l'écho plus général qui serait donné à ces débats, et en particulier de son impact sur l'administration pénitentiaire.

— J'ai peur qu'elle ne cherche la petite bête, avait-il repris.

Son avocat n'avait su quoi répondre. Leur avenir était lié, et il n'appréciait pas de sentir son client en proie au doute.

— Vous savez, avait poursuivi Hassan, cet été, pendant la canicule, l'air des cellules est devenu irrespirable… Alors les détenus du D2 ont brisé les carreaux de leurs fenêtres pour laisser passer un peu d'air… En représailles, l'administration pénitentiaire a refusé de remplacer les carreaux cassés à l'automne. Mais à présent l'hiver est là et ils n'ont toujours rien fait pour réparer. Les détenus ont essayé de calfeutrer avec leurs serviettes de bain, mais il fait aussi froid dans ces cellules qu'au pôle Nord. Et il n'y a plus aucune couverture à cantiner… Au deuxième étage, quelques taulards ont protesté en faisant brûler leurs draps aux fenêtres, du coup les matons ont décidé de ne plus vider leurs ordures et au bout de quinze jours à vivre au milieu des détritus, tout le monde est redevenu docile et discipliné…

Il avait pris un temps pour conclure :

— Je tiendrai quelques saisons ici. Comme on l'a décidé car c'est la moins pire des solutions… mais pas la moitié de la vie qu'il me reste… Je ne laisserai personne faire de moi un mouton.

L'avocat avait acquiescé, embarrassé.

— Dites-vous que c'est une simple formalité, soyez vous-même, Hassan, avait-il conseillé, essayez de sonder ses intentions… Vous juger représente beaucoup, elle veut peut-être tout simplement voir la tête du roi des lions avant de l'accrocher à son mur…

— Mais elle ignore que le trophée n'y restera pas longtemps, avait souri Hassan.

Baptisti avait opiné, rassuré de le sentir retrouver la niaque.

— Si elle me demande un autographe, j'accepte ?

— Rien d'écrit, Hassan, jamais rien d'écrit… vous le savez bien, avait plaisanté son avocat. Je vais me renseigner sur elle. Je vous ferai passer un dossier.

Après avoir franchi les trois sas de sécurité et entendu son matricule répété autant de fois, Hassan subit une dernière fouille avant d'être introduit face à la magistrate, menotté, les chevilles entravées. En la découvrant, encadrée par les deux policiers qui l'avaient escortée dans la cour, il se dit que, malgré l'épais dossier d'instruction dont elle disposait, il en savait probablement plus sur elle que l'inverse. Réputée stricte, Isabelle Mossinet avait cinquante-trois ans. Juge à la cour d'appel de Paris, elle avait été désignée pour présider ce procès d'assises qui pouvait marquer un tournant dans une carrière jusque-là menée avec intelligence, mais sans coup d'éclat. Mariée à un gendarme, elle était mère de trois enfants, trois filles, ce qui laissait augurer qu'elle serait à la hauteur de sa réputation de sévérité.

Maintenant qu'il l'observait de près, Hassan constata qu'elle était séduisante, les cheveux blonds, les yeux bleus, les traits fins et nerveux, mais avec quelque chose de brouillé dans la complexion, qui suggérait une tabagie conséquente. Hassan se promit de cesser de fumer dès qu'il se serait fait la belle. En plus la nicotine laissait des sillages jaunes dans sa chevelure filasse.

— Bonjour, monsieur Cherkaoui, fit la magistrate, en lui désignant la chaise en plastique de l'autre côté de la table scellée au sol. Veuillez m'excuser pour mon retard…

— Vous savez, j'ai tout mon temps et votre arrivée nous a divertis…

La présidente ne répondit pas et lui présenta l'homme en costume, assis à sa droite, qui reproduisait leur conversation au moyen d'une sténotype.

— M. Limoux, greffier à la cour…

Hassan adressa un petit signe de tête à ce dernier, que l'autre sembla ne pas voir, comme si le monde se résumait à la succession de petits symboles imprimés par la machine qu'il caressait du bout des doigts.

— Maître Baptisti n'est pas là ? fit mine de s'étonner Hassan.

— Notre entretien a lieu sans la présence de l'avocat… considérez qu'il s'agit d'une simple rencontre qui me permet de mieux appréhender votre personnalité. Rien ne vous oblige à me répondre.

Coopérer faisait partie du plan d'Hassan. De ce point de vue, l'absence de son avocat, dont il était parfaitement prévenu, était une bonne chose. Elle allait lui permettre d'établir une relation plus personnelle avec la présidente.

— Non, non, pas de problème…, répondit-il en écartant les paumes en un geste d'ouverture.

La magistrate sourit et tenta à son tour de lui donner un gage de bonne volonté.

— Monsieur, s'adressa-t-elle à Morder, serait-il possible de détacher M. Cherkaoui le temps de l'entretien ? Ce serait plus naturel pour parler…

Morder regarda la juge avec effarement. Il n'aurait pas eu une réaction différente si elle avait sorti de son sac un bâton de dynamite, la mèche allumée.

— C'est interdit, madame… il est DPS…

— Oui, je suis au courant, s'agaça-t-elle, mais enfin vous l'avez fouillé, il n'est pas armé…

Hassan capta le regard furtif lancé par Morder au stylo tenu par la présidente. Ils savaient tous les deux qu'il n'y avait pas besoin d'arme pour prendre un otage. La pointe de ce stylo suffirait à percer la carotide dont le pouls battait à la naissance du cou de la magistrate. En moins d'une minute plusieurs litres de sang seraient répandus sur les murs. Il y a toujours un arsenal dans le sac à main d'une femme : une lime à ongles acérée, ou un vaporisateur de parfum transformable en lance-flammes au moyen d'un briquet.

Mais la juge n'en resta pas là, elle demanda à Hassan :

— J'ai votre promesse que vous ne tenterez rien si je vous fais ôter ces entraves ?

Hassan acquiesça, cette conversation enfonçait un coin dans son classement en DPS. Un véritable cadeau du sort.

— Désolé, madame, réaffirma Morder, je suis responsable de votre sécurité. C'est non.

Depuis son arrivée, Hassan n'avait jamais entendu Morder composer une phrase aussi longue. Le surveillant devait être au bord de l'explosion. Isabelle

Mossinet leva les yeux au ciel et, d'un geste de la main, signifia qu'elle laissait tomber.

— Monsieur Limoux, demanda-t-elle au greffier, pouvez-vous effacer cette partie de l'entretien, s'il vous plaît ?

Le greffier s'exécuta. Hassan y vit un aveu de faiblesse de la magistrate et trouva ce début de visite tout à fait satisfaisant.

— Monsieur Cherkaoui, je vais par contre vous demander de bien vouloir ôter vos lunettes de soleil, reprit-elle.

— Si vous le souhaitez, mais elles me sont prescrites pour raison médicale. Je bénéficie d'une dérogation exceptionnelle, vous trouverez une copie du certificat de l'hôpital dans mon dossier.

— Oui, j'en ai pris connaissance... Néanmoins, il m'est curieux de m'adresser à quelqu'un dont je ne capte pas le regard, relança-t-elle d'un ton sec.

— Pas de problème.

Hassan obéit et dévoila deux billes sanguines animées de secousses latérales incontrôlées. Ses iris dépigmentés, qui laissaient deviner l'intense trafic vasculaire sous-jacent, étaient deux abîmes ouverts sur son cortex et ses pensées, heurtant leurs orbites à chaque seconde, comme un détenu désespéré se cogne la tête aux barreaux de sa cellule. Habitué au nystagmus, son cerveau corrigeait depuis des années l'effet de ces mouvements incoercibles et restituait à Hassan la vision d'un monde centré, mais il n'ignorait pas la sensation de gêne produite chez ceux qui tentaient de soutenir son regard.

— Excusez-moi, dit-il, mes yeux sont très sensibles et j'y vois mal.

N'empêche qu'avec le Glock saisi par les hommes du RAID il n'avait encore jamais raté sa cible. Les balles creuses créaient de tels cratères à l'impact qu'elles exigeaient moins de précision de la part du tireur.

— Remettez-les, je vous en prie..., répondit la magistrate, embarrassée.

Hassan s'exécuta tandis qu'elle poursuivait :

— Permettez-moi de vous demander si vous comptez les garder pendant les audiences.

— Toutes les lumières me blessent, je ne pense pas qu'on tamisera l'éclairage du tribunal, ironisa-t-il.

— Je n'ai pas de conseil à vous donner, monsieur Cherkaoui, mais avez-vous pensé à l'effet sur un jury populaire ? Il y a un petit côté affecté... star... si vous voyez ce que je veux dire... Les gens ne connaissent pas exactement les symptômes de l'albinisme...

— Mon avocat se chargera de leur expliquer... mais je vous remercie de vous en soucier...

Hassan sentit le raidissement de la présidente. Lui rappeler qu'elle avait manifesté de l'empathie à son égard n'était pas adroit.

— Bien, évacua-t-elle, en se frottant le dos des mains, vous avez raison, votre avocat vous conseillera mieux que moi, ce n'est pas le but de ma visite...

On en venait au fait. Hassan redoubla d'attention.

— Monsieur Cherkaoui, je voulais m'ouvrir à vous d'un questionnement... et vérifier par là même que toutes les conditions étaient requises pour vous juger...

— Qu'est-ce qui vous fait penser qu'elles ne le sont pas ?

— Pour tout vous dire... je m'étonne de votre attitude paradoxale... D'un côté vous avez déployé une énergie manifeste pour échapper à la police pendant des années, et à présent vous ne niez aucun chef d'accusation… vous semblez décidé à plaider coupable…

— Oui, j'ai réfléchi… je me repens. Je l'ai dit pendant l'instruction…

Isabelle Mossinet s'enfonça dans le silence, uniquement troublé par le cliquetis des doigts du greffier sur sa machine.

— Vous en doutez ? s'inquiéta Hassan.

— Disons que je mets en perspective vos paroles et les accidents violents dont ont été victimes deux des trois témoins à qui vous devez votre arrestation…

Elle saisit un dossier et entama la lecture d'un procès-verbal.

— Tourel Françoise, célibataire, sans profession, mais identifiée par plusieurs de ses clients comme une prostituée. Défenestrée.

— Oui, j'ai lu cela dans les journaux, l'enquête a conclu à un suicide, je crois…

— L'enquête n'a pas encore vraiment conclu, non…

La présidente reprit, imperturbable :

— Et elle ? Pignoli Emma, célibataire, sans profession, arrêtée à plusieurs reprises pour racolage sur la voie publique. Abattue par un individu à moto, une balle en pleine tête sur le trottoir.

— Je ne suis pas responsable de ce qui se passe en dehors d'ici, mentit Hassan. Et vous connaissez le régime de détention auquel je suis soumis… Je regrette ce qui est arrivé à ces femmes. J'apprends de votre bouche qu'elles étaient mes accusatrices, je l'ignorais.

— Il en reste une, placée sous protection policière…

D'après le procureur, ce qu'elle a à raconter suffira à vous envoyer en prison pour vingt ans. Ce dernier témoin souhaite comparaître sous X, nous entendrons donc son témoignage en vidéo…

— J'ai hâte que ce procès commence, madame la présidente, l'interrompit Hassan. Je ne suis pas le monstre que tout le monde décrit, même si mon aspect physique est différent… Quant à ce qui est arrivé à ces femmes, j'y suis totalement étranger… Le milieu de la prostitution est dangereux et violent… ça, oui, je peux en attester… Elles auront pu s'attirer des ennuis chacune de leur côté, sans lien avec mon affaire.

— Monsieur Cherkaoui… j'ai analysé les systèmes de défense utilisés par des prévenus qui ont comparu pour des faits aussi graves que ceux dont vous allez avoir à répondre… En général leurs avocats déclenchent des tirs de barrage tous azimuts, essayant d'introduire tous les recours imaginables, tentant d'explorer les moindres failles du système, ou, à défaut d'y parvenir, produisant des témoins par dizaines, qui défilent à la barre pour dire à quel point l'accusé est formidable…

Hassan hocha la tête, il brûlait d'envie de lui demander si elle connaissait la somme de toutes les années de prison dont ces fins stratèges avaient fini par écoper, mais il se retint.

— Et pour vous, rien de cela, acheva-t-elle. Votre avocat n'a requis qu'un seul témoin en défense…

La juge parcourut une lettre à en-tête du cabinet Baptisti.

— Il cite à comparaître Mlle Dorval Liliane, demeurant à Créteil, vingt-huit ans, célibataire, sans profession…

Elle toisa Hassan :

— Décidément, les femmes travaillent peu dans votre entourage…

Hassan décida de ne pas tomber dans l'angélisme s'il voulait continuer à être crédible.

— Madame, dans mon entourage, tout le monde ne bénéficie pas de la possibilité de faire des études… Je ne pense pas faire offense à votre intelligence en vous rappelant que certains engrenages familiaux conduisent plus sûrement les filles sur les trottoirs qu'aux parvis de la magistrature.

Isabelle Mossinet l'observa, dubitative.

— Le procès est prévu pour durer cinq jours. Je veux m'assurer que tout se passera bien, or votre passivité ne colle pas au personnage…

— Mais il s'agit exactement de cela, madame… ce rôle d'ennemi public m'a été attribué par les policiers et les journalistes… mon nom fait vendre… Tenez, rappelez-vous les travaux de ce docteur Kirchner, qui m'aurait disséqué sur place s'il avait pu pour dénicher le mal, disait-il, au cœur de mes cellules… Élucubrations ! Des fadaises, qui ne les ont pas empêchés, lui et les membres de sa commission, d'empocher de confortables salaires sur mon dos !

— Et vous comptez sur une seule personne pour rétablir la vérité ?

— Il n'y a qu'une vérité, une personne suffira.

— Qui est Liliane Dorval, monsieur Cherkaoui ?

— La femme dont je partageais la vie avant d'être arrêté, répondit Hassan, du tac au tac.

La présidente parut désarçonnée, elle éplucha ses notes en fin de dossier. Le greffier avait cessé de consigner et releva la tête pour la première fois.

— Depuis longtemps ? interrogea-t-elle.

— Plusieurs années…

— Je n'ai aucune trace de son nom… rien dans les rapports d'enquête…

— Nous étions précautionneux, je me savais très surveillé.

— Et pourquoi ne s'est-elle pas manifestée pendant l'instruction ?

— Elle a hésité à rendre publique sa liaison avec moi… Peu de gens me considèrent fréquentable, mais elle a décidé d'écouter sa conscience et viendra dire qui je suis. Vous savez qu'elle prend un risque en venant témoigner, on pourrait l'accuser de complicité…

— Il n'y a pas deux justices, si cette femme n'a rien fait, elle ne sera accusée de rien…

— Rien d'autre que m'aimer… Elle a demandé à me rendre visite à plusieurs reprises pendant la préventive. Vous pouvez vérifier les registres. Cela a été refusé, eu égard au statut de DPS. Pourtant il n'aurait pas été compliqué de contrôler qu'elle est inconnue des services de police.

La magistrate fixa longuement Hassan, avant de refermer son dossier.

— Je vous remercie, monsieur Cherkaoui, de m'avoir accordé cet entretien.

Elle fit signe au greffier, qui imprima le PV de l'entretien et le donna à relire à Hassan. Celui-ci le trouva conforme et le signa. Juste avant de sortir il se retourna :

— Les conditions vous paraissent requises pour me juger ?

— Oui.

— Bien…

Puis le surveillant Morder raccompagna Hassan en silence jusqu'à sa cellule.

Conformément aux normes de sécurité en vigueur, concernant les déplacements dans les coursives, Morder marchait derrière le détenu, si bien qu'il ne put voir le sourire qui éclairait le visage de l'Albinos.

6.

Le lundi matin, j'ouvris l'œil et mis quelques instants à recoller à la réalité. Les événements de la veille me revinrent par bribes floues et cotonneuses. À commencer par la prise du somnifère en début de soirée alors que Juliette n'était toujours pas rentrée. Normalement j'évite la chimie qui bousille les neurones, pas si sûr d'en posséder un stock inépuisable. Mais où se situait l'ordinaire de la situation ? Juliette avait disparu la journée entière et je n'avais pas été fichu de faire quoi que ce soit de constructif en son absence.

Las de broyer du noir et d'échafauder toutes sortes d'hypothèses plus paranoïaques les unes que les autres, j'avais ouvert la boîte à pharmacie où traînait une boîte de Stilnox depuis que Rébecca l'avait oubliée un des soirs où son Marc l'avait larguée. Je me souviens qu'après l'avoir avalé j'avais consulté une dernière fois l'heure au réveil de la table de nuit : il était dix-neuf heures. Puis, plus rien. À présent il était sept heures du matin. J'avais dormi douze heures d'affilée, sans rêver. C'était toujours ça de pris.

Je remarquai une respiration calme derrière moi et sentis mon cœur se remplir de joie. Elle était revenue.

Je ne l'avais même pas entendue rentrer, puis s'allonger à côté de moi. Peut-être m'avait-elle doucement secoué, avant de comprendre qu'elle n'avait aucune chance de me sortir du sommeil absolu où je m'étais réfugié en son absence.

Je laissai partir ma main dans mon dos et rencontrai la peau douce de sa hanche, élastique et rayonnante. Puis, un peu plus bas, l'arrondi d'une fesse. Pas besoin de me retourner pour comprendre que nous dormions symétriquement en chien de fusil. Et c'était bien.

Je me levai avec précaution et gagnai la cuisine, profitant de cet instant discret pour avaler le deuxième comprimé d'Aprovel de ma vie.

Je trouvai un petit mot sur la table : « Je n'ai pas voulu te réveiller en rentrant, tu dormais si bien. Je voulais te remercier de m'avoir laissée faire ce que je voulais hier. Je crois que j'en avais besoin. Mes idées sont plus claires à présent. J'espère que tu ne m'en veux pas. J. »

Je fondis plus vite encore que l'antihypertenseur dans la soupe acide de mon estomac. Le ton indiquait sans ambiguïté possible que la clarification de ses idées ne s'était pas produite aux dépens de notre relation. Pour un peu je serais retourné l'étreindre dans son sommeil, ce qui n'était pas la réaction la plus subtile, dans la mesure où elle me savait gré de ne pas la « tenir en laisse ». Si jamais elle avait eu un amant, elle lui avait réglé son compte et, après tout, seul le résultat importait, le reste n'intéressait que les exégètes et les historiens, qui ne devaient pas se bousculer au portillon dans le cas de notre couple. Et plus j'y pensais, plus je me disais qu'il n'y avait pas eu de sportif pédalant ailleurs que dans les canyons torturés de mon imagination.

Dormir a du bon. Personnellement, j'avais les idées un peu moins sombres, à défaut d'être totalement plus claires. La nuance est de taille, elle trace la frontière entre les névrosés et les autres. Mais on ne se refait pas à mon âge. Et si je commençais une psychanalyse ? Il paraît qu'après dix ou quinze ans de divan certains parvenaient à choisir le calendrier des éboueurs sans hésiter entre la photo du chaton et celle du chiot. J'en étais là lorsqu'elle entra dans la cuisine, un sourire endormi sur le visage, et m'embrassa comme si la journée d'hier n'avait pas existé.

— Bonjour… ça va ?

— Oui… j'ai trouvé ton petit mot…, fis-je en agitant la feuille, sans parvenir réellement à lui transmettre mon allégresse.

Je cherchai à amorcer un échange ordinaire, mais retourner dans notre relation telle qu'elle était vingt-quatre heures auparavant demandait de prendre autant de précautions que pour un bain de mer à Calais. On procède par petites touches, on se frictionne longuement le ventre, les épaules, puis la nuque, avant le saisissant plongeon.

— Tu pars tôt aujourd'hui ? lançai-je, dans l'espoir d'avoir trouvé le point d'abord idoine.

— Je dois stériliser un fennec.

Je savais trois choses à propos des fennecs : ils étaient la mascotte de l'équipe de football d'Algérie, ils étaient réputés pour avoir mauvaise haleine, et lorsqu'un mâle voulait s'accoupler, il capturait sa femelle.

Je me demandais laquelle de ces notions allait fournir matière à la suite de notre conversation. Certainement pas la troisième. Lorsque Juliette me devança :

— C'est une femelle qui a un trouble de la thyroïde… si elle a une portée, ils seront tous condamnés.

J'avais lu que depuis l'explosion de la centrale nucléaire de Tchernobyl, l'incidence des pathologies thyroïdiennes chez les femmes avait décuplé dans toutes les régions survolées par le nuage radioactif. J'ignorais que cela avait pu également affecter les fennecs. Mais bon, depuis on récoltait bien des radis radioactifs dans les Ardennes.

— C'est la différence de température entre le Sahara et l'Europe qui provoque un trouble de la thyroïde chez le fennec, précisa Juliette, anéantissant d'un bloc ma théorie antinucléaire. Pourtant leur capture est interdite, mais tant qu'il y aura des cons pour les acheter…

Elle avait l'air triste.

Pris de court, je voulus relancer la conversation, mais elle fit demi-tour et gagna la salle de bains. Le crépitement de l'eau sur le carrelage de la douche mit un certain nombre de points de suspension à la reprise du dialogue. J'étais décidé à me lever, à aller la rejoindre sous la douche, tout habillé, et lui présenter mes excuses pour l'avoir soupçonnée bêtement, lui dire que j'étais dingue d'elle au point de m'approprier illégalement un bien d'autrui, quand mon téléphone se mit à vibrer.

Appel masqué.

Quand il s'agit d'un appel n'émanant pas d'un contact préenregistré, l'écran affiche tantôt « Appel inconnu », tantôt « Appel masqué », sans que j'aie jamais vraiment compris ce qui justifie l'une ou l'autre des indications. Je n'ai pas non plus à proprement parler mené une enquête détaillée sur le sujet. Néanmoins, la différence est de taille. Un inconnu peut toujours être une personne que l'on connaît, mais qui n'est pas enregistrée dans votre répertoire, alors qu'un masqué acte volontairement son anonymat. Ce qui laisse, à mi-touche, entendre que l'on ne décrocherait peut-être pas si l'on avait vent de l'identité dudit interlocuteur. Pour cette raison, et sans être totalement paranoïaque, je préférais répondre aux inconnus plutôt qu'aux masqués. Néanmoins, je recevais suffisamment peu d'appels à sept heures du matin pour me permettre d'ignorer celui-ci.

— Allô ? fis-je, en relançant un café.

— Monsieur Minkowski ? demanda-t-on, très sérieux.

— Oui, c'est moi, répondis-je, intrigué.

— On s'est croisés il n'y a pas longtemps...

Il s'était passé beaucoup de choses ces derniers jours, mais une seule justifiait de recevoir un coup de téléphone tôt le matin, qui débute ainsi par l'énonciation de mon nom de famille. J'eus le sentiment qu'on tirait une chasse dans mon cerveau. Le sang se déversa dans la partie inférieure de mon corps et mes pensées furent entraînées par le tourbillon dément. Était-ce l'un des deux livreurs de Darty ? Hervé ou son collègue fluet ? Ou, pire, déjà la police ? Qui m'avait vu en train de chaparder la télé ? Non, la police n'appelait jamais à cette heure. La direction de Darty non plus. Ou bien c'était Mme Renalin, ma voisine du dessus qui passait son temps à la fenêtre. Non, c'était une voix d'homme et Mme Renalin était veuve depuis des siècles. Alors il s'agissait bien d'un des deux livreurs. D'ailleurs, mon interlocuteur avait précisé qu'on s'était croisés, ce qui supposait contact physique. J'étais mal barré. Ils avaient sacrément dû se faire souffler dans les bronches. Nier ne servait à rien. Me restait le carnet de chèques. S'ils étaient revanchards, ils allaient m'obliger à leur prendre un congélateur et deux ou trois robots ménagers. Mais je préférais encore avoir des ennuis avec mon banquier.

— Samedi, aux puces..., poursuivit mon interlocuteur.

Je m'assis, les extrémités glacées, mais soulagé. Instinctivement je baissai la voix.

— Il y a un problème avec le vélo ?

— Non, ce n'est pas Benoît... c'est Enki...

Je me souvins : Benoît, c'était le marin-pêcheur. Celui qui m'avait essayé la casquette se prénommait Adel. Alors le troisième...

— Le roux. J'étais sur le stand de Benoît quand vous êtes passé... Je suis dans le vin... Benoît et moi, on a un petit commerce de crus de Bordeaux...

— Ah, d'accord... oui, oui, je m'en souviens.

À présent, son accent des Balkans tintait à mon oreille, et je revoyais son visage, barré de cette cicatrice dont on pouvait difficilement penser qu'elle était d'origine accidentelle. Si ce type était vigneron, moi j'étais champion de natation synchronisée.

— Benoît m'a passé votre numéro de téléphone, reprit-il. J'ai besoin de quelqu'un pour un boulot bien payé...

Il plaça un silence, probablement destiné à juger de ma motivation. J'étais à l'arrêt, oreilles dressées, langue pendante. Je me retenais juste d'aboyer pour éviter d'attirer l'attention de Juliette. Tout devenait lumineux. J'allais faire un coup ou deux, pas davantage, empocher l'argent et raconter à Juliette que j'avais chèrement négocié ma démission. J'en avais soupé de la politique à courte vue du laboratoire et j'allais prendre mon temps pour trouver un poste plus en accord avec ma vision de la recherche fondamentale. On ne bradait pas l'intelligence à des ultralibéraux qui confondaient savoir et avoir. Cela avait de la gueule, me donnait le beau rôle et permettait de rectifier le tir à temps.

— Combien ? embrayai-je.

Je n'étais pas devenu bandit depuis longtemps, mais j'avais intégré qu'il devait y avoir adéquation entre risque et bénéfice. Quitte à mourir en avion, autant que ce soit à bord du long-courrier qui vous acheminait aux Seychelles, plutôt que dans le coucou qui assurait la liaison entre Paris et Mort.

— Trente mille…

Je m'empêchai de hurler. Pour cette somme j'étais prêt à cambrioler le magasin Darty de la place de la République, à démonter toutes les télés et à les remonter une à une les yeux bandés. Mais ça ne pouvait pas être si simple. À moins que ce ne soit pas des euros.

Je regardai l'écran de mon portable comme si j'avais eu une chance d'y apercevoir les liasses. Ce n'était tout de même pas des lires ou des couronnes ? Normalement, tout le monde était passé à l'euro depuis belle lurette. Les truands avant les autres, m'étais-je laissé dire. En général, lorsqu'on a cinquante millions de francs à blanchir avant la fin du mois, on se tient au courant. Sinon ça fait beaucoup de papier pour rien.

— Et dix mille euros de plus si c'est terminé avant midi, ajouta-t-il.

Comme pour m'aider à prendre la décision. Mais à ce tarif-là, s'il le voulait, j'essayais de finir le job avant onze heures. Rassuré sur le fait qu'il s'agissait bien de la monnaie unique européenne, je tentai d'en savoir plus.

— Et… de quoi s'agit-il ?

— De tableaux… Tu rentres dans un appartement, il est vide, ce sont deux petits vieux qui sont partis à la montagne, pour les fêtes de Noël… Tu décroches les cinq toiles sur les murs du salon, tu me les ramènes porte de Clignancourt, sous le périph. Payables à la livraison. Zéro risque.

— Pourquoi vous me donnez autant alors ?

— Parce qu'il n'y a jamais zéro risque. C'est une manière de parler. Mais a priori c'est *safe*. Ils ont une femme de ménage qui passe parfois vers midi et demi, mais jamais avant, elle travaille dans des bureaux à La Défense, tous les matins. Elle ne ferme pas à clef. Si tu dis oui, je te donne l'adresse, l'étage et le digicode. Pour ouvrir la porte tu prends une radiographie et la clenche jouera, c'est une serrure ancienne… tu as déjà vu faire ça à la télé ?

— Oui…

J'étais décidé. Avec une somme pareille, mon scénario tenait la route. En prime je pouvais être tatillon sur le choix de mon futur employeur. Et il resterait sûrement assez pour offrir à Juliette un séjour sur une de ces îles éloignées où il n'y a pas d'autre activité que de boire un cocktail après chaque rapport sexuel.

— Alors, qu'est-ce que tu en penses ? reprit Enki.

— Je viens de vous le dire.

— Quoi ?

— Oui.

— 117, boulevard Malesherbes, enchaîna-t-il, dans le XVIIe. Escalier B. Deuxième étage. Nom sur la boîte aux lettres : Persanti. Digicode : 32A64.

— Attendez… je note…

— Tu ne laisses pas traîner le papier.

— 32A64 ?

— Oui.

— Pourquoi moi ? ajoutai-je. Votre collègue hier n'avait pas l'air chaud du tout…

— Tu l'as dit : en cas de coup de feu, même les entreprises rodées peuvent avoir besoin de main-d'œuvre extérieure…

— Bon… C'est tout ?

— À midi t'auras gagné quarante mille euros. Et habille-toi normalement, ce n'est pas la peine de te faire remarquer dans ce quartier avec une cagoule ou une capuche…

— Des lunettes noires ?

— Pas de problème. Et mets des gants…

Je raccrochai et me précipitai dans la penderie, à la recherche du carton à dessin où nous avions mélangé nos vieilles radios à la suite de notre emménagement. Mes poumons avec son bassin, quelques-unes de ses vertèbres contre mon bras gauche. Son échographie rénale glissée entre mon crâne et ma rotule. Un début de vie commune d'une intimité fulgurante.

Le carton n'était pas là. Je me souvenais parfaitement du format raisin. Je n'aurais pas pu le manquer. Juliette l'avait rangé ailleurs. Le bruit de la douche s'arrêta. Il restait juste une pochette contenant sa mammographie, posée sur une étagère. Je m'emparai d'un des clichés et me précipitai dans la cuisine, à la recherche d'une paire de ciseaux.

Je découpai hâtivement l'ensemble des indications qui permettaient d'identifier la propriétaire de cette somptueuse poitrine et glissai le cliché à l'arrière de mon pantalon, au moment où Juliette sortit de la salle de bains.

Deux mois plus tôt, elle était revenue, bouleversée, d'une consultation chez son gynécologue :

— J'ai un kyste… dans le sein gauche… comme une cerise…

— Bon, s'il a dit un kyste, avais-je tenté d'être rassurant, tu en as bien un sur une corde vocale…

Je pensais qu'il devait y avoir des gens à kystes, d'autres non. J'avais cherché une explication optimiste pour la rassurer, mais n'en avais pas trouvé. À part souhaiter qu'aucun ne soit malin.

— C'est différent… Ma mère aussi, ils lui avaient dit ça… et puis quand elle s'est réveillée de l'opération, il lui manquait un sein.

Elle devait être très perturbée pour baisser ainsi sa garde. C'était la première fois qu'elle évoquait autre chose qu'une généralité à propos de sa génitrice. Je n'avais pas relevé. Je savais qu'en restant patient j'attraperais d'autres fragments de son histoire, comme un pêcheur remonte une belle prise dans son filet.

— Le toubib a dit qu'il fallait t'opérer ?

— Non, il veut me faire passer une mammo d'abord…

Je l'avais attirée contre moi, en me demandant comment il était possible qu'après avoir tant de fois caressé, empoigné, embrassé ces magnifiques seins, j'avais pu passer à côté. Question de concentration probablement.

— Je sais à quoi tu penses, avait-elle murmuré à mon oreille.

— Ça m'étonnerait…

— Si, je le vois à ta tête… tiens, c'est là.

Elle s'était reculée, avait ôté son soutien-gorge et pris ma paume qu'elle avait posée contre son sein. Puis elle avait imprimé une légère pression sur mes doigts et j'avais senti rouler le petit nodule sous sa peau élastique.

— Ça n'a pas l'air bien méchant, avais-je conclu, persuadé qu'un cancer devait être pierreux et hérissé, alors que cette petite boule-là me paraissait toute ronde, toute souple. Inoffensive.

— Tu t'y connais, toi…

— Je connais suffisamment tes seins pour savoir ce qui peut leur faire du tort… ou ce qui leur fait du bien.

Elle avait souri et s'était blottie sans bouger. J'avais gardé son sein dans ma main comme pour le protéger.

Quelques jours plus tard, la mammographie avait conclu à un kyste fonctionnel. On voyait fort bien sur les clichés une bulle sur le profil du sein, qu'il avait suffi de ponctionner à l'aiguille.

— Bon, je vais y aller, alors…

Juliette apparut sur le seuil de la cuisine, en finissant de peigner ses longs cheveux. Son peignoir à moitié ouvert découvrait son corps, tendu vers moi, pour contredire sa phrase. Elle me fixait avec une moue d'enfant.

— Excuse-moi pour hier…, ajouta-t-elle. Je crois que je nous ai fait passer une mauvaise journée à tous les deux…

Elle laissa retomber son bras, ce qui fit glisser son peignoir sur son épaule, et avança, précédée d'une fragrance de lait et de vanille chaude. Je n'avais qu'un désir, la saisir entre mes bras et m'abandonner à une envie de la posséder que je savais par avance réparatrice. C'était à moi de lui présenter des excuses, mais si je la laissais approcher, elle allait m'enlacer, et sa main se faufilant immanquablement dans mon dos allait tomber sur la mammographie glissée dans la ceinture.

Alors je reculai d'un pas, le visage fermé, et lâchai :

— On reparlera de tout ça, il n'y a pas un fennec qui t'attend ?

J'avais délibérément choisi un ton sévère, mais j'avais dû forcer la dose car ses yeux s'embuèrent, elle fit volte-face et disparut. Je rageai silencieusement. Quelqu'un pouvait-il m'expliquer pourquoi l'impossibilité à exprimer simplement ses sentiments fournit matière à l'essentiel de la tragédie humaine ? On voudrait ne rien salir mais on avance avec des semelles d'encre sur un sol de papier.

Je guettai le moindre de ses bruits, de la chambre à la salle de bains, puis jusqu'au bureau, aux toilettes et à la chambre de nouveau, dans tout l'appartement qu'elle parcourait avec tristesse, et beaucoup de nervosité aussi, n'osant imaginer ce que deviendrait ma vie sans les sons de Juliette. Hier m'avait suffi, avec son cortège de religiosités en ouverture du bal et une drogue hypnotique au tomber de rideau. J'écoutai un élastique de vêtement claquer sur sa peau, un froissement de tissu, un talon de chaussure. Des indices d'elle, que je collectai avec gourmandise, tandis qu'elle finissait de se préparer, m'imaginant être en sa compagnie et non pas retenu par moi-même, les bras croisés, sur une chaise de cuisine. Jusqu'au claquement rageur de la porte, et au lent décroissement de ses pas dans la cage d'escalier.

Je me hâtai sitôt son départ, me remémorant les consignes d'Enki. J'attrapai un sac de voyage, y fourrai le cliché radiologique. Récupérai une paire de gants et des lunettes noires, puis sortis de l'appartement.

Dans le hall de l'immeuble, en franchissant la grille, je repensai à l'enchaînement des faits depuis vingt-quatre heures. Comme les séquences de gènes sur les chromosomes déterminent les caractères spécifiques de chaque individu, les événements à l'intérieur de ma vie s'étaient mis en procession pour coder un nouveau destin. J'eus beau me persuader qu'il s'agissait d'un cambriolage, apparemment facile, le premier du genre et assurément le dernier, qu'une fois payé je donnerais le coup de barre nécessaire au retour à la normale de mon existence, et que dès ce soir je pourrais tout clarifier vis-à-vis de Juliette, une pensée rebelle s'évertuait à me susurrer que plus rien n'allait être comme avant.

L'essentiel, à cet instant, n'était pas de savoir si j'avais d'autres solutions, mais bien de comprendre que je n'en envisageais pas d'autres. La plupart du temps, on ne fait pas ce qui nous semble bon. On fait juste ce qui nous semble.

L'être humain est génétiquement programmé pour agir.

Quitte à faire n'importe quoi.

J'arrivai à l'adresse indiquée un peu avant dix heures. Il commençait à neiger et le vent entraînait les flocons dans une danse gracieuse autour des immeubles en pierre de taille. Le 117, boulevard Malesherbes jouxtait l'avenue de Valois, une voie privée d'immeubles bas, en bordure du parc Monceau, dans lesquels le moindre logement valait un siècle de salaire d'ouvrier.

Je ralentis en passant devant la porte cochère ouvragée en fer forgé et verre blindé. Au deuxième étage, les fenêtres étaient obstruées par des volets. Aucune lumière ne filtrait entre les lames. Mes petits vieux devaient être en train de planter une carotte dans la tête de leur bonhomme de neige, sans se douter qu'au même moment Arsène Lupin enclenchait la marche arrière pour se garer au pied de leur domicile parisien. Comme il n'entrait pas dans mes intentions de prendre une prune en de telles circonstances, j'étais bien content qu'une Jaguar aussi large qu'une péniche de débarquement m'abandonne la place. Ce faisant, je constatai que si je n'avais pas l'aspect d'un braqueur de banlieue, ma Renault 19, elle, jurait dans l'environnement.

Je l'avais achetée vingt ans auparavant, alors que mon compte était dans le rouge, et que je projetais de passer mes vacances en Corse à ramasser des auto-stoppeuses hollandaises. J'étais allé mendier une autorisation de découvert à mon banquier pour me procurer une vieille occase que j'entendais revendre à mon retour.

— Monsieur Minkowski, dans votre situation financière, vous laisser dépenser trois mille francs pour une voiture d'occasion serait un non-sens, m'avait-il rétorqué. Mais cinquante mille pour une neuve, ça, je peux… Si vous n'arrivez plus à rembourser le crédit-bail, au moins on aura quelque chose à saisir… J'appelle le garage Renault au bout de l'avenue, si vous voulez… Ça vous dit, une Renault ?

Et lui d'encaisser la commission, remise par un concessionnaire, surgi comme par enchantement dans les cinq minutes. À peine essoufflé. À mon avis, il en vendait deux ou trois par jour.

C'était l'Éden bancaire, dans les temps anciens du franc et de l'inflation, avant que les chargés de compte soient remplacés par des automates à écran tactile qui ont pour eux d'être insensibles à la situation personnelle du client. Une époque révolue où l'employé d'un établissement de dépôt osait encore dire sa profession dans un dîner en ville.

À présent, ma Renault 19 était dans le même état que les banques européennes, le moteur faiblard, l'embrayage grippé, les amortisseurs au bord de la rupture. La guimbarde avait perdu son triple A depuis belle lurette mais j'y étais attaché, redoutant le jour où la conduire serait devenu tellement dangereux qu'il me faudrait m'en séparer.

En attendant, où que s'oriente mon regard, il ne croisait qu'Audi, Mercedes ou BMW, carrosseries rutilantes et motorisations vitaminées. De quoi donner des complexes à tout ce qui alignait moins de seize soupapes sous le capot.

Un Range Rover noir mat me doubla en direction de la place Saint-Augustin, juchée sur des pneus de long-courrier, la roue de secours impeccable en boutonnière. Si celui-là avait un jour roulé sur les pistes du désert, alors une caravane de chameaux bivouaquait en ce moment même devant le Drugstore des Champs-Élysées. Le seul autre véhicule bas de gamme était une camionnette stationnée plus bas en double file, les warnings allumés. Mais elle arborait le logo de Fauchon.

À mon prochain cambriolage dans les beaux quartiers, je viendrais en transport en commun, ce serait plus judicieux. Évidemment il s'agissait d'une fanfaronnade car j'escomptais bien que ce braquage serait le dernier.

Je retirai la clef de contact et le moteur cessa son ronron crapoteux. Je restai quelques minutes collé à mon siège, le ventre noué par l'hésitation et l'angoisse. Il était encore temps d'arrêter, de tout expliquer à Juliette et d'interrompre cette fuite en avant. Car, oui, je me l'avouais enfin, là, dans l'habitacle se remplissant de buée, la chaleur s'évanouissant par la carrosserie grignotée de rouille, le cœur battant à en décliqueter la ceinture de sécurité : j'étais comme ces personnages de dessin animé qui ont dépassé la falaise depuis un moment et n'ont pas vu le précipice ouvert sous leurs pas. Cela datait d'avant mon licenciement, d'avant le manque de souplesse de mes artères, même si cette conjoncture n'avait en rien contribué à l'apaisement de mon âme. Juliette avait été la respiration de ces dernières saisons, raison pour laquelle je m'accrochais à notre histoire, comme on s'agrippe à la prise rocheuse juste avant de dévisser.

Je chaussai brusquement mes lunettes noires, poussai un grognement, m'emparai du sac de voyage et quittai la voiture avant d'y être englouti par l'ombre du scepticisme. Saisi par l'air sec et glacé, je claquai la portière, m'élançant sur la chaussée d'un pas énergique.

Le digicode était d'un modèle festif, sur lequel chaque touche s'éclairait à son tour en bleu fluo. J'hésitai un instant avant d'y poser les doigts. Y avait-il un sens caché derrière ces illuminations intermittentes ? Un ingénieur complice avait-il rédigé un message d'avertissement destiné aux cambrioleurs qui pratiquaient le langage morse : « Attention, immeuble ultra-surveillé, ami voleur, passe ton chemin » ? À moins que l'esprit de Noël ait seul présidé à cette initiative, dans le but de réjouir habitants et visiteurs.

Ce genre de questionnement, totalement futile et improductif, s'il traduisait mon état d'agitation mentale, me permit d'éviter une belle bourde : j'avais oublié d'enfiler mes gants. Un peu plus et j'écrasais mes pulpes sur les touches cuivrées. Autant laisser mon adresse et mon numéro de téléphone. J'enfilai mes gants de soie en jetant un lasso sur mes pensées, qui filaient à présent vers le couple de petits vieux. Pourvu qu'ils ne se soient pas essayés au ski. Une fracture du fémur était vite arrivée. Un rapatriement sanitaire et hop ! les voilà qui débarquaient alors que j'étais en train de mettre à sac leur appartement.

— Stop, Laurent… calme-toi, me murmurai-je.

Je fermai les yeux et parvins à dissiper l'image du

couple de retraités en train de godiller. Mes mains tremblaient sous l'action conjuguée du froid et du stress. Le jus de mes neurones échauffés produisait une mousse stérile qui menaçait de me rompre les sutures. À ce compte-là ma tête allait exploser comme une bouteille de champagne qu'on a trop secouée. Je tentai de recouvrer le calme en me remémorant les informations d'Enki : la femme de ménage bossait à La Défense, elle ne serait pas là avant midi trente, je rejoindrais le rouquin sous le périph, quelques tableaux à enfourner dans un sac et le tour était joué, quarante mille euros facilement gagnés, le code de la porte était 32A64.

Ah oui.

Cela avait marché.

Je l'avais composé machinalement et la porte d'entrée s'était ouverte. Jusqu'au dernier moment j'avais pu espérer que tout cela relève du canular, mais force était de reconnaître que si la première ligne de l'équation était juste, il y avait des chances que le reste soit à l'unisson, et qu'il y ait là-haut cinq toiles de valeur en train d'attendre ma visite. J'avais un bac plus neuf, un DEA en pharmacologie moléculaire, ma thèse de doctorat en génie génétique avait été traduite en six langues et j'avais passé la majeure partie de ma vie dans les laboratoires à traquer au plus profond de nos cellules des éléments de compréhension du vivant. Saisir le mécanisme de la transmission des caractères permet de progresser dans la compréhension du comportement humain, faire la part entre ce qui est codé par le biologique et ce qui est déterminé par l'environnement. Mais au fond, aucun cursus, aussi approfondi soit-il, ne garantit au chercheur de se connaître lui-même. Sinon, il ne se retrouverait pas à deux doigts de commettre une monstrueuse connerie en cambriolant l'appartement d'une paire de retraités dans un des quartiers les plus surveillés de Paris.

7.

Le hall d'entrée donnait sur une courette dans laquelle deux oliviers majestueux montaient la garde. Leurs troncs larges émergeaient en sinuosités noueuses de containers en bois exotique. Ils paraissaient aussi vieux que s'ils avaient été plantés par le baron Haussmann lui-même. Leurs ramures minérales étaient couvertes d'un feuillage vert intense que la neige commençait à blanchir. Le silence était absolu. Seulement troublé par ma respiration.

À ma droite, l'escalier A.

À ma gauche, l'escalier B.

Je vérifiai les noms sur les boîtes aux lettres.

Persanti, escalier B, deuxième étage.

Je gravis les marches en foulant un épais tapis de laine bordeaux, un mouchoir à la main, prêt à m'y enfouir le visage en éternuant à la moindre rencontre. J'avais pris la précaution de m'asperger d'un de ces échantillons que vous offrent les vendeuses des magasins de parfumerie, et que vous n'utilisez jamais. Même un chien, s'il m'avait croisé, n'aurait pu retrouver ma trace. Je comptais bien démontrer à Enki que je n'étais pas né de la dernière pluie.

J'arrivai sans encombre devant la porte unique du deuxième étage. Par acquit de conscience j'appuyai sur la sonnette. Aucun bruit ne résonna à l'intérieur. Ni sonnerie ni pas. J'attendis quelques secondes, puis j'ouvris le sac, me saisis de la mammographie et l'insérai dans l'espace entre les deux battants de la porte, la faisant glisser vers le bas, jusqu'à sentir une résistance. J'insistai, et alors que je me disais que ce truc n'allait pas marcher, qu'on ne pénétrait si facilement dans les appartements parisiens que dans les films américains, il se produisit un déclic.

La clenche s'était inclinée et le battant de gauche se décolla. Je le poussai doucement, découvrant l'intérieur de l'appartement, un long couloir sombre hanté par un courant d'air humide et réfrigérant.

Je m'y faufilai en refermant doucement la porte derrière moi puis j'enclenchai la chaîne dorée dans l'entrebâilleur. Si quelqu'un décidait de débarquer à l'improviste, cela me donnerait le temps de sauter par la fenêtre, en appliquant le principe selon lequel cheville foulée vaut mieux que prison tester. Le parquet craquait sous mes pas tandis que je remontais le couloir vide, dépassant un pot en cuivre dans lequel un parapluie gris jouait les figurants, puis une console, surmontée d'un plateau en marbre fendu. Deux appliques à chandelier saillaient sur les murs, dont l'une n'était pas munie d'ampoule. J'appuyai sur l'interrupteur, mais celle qui était équipée ne s'alluma pas. L'électricité était coupée. Par une porte à moitié ouverte sur la droite, j'entrevis une tête de lit en tapisserie, l'amorce d'une courtepointe vieux rose : une chambre sans aucun doute. Plus loin, d'autres portes fermées, que je supposais pouvoir être des toilettes ou une salle de bains, mais je ne m'attardai pas à les explorer, jugeant prudent de me hâter vers le bout du couloir où sourdait une misérable lumière.

Une odeur de tabac exhalée de la toile de Jouy tendue sur les murs accompagnait mon avancée. Les motifs représentaient à l'infini un groupe de trois paysans camarguais en train de danser avec des bergères. Je n'aurais jamais pu vivre là sans essayer de dénombrer une fois pour toutes la totalité de ces joyeux roturiers, y compris ceux à moitié amputés par les plinthes et les chambranles. Je n'aurais jamais pu vivre là, tout court.

J'avais du mal à imaginer que des tableaux de valeur puissent se trouver dans cet appartement à l'allure désolée, qu'on ne jugeait même pas nécessaire de fermer à clef. Dans le même temps, il occupait un étage entier d'un immeuble chic et s'étendait probablement bien au-delà de l'entrée. Peut-être ses propriétaires appartenaient-ils à cette race de millionnaires qui s'était enrichie en ne remplaçant toute sa vie qu'une ampoule sur deux ?

À l'extrémité, le couloir aboutissait à gauche sur une porte vitrée à double battant, munie de voilages fins, puis s'étirait à droite en direction de la deuxième partie du logement. Les lieux étaient disposés en L autour de la cage d'escalier, à en juger par la fenêtre qui donnait sur la courette aux oliviers, mais de laquelle je restai prudemment à distance. Dehors, la neige tombait intensément. Au vu du nombre de portes, je jaugeai qu'il y avait ici pas moins de huit ou neuf pièces. En me retournant, je distinguai derrière le fin voilage de la porte du salon les taches sombres formées par les tableaux sur les murs.

En fait, il y avait six tableaux dans la pièce et non pas cinq. Deux toiles au-dessus d'un canapé, sur le mur qui faisait face aux fenêtres. Deux autres à gauche, plus petites, surplombant le manteau de la cheminée, en lieu et place d'un miroir dont on devinait encore le contour sur le tissu, et deux autres à droite, de taille moyenne, de part et d'autre du piano.

Un grand papyrus en pot, dont les feuilles quémandaient de maigres miettes de soleil, trônait près des fenêtres. Il semblait faire encore plus froid qu'à l'extérieur, signe que les propriétaires avaient dû partir depuis plusieurs jours.

À présent, mes yeux s'habituaient à la pénombre et je commençai à distinguer les peintures. Des taches de couleur, jetées selon une logique qui n'avait rien à envier à l'algorithme du digicode, tantôt finement déliées, tantôt savamment croûteuses, le travail de la matière faisant indéniablement partie intégrante du dispositif pictural. Je commençai par les décrocher une à une et les posai sur le canapé en velours.

Tout semblait ici d'une propreté douteuse, et agencé sans âme. Un appartement mal habité en somme. Le piano était recouvert d'une fine couche de poussière, l'eau avait gelé dans la soucoupe en terre cuite du papyrus. Si une femme de ménage venait tous les jours aux alentours de midi, ce ne devait pas être une dingue du plumeau.

Intrigué, j'essayai d'examiner la signature apposée sur les peintures, car à n'en pas douter elles étaient nées du même pinceau : « Apesanteur », ou quelque chose comme cela. Un pseudonyme sans doute, qui en disait long sur l'ambition plastique du personnage. Je ne connaissais aucun peintre de ce nom. Mes acquis en la matière se limitant quasiment à la passion que Picasso entretenait pour la tauromachie. Déchiffrer le nom de l'artiste ne m'aurait été d'aucun secours pour avoir une indication de la cote de ces œuvres. Pour moi, ces tableaux valaient quarante mille et c'était fabuleux. À titre personnel, je n'en aurais pas donné le centième, mais je n'étais pas là pour faire critique d'art, j'étais là pour les voler.

Activité à laquelle je m'adonnai, entamant au cutter une découpe précautionneuse de la première œuvre, la séparant du cadre rococo en bois doré, pour la rouler dans le sac de voyage. J'attaquai la deuxième lorsque mon regard fut attiré par le titre d'un livre posé sur un guéridon à côté du canapé : *L'Instinct de mort*.

Un processus se mit à l'œuvre dans ma mémoire, diffusant un sentiment de familiarité, dont je trouvai la source en m'emparant de l'ouvrage et en découvrant le nom de l'auteur : Jacques Mesrine. Il s'agissait du livre autobiographique de l'ex-ennemi public numéro un, publié peu de temps avant sa mort. Il y avait eu un film récemment, en deux parties, dont le premier opus reprenait le même titre. Nous avions loué les DVD avec Juliette, un soir au début de notre relation, et les avions regardés sur le vieux poste de télévision peu de temps avant qu'il ne rende l'âme. Ma compagne avait été fascinée par la performance de Vincent Cassel, qui jouait le rôle du légendaire malfaiteur, et n'avait eu de cesse que de l'honorer de commentaires superlatifs, dont je n'étais pas près d'oublier l'ultime :

— Il est incroyablement dense !

Dense. Moi j'aurais dit « bedonnant ». Ainsi, c'était cela que cette jeune femme cherchait chez les hommes ? De la densité ? Mais moi, je n'étais pas poreux du tout. En quoi cet acteur me dépassait-il en compacité ?

— Qu'est-ce qu'il a de plus que moi, Vincent Cassel ? avais-je demandé spontanément.

Juliette avait explosé de rire.

Après avoir visionné le second opus jusqu'à la dernière image du générique, nous avions fait l'amour près de la télé encore chaude. J'avais échappé aux bonus.

Et là, maintenant, moi qui naviguais en pleine illégalité, je tenais l'exemplaire jauni du récit de Jacques Mesrine, rédigé lors d'un de ses séjours en prison. C'était comme mettre le traité de la *Physiologie du goût* de Brillat-Savarin entre les mains d'un commis de cuisine qui s'apprête à faire une omelette. Il ne peut plus casser les œufs avec désinvolture.

Je ne résistai pas à l'envie d'en parcourir les premières lignes : « Maison d'arrêt de la Santé. La nuit vient d'étendre son voile sur les souffrances du monde carcéral. Il fait froid, c'est l'hiver. Les lumières se sont éteintes. L'ombre des barreaux se reflète sur les murs délavés des cellules comme pour y emprisonner la seule évasion que représente le rêve. »

Et refermai le livre aussitôt.

Le spectre glacial de la prison venait de souffler sur ma nuque, je frissonnai. Il y a des engrenages puissants dans lesquels il vaut mieux ne pas mettre le doigt. Tout cela ne relevait pas de la fiction, j'étais bel et bien en train de commettre un crime. Je manquai de repartir, d'annuler tout ça, mais au fond je risquais autant en me sauvant les mains vides. L'effraction était indéniable, j'avais découpé une toile.

J'étais allé trop loin. Ma sécurité résidait davantage désormais dans une exécution rapide de la tâche que dans son annulation.

En reposant le livre sur le guéridon j'aperçus quelques lignes manuscrites sur la page de garde. Malgré mes bonnes résolutions, ma curiosité fut plus forte et je m'en saisis à nouveau. C'était une dédicace de l'auteur lui-même, datée du 9 mai 1978 : « Pour Alfred Persanti, l'ami des longues heures froides. On se retrouvera de l'autre côté des barreaux. J. Mesrine. »

Persanti, le nom des petits vieux de l'appartement. J'étais en train de cambrioler un truand, un compagnon de cellule de Mesrine. Je commençais à comprendre pourquoi Enki n'était pas venu faire le boulot lui-même. C'était certainement beaucoup plus risqué qu'il avait bien voulu le dire. Quant à l'argent qui avait permis à Persanti d'acheter un appartement à côté du parc Monceau et de le décorer de tableaux de maîtres, il provenait probablement de banques ou de fourgons blindés désossés au chalumeau dans les années 1970. J'en étais là, submergé par la panique, la sueur coulait entre mes omoplates et malgré le froid intense j'avais l'impression de suffoquer de chaleur. Je me jetai frénétiquement sur le deuxième tableau, la plus petite des toiles, pour en finir le plus rapidement possible. Je misais sur le fait qu'à l'instar de l'appartement toute cette bande ne soit plus de première fraîcheur et que si l'un d'eux survienne et se mette à me tirer dessus, son arthrose l'empêcherait de viser correctement.

Mon cutter dérapa et fendit la toile en deux.

— Putain, merde ! Merde !

Le tout dans un nuage de buée qui en disait long sur mon bouillonnement intérieur. Je refermai aussitôt la bouche. J'accumulais les erreurs et me souvins des propos tenus par le trafiquant de Vélib' sur le personnel non qualifié. Mais bon, il faut bien commencer un jour. Mesrine lui aussi avait dû être imprécis au début. Je me jurai tout de même de ne jamais tuer quelqu'un, même par erreur. De toute façon, Enki m'avait demandé d'apporter cinq toiles et il y en avait six. J'en avais bousillé une, je n'avais qu'à me concentrer pour ne pas crever les autres et il n'en saurait jamais rien.

Une fois que la tâche fut accomplie, par un sursaut d'ego, je me mis en quête d'une cache pour la toile déchirée. Il n'était pas question que quelqu'un constate que le voleur débutait.

Je ne trouvai rien de mieux que le papyrus pour y enfouir la toile et commençai à creuser la terre gelée. L'idée ne manquait pas d'intérêt, l'action conjuguée de l'eau et des bactéries achèverait la décomposition en humus de toute trace de ma maladresse, mais je me heurtai à un réseau inextricable de radicelles durcies qui interdisaient l'enfouissement. Soumis à un accès de découragement, je laissai mon regard dériver sur le bout de toile chiffonné. Dans les jaunes vifs, plutôt gai par rapport aux autres, un mouchetis rose dans le coin inférieur droit, à côté de la signature, dont la calligraphie ressortait nettement sur le fond clair.

Je m'en approchai à la distance minimale tolérée par mon vieillissement oculaire. L'œil, en devenant moins efficace, préserve l'homme de la quarantaine, qui s'observe dans le miroir, du constat de sa sénescence. La nature est bien faite.

Et je déchiffrai alors le véritable nom de l'artiste. Ce n'était pas Apesanteur, mais A. Persanti. L'Alfred Persanti de la dédicace du bouquin de Mesrine, le retraité en villégiature alpine. Le taulier. Si ses propres toiles couvraient les murs du salon, j'en vins à douter de leur valeur marchande. Je n'imaginai pas un instant que Kandinsky ou Braque eussent décoré leur logis au moyen de leur propre production. Sans compter l'absence totale d'humilité, à moins que les Persanti ne reçoivent jamais personne.

Mais je n'eus pas le temps de pousser la réflexion plus loin.

Un bruit régulier et précis se faisait entendre.

Un plic-ploc métronomique et sec comme une goutte d'eau sur une surface dure.

Que je n'avais pas entendu auparavant.

Profitant d'être agenouillé à côté du papyrus j'inclinai la tête près du sol, dans un réflexe dénué de tout bon sens, qui ne m'apporta aucune précision sur la nature du bruit, sa direction ou son intensité. Si un chef sioux est capable avec cette méthode d'affirmer que le train de l'homme blanc arrivera dans vingt-sept minutes, c'est dans un contexte absolument différent.

Le bruit en lui-même n'avait rien d'inquiétant. Une fuite dans un appartement, cela arrive tous les jours. Si un jardinier déterminé parvenait à collecter l'ensemble des gouttes qui s'échappent des radiateurs ou des chasses d'eau d'une ville comme Paris, il pourrait faire disparaître le Sahel sous les fraises. La survenue du phénomène, en revanche, traduisait une modification de l'environnement qui méritait que je m'y attarde. Une canalisation rompue à cause du froid pouvait avoir déclenché une inondation un étage plus bas, et il n'était pas impossible que cela évolue à bas bruit depuis un bon moment. Je me voyais mal expliquer à des pompiers, alertés par le voisin du dessous, pourquoi je m'escrimais à enfouir un tableau déchiré au pied du papyrus.

Je froissai la toile au fond de ma poche, gaulai le sac contenant mon butin et retournai dans le couloir. Le bruit gagna en précision. Chaque goutte, en tombant, déclenchait un son mat, suivi d'un second plus ténu, comme un écho liquide. J'en déduisis que les gouttes tombaient dans de l'eau, signe que quelque chose se remplissait quelque part. Je m'avançai dans la seconde partie du couloir, en prenant garde de ne pas apparaître à la fenêtre. Cela provenait d'une des deux portes situées à ma gauche. Je collai mon oreille à la première, ce n'était pas là. J'approchai de la deuxième et obtins la certitude que le phénomène se situait derrière, non pas à cause du son, mais d'une odeur écœurante, indubitablement organique, qui rampait sous le chambranle telle une limace immonde.

J'aurais dû détaler, muni des cinq toiles réclamées par Enki, écouter les sirènes de la prudence qui hurlaient pourtant à mes oreilles depuis un moment, mais trop de détails m'intriguaient désormais. Et ce qui, en définitive, aurait motivé le départ de toute personne ayant deux doigts de jugeote aiguillonna ma curiosité. D'une certaine façon je redevins le chercheur à l'affût du moindre petit signe qui peut témoigner d'un grand phénomène.

Je posai la main sur la poignée et la fis jouer sans résistance. La porte, en s'ouvrant dans un léger grincement, découvrit un Frigidaire, maintenu entrebâillé par un torchon roulé en boule. La puanteur épouvantable en émanait peut-être. Tous les ans, des dizaines d'intoxications consécutives à des développements bactériens jettent au tapis des familles entières. Une giclée de produit vaisselle n'a jamais fait de mal à une clayette, bien au contraire, tous les fabricants d'électroménager le recommandent.

La vision du frigo me rassura, car j'avais commencé à édifier une histoire abominable sur ce couple de petits vieux oubliés de tous, flippant à l'idée de retrouver les Persanti momifiés, un exemplaire du *Parisien* à la main, datant de l'année précédente.

Je finis donc par ouvrir la porte de la cuisine en grand, et avançai d'un pas, précédé de la lumière dispensée par la fenêtre de la cour, ce qui me permit d'apercevoir, et de bondir à temps pour l'éviter, la large flaque de sang répandue sur le carrelage.

Je laissai échapper un cri dont l'écho rebondissait encore entre les murs de la cuisine lorsque mon regard acheva son sinistre chemin. Mes pieds écartés de part et d'autre de cette mare brune et épaisse, étirée depuis la table de la cuisine d'où gouttait, globule par globule, le sang des victimes.

Sans posséder une culture étendue du décès, il n'y avait pas l'ombre d'un doute sur l'état de cadavres de ces deux-là, pas plus que sur l'origine non naturelle de l'événement.

Un homme et une femme, la trentaine, assis en vis-à-vis autour de la table de la cuisine, une tasse de café renversée entre eux, dont le jus s'était mélangé à celui qui coulait de leurs plaies. L'homme, face à moi, brun, les cheveux courts, la joue gauche posée sur la table, un trou de cuisson au milieu du front. Une balle qui, en perforant la boîte crânienne, avait fait plus de dégâts en ressortant qu'en entrant, à en juger par la masse de cervelle et d'esquilles osseuses projetée sur la façade du lave-vaisselle. Il avait la main encore glissée dans son veston, dans la posture désespérée et grotesque, figée à jamais, d'une tentative pour saisir son arme. La femme, blonde, dos à moi, trouée à l'occiput, effondrée la face en avant, sur la table en Formica. Une branche et un verre de lunettes de soleil, grotesquement pliés à angle droit sous ce qui restait visible de sa joue. Le sang avait ruisselé sur sa nuque, le long de ses mèches cendrées qu'il avait transformées en tresses carminées entremêlées et poisseuses. Elle portait une jupe, des souliers à talons aiguilles dont l'un s'était déchaussé, balayant le sang sur le carrelage d'un dernier mouvement spasmodique.

Un relent de bière se distinguait au milieu de l'odeur du sang et des humeurs des corps abattus. J'aperçus un pack de cannettes sur le rebord du lavabo. Peut-être une balle perdue ? Pris d'une irrépressible envie de vomir, je me retournai, portant ma main à la bouche, convoquant toute ma force pour dominer mon estomac, terrifié à l'idée de laisser une quelconque trace de mon passage dans cet appartement maudit.

Ce couple avait été descendu froidement, sans qu'ils aient eu une chance de réagir, et cela n'avait pas dû se produire très longtemps avant mon arrivée. Je connaissais un rouquin des Balkans qui allait avoir une explication à fournir. Y avait-il une bande rivale sur le coup des tableaux ? Alfred Persanti avait-il gardé suffisamment de relations dans le milieu pour que son appartement serve de territoire d'accueil aux règlements de comptes en période de vacances scolaires ? La seule et absurde consolation que j'envisageai à cet instant était que la valeur de ces toiles roulées dans mon sac venait de monter en flèche. Quarante mille euros, c'était avant la découverte macabre. La cote de Persanti s'envolait davantage à chaque seconde. J'étais obnubilé, au point de ne pas songer au risque de vouloir renégocier un accord conclu avec des criminels endurcis. J'étais passé du trafic de bicyclettes à la scène de crime en moins de vingt-quatre heures. À ce rythme on allait me retrouver mêlé à la pose d'une bombe sale dans le métro d'ici la fin de la semaine.

Ayant surmonté mon dégoût, je reculai précautionneusement pour ne pas mettre les pieds dans la flaque. Plié en deux, afin d'éviter d'apparaître à la fenêtre de la courette, je rebroussai chemin, tournai à gauche dans le couloir et me précipitai vers la sortie.

Quand il y eut un nouveau bruit surprenant, une sorte de gazouillis fragile.

L'être humain est ainsi fait qu'il apprend de ses erreurs. Mais certains plus lentement que d'autres. En pratique, je n'avais pas eu le temps d'intérioriser la précédente et, au lieu de prendre mes jambes à mon cou, pilai face à la chambre. La porte, entrouverte, la seule en définitive que j'avais pu apercevoir dans l'appartement, aurait dû m'inciter à passer mon chemin. Au lieu de cela, je passai la tête dans l'entrebâillement et découvris la courtepointe vieux rose dans son ensemble. Elle était froissée, comme si quelqu'un s'était assis au bout du lit. La pièce était aussi tristement meublée que le reste : une table de nuit maculée d'empreintes circulaires de verre à dentier, une coiffeuse dont le plateau fendu avait été réparé au sparadrap, une chaise en plastique renversée sur le sol.

Le bruit se renouvela, suivi d'un soupir et d'un petit claquement mouillé. Mes cheveux se dressèrent sur ma tête, tandis qu'un frisson me parcourut jusqu'aux orteils.

L'origine du bruit se situait au niveau du sol et bougeait faiblement en provoquant un frottement léger.

Je me laissai tomber à genoux, redoutant par-dessus tout de voir se confirmer ce qui pourtant ne laissait guère planer de doute, d'autant qu'un bruit de gaz intestinal se produisit à l'instant même où je glissai un regard sous le lit. Un nouveau-né m'apparut. Un tout petit d'humain étendu sur le dos. Son pied battant sans force sur le parquet, ses petites mains fripées secouées de tremblements.

— Mon Dieu, ce n'est pas possible...

Même les athées convaincus perdent leur retenue devant le tableau d'un nourrisson abandonné sous le sommier d'un appartement gelé.

Je le tirai avec douceur et le ramenai à moi. L'enfant ne portait qu'un simple pyjama bleu en coton. Ses yeux étaient clos, sa peau marbrée de froid, ses ongles cyanosés, mais il respirait. Le fond de sa couche, tiède et humide, avait dû diffuser suffisamment de chaleur pour le maintenir en vie dans le froid hivernal. Je le pris et m'assis sur le lit, comblant l'empreinte laissée sur la couverture matelassée. M'asseyant certainement au même endroit que sa mère, peu de temps avant qu'elle soit assassinée. Je supposai que la blonde aux talons aiguilles avait mis son enfant à l'abri sous le lit, avant de rejoindre son mari dans la cuisine où les avait abattus la main implacable du tueur. Cela signifiait qu'ils connaissaient l'identité de leur meurtrier, avec qui ils avaient peut-être rendez-vous, et anticipaient que cela pourrait tourner au vinaigre.

Qu'est-ce qui m'avait pris de jouer les gangsters ? Est-ce qu'on plonge dans la piscine sans se mouiller les cheveux ? Je laissai mon instinct reprendre les commandes et me levai pour décamper, mais je ne pouvais pas abandonner l'enfant. J'envisageai un instant de le mettre dans le lit, sous la couette, cependant rien ne m'assurait qu'il n'était pas déjà en hypothermie grave, ou qu'on le trouverait assez tôt avant qu'il succombe de faim ou de soif ou étouffé par le poids des couvertures. Ce petit bonhomme luttait de sa minuscule énergie pour rester de ce côté de la vie, pour ne pas retourner dans le néant dont il s'était extrait avec tant de difficulté et de souffrance, le mois dernier. Voire plus récemment encore, car il mesurait à peine la taille de mon bras, ses pieds recroquevillés dans ma paume et ses lèvres ourlées posées au creux de mon coude. Alors je me dis qu'il avait besoin d'un nid où se réchauffer, ce petit bonhomme. J'ouvris le sac de voyage, le vidai de son contenu, puis y déposai le nouveau-né. Je refermai le zip et quittai la chambre avec en bandoulière ce minuscule fardeau vivant, parcourant les deux mètres qui me séparaient de la porte sans me retourner, de peur de voir les fantômes de ses parents au bout du couloir, en train d'agiter pathétiquement leurs chaînes et leurs boulets pour me remercier de sauver la vie du petit. J'ouvris la porte, m'enfonçai la tête dans le cou et sortis sur le palier. Je descendis l'escalier au plus vite en prenant garde de ne pas trop secouer le sac. J'avais lu un tas d'articles sur les parents qui bringuebalent leurs enfants quand ils sont mécontents, mais également quand ils sont heureux, pour les faire participer à la fête, les traitant comme des poupées de chiffon auxquelles les pauvres choux ne tardent pas à ressembler en tout point, tant leur cerveau a été contus, roulé dans la caboche à s'en fracasser le génie.

Holà, Laurent ! Halte là, me lançai-je, en prenant pied dans le hall. Tu n'es pas un parent. Ni proche ni lointain. Surtout pas d'identification. Tu es un sauveur fugace convoqué sur les lieux par l'action conjuguée de la malchance et d'un truand roux et louche. Ton but est de réchauffer ce bébé au plus vite, tout en remettant de l'ordre dans tes pensées. Il est certain que ton avenir, celui de ta relation avec Juliette, et peut-être aussi ta vie en dépendent. Ta Renault 19 pourrie est le refuge idéal pour retrouver le fil. Là, juste dehors à quelques mètres. Sans avoir rencontré quiconque. L'air de rien. Comme s'il était absolument normal de se balader avec un bébé transi dans un sac de sport. Pratiquement sans péril, mission accomplie.

Et je ralentis. M'arrêtai. Entamant un demi-tour réflexe, absurde, quasi suicidaire. Posant de nouveau le pied sur la première marche de l'escalier. Refrénant à grand-peine une envie dc gueuler dans tout l'immeuble, à en décrocher la neige accumulée sur les branches des oliviers, mais aussi leurs feuilles, provoquer une avalanche de flocons et de verdure qui laisserait ces arbres centenaires branches nues tendues, tels des vieillards ligneux exhortant le ciel de se moquer de cette andouille de cambrioleur qui avait oublié son butin là-haut.

Mission accomplie, rien du tout.

J'avais laissé les peintures dans la chambre, les rouleaux colorés sur le vieux rose de la couverture matelassée, en vidant le sac pour y installer le bébé.

Une porte claqua dans les étages et j'entendis des pas, puis la voix d'une femme âgée :

— Monsieur Persanti, c'est vous ? J'ai entendu du bruit… vous êtes revenus ?

Bon, c'était foutu. On peut déplacer des montagnes, mais un jour, on rencontre le caillou de trop.

Boulevard Malesherbes, le cortège feutré des voitures de prix se poursuivait sur la chaussée et de rares passants déambulaient, un téléphone portable à l'oreille, avec l'air concentré de ceux qui s'échangent les secrets du monde. La neige avait couvert le trottoir d'une pellicule qui chatoyait sous le soleil, je me dirigeai vers la voiture à pas contenus. Les vitres et le pare-brise blanchis allant me procurer une intimité appréciable. De loin, je pouvais offrir l'image du type qui se rend sans hâte à son squash hebdomadaire, sûr de sa victoire contre un partenaire moins bien classé.

À peine installé derrière le volant, je mis le contact et poussai la manette du chauffage à fond, puis j'ouvris délicatement le sac et examinai le nourrisson en priant pour qu'il tienne le choc.

Si j'avais un doute sur la conduite à tenir, ou plutôt si j'étais dans l'ignorance totale de ce qui était l'attitude la moins désordonnée, le petit être malmené me fut d'un secours immédiat. Il ouvrit les yeux et posa sur moi deux lacs ronds d'un bleu intense. Évidemment, il n'exprima pas d'émotion proprement dite. Non, ce petit bout, à son stade de développement, se contenta naturellement d'être. Face à moi. Qui était si peu. Et si mal.

Je me tortillai frénétiquement, tirai la chemise hors de mon pantalon, remontai mon pull et blottis le nouveau-né à même mon ventre, puis rabaissai les vêtements.

Je me remémorai ce documentaire sur les Eskimos, qui présentait des familles entières dormant dans le même lit. Du grand-père au petit dernier, tous à moitié nus, au Pôle, en plein solstice, sans jamais contracter le moindre rhume. On peut discuter des conditions d'hygiène et de la promiscuité douteuse, on doit reconnaître une chose, la chaleur dégagée par le corps humain est ce qui se fait de mieux dans le genre.

En quelques secondes, la sensation de froid disparut et je sentis le petit être se relâcher. Je posai mes mains sur mon abdomen de femme enceinte et commençai à réfléchir.

Je ne pouvais reprocher à quiconque de m'avoir entraîné dans une situation pareille. J'avais préparé la sauce Béchamel moi-même, l'avais mélangée aux courgettes, saupoudré le tout de gruyère râpé, et enfourné à deux cent dix degrés. Après trente minutes de cuisson, j'avais sorti le gratin, fumant et croustillant, et plongé une cuillère au beau milieu du plat, aussitôt portée à ma bouche dans un accès de gourmandise compulsive. Qui pouvais-je rendre responsable de m'être brûlé le palais et d'avoir maintenant la bouche pleine de cloques ? Ce n'était ni la faute des courgettes ni celle des œufs, du lait ou du fromage.

Je sentis un léger mouvement contre ma panse et

tirai le col de ma chemise pour essayer d'apercevoir ce qui se tramait là-dessous. Le petit semblait endormi, il avait repris des couleurs et suçait son pouce. En relevant les yeux, je croisai le visage d'un type dans le rétroviseur intérieur, traversé d'un sourire attendri, les yeux mi-plissés dans une expression détendue, comme atteint par une forme galopante de béatitude.

Mais aussi, dans la profondeur, au travers du pare-brise arrière dont le givre commençait à fondre sous le chauffage, de vives lumières clignotantes en approche.

Deux voitures de police s'immobilisèrent au milieu de la chaussée, gyrophares allumés, bloquant la circulation en aval du boulevard. J'essuyai de la manche la buée du pare-brise avant et constatai le même dispositif en place en amont, au niveau du carrefour avec le boulevard de Courcelles. Des policiers en uniforme trottinaient sur les trottoirs, évacuant les passants, tandis que d'autres déployaient des rubans de sécurité autour du périmètre. Plus personne ne pouvait passer, des deux côtés de l'avenue. Trois véhicules noirs d'allure franchement militaire franchirent le barrage et s'immobilisèrent à dix mètres. Leurs portes latérales s'ouvrirent, expulsant une escouade d'hommes en armes, casqués, harnachés, revêtus des combinaisons noires des forces spéciales, qui se dirigèrent au pas de course vers l'entrée du 117. Il ne s'agissait pas de simples policiers prévenus par un voisin suspicieux. Et il n'était pas nécessaire de s'interroger sur les motifs de leur présence ni sur leur destination finale. S'ils voulaient, je pouvais leur donner le code d'entrée et conduire une visite guidée.

On ne monte pas une opération de cette envergure en deux minutes, quelqu'un les avait renseignés. J'en voulais pour preuve l'agitation fébrile mais totalement silencieuse qui régnait à présent sur le boulevard cadenassé. L'absence de sirènes, quand on sait à quel point les forces de l'ordre aiment rouler des mécaniques, démontrait qu'ils espéraient surprendre quelqu'un là-haut.

On se demande bien qui.

Encouragé par le démarrage de la camionnette Fauchon, dont les occupants semblaient avoir fini de remplir les plateaux d'argent de la bonne société, j'enclenchai la première et quittai le créneau avec soin. Pas question d'un accrochage, si minime soit-il, avec le pare-chocs du voisin. Ils avaient tous le volume de l'alarme au maximum. Puis je fis demi-tour et emboîtai la roue du véhicule du traiteur, tandis qu'il remontait le boulevard, indifférent à l'état de siège qui risquait de mettre les invités à la noce en retard. Pourtant les petits-fours, c'est meilleur quand c'est frais.

Dans le même temps, je surveillai le déploiement des forces spéciales dans le rétroviseur et les vis investir l'immeuble au moment où j'atteignais le barrage amont. Devant moi, les flics étaient suspendus à leurs talkies, les traits barrés de plis de concentration.

— Bonjour, fis-je en baissant à moitié ma vitre, et en m'adressant à celui qui avait l'air d'avoir le plus d'expérience. Ça va durer longtemps votre exercice ?

Ils avaient laissé passer la camionnette Fauchon. Je la désignai du menton.

— Il vous a prévenus qu'on revenait dans un quart d'heure pour le sucré ?

Le flic m'adressa un regard vide. Un filet de voix monocorde débitait à son oreille le récit de ce que j'imaginai être la progression des commandos dans l'escalier. Son visage s'anima soudain d'une mimique agacée. Il devait produire la même lorsque sa femme l'appelait pour étendre le linge alors que la Nouvelle-Zélande menait d'un point, à une minute de la fin.

— Ce n'est pas un exercice, monsieur, circulez, s'il vous plaît, répondit-il sèchement.

— Oui, parce que moi aussi je travaille..., conclus-je, en redémarrant sous son regard noir.

Je m'astreignis quelques mètres à rouler lentement, découvrant au passage le poste de commandement de l'opération, installé sur le trottoir devant le grand magasin de fleurs : deux autres camionnettes noir mat, des hommes en civil bardés d'oreillettes, une flopée d'ordinateurs et d'antennes de tous formats, quelques flics en uniforme, des barrières de sécurité pour contenir les badauds, mais aussi un véhicule du SAMU autour duquel des toubibs en blouse blanche vérifiaient leur matériel et préparaient un brancard.

Je déglutis avec peine. Nul besoin d'être devin pour savoir à qui cette civière était destinée. Si j'étais resté cinq minutes de plus dans l'immeuble, je me retrouvais nez à nez avec les clones de Robocop. Toute confrontation avec de tels costauds shootés à l'adrénaline et chauffés à blanc par leur hiérarchie sentait la bavure.

Puis je tournai à droite en direction de la place Clichy, accélérant de la manière la plus innocente qui soit. J'avais l'impression qu'une caméra de surveillance était braquée sur mon pied droit, et j'enfonçai la pédale d'accélérateur avec la légèreté d'une araignée d'eau.

Quand le déploiement policier ne forma plus qu'une masse indistincte dans la lunette arrière, j'entendis se déclencher les sirènes du véhicule de secours.

Dans le roulis du pavé parisien, je me dis qu'ils avaient découvert les deux corps dans la cuisine.

8.

La probabilité de tomber sur un stationnement libre dans le quartier équivaut à celle de dénicher un jardin à la française au fond d'un cratère martien. Juliette et moi avions pris l'habitude d'effectuer huit tours du pâté de maisons avant d'abandonner la voiture sur une place de livraisons ou un passage piéton. Les papillons verts de l'autorité publique tissaient régulièrement leurs cocons sous nos essuie-glaces et nous misions gros sur la pérennité de l'amnistie présidentielle. Aussi aurais-je dû me méfier de cet emplacement en contrebas de notre immeuble, de type slim, pas un millimètre en excès ni devant ni derrière, mais je finis par m'en sortir après avoir fatigué le levier de vitesses une bonne dizaine de fois. Je transpirai tellement sous l'effet conjugué du chauffage monté à bloc et du stress que j'eus peur d'avoir noyé le petit. Je jetai un œil plongeant dans l'échancrure de mon pull et constatai qu'il était en train de rêver. Des secousses agitaient ses paupières closes et sa main s'ouvrit et se ferma à plusieurs reprises. Toute personne à qui il est donné d'assister au spectacle de ce temps de conscience si particulier qu'il échappe même à ceux qui le produisent se demande forcément à quoi rêve l'autre. Eh bien, j'aurais donné cher pour connaître le territoire où l'emmenaient les songes de ce bébé. Là se logeait la vérité, le spectacle tragique de l'assassinat de ses parents dont il avait été témoin à sa façon, mais qui ne laisserait aucune trace dans sa mémoire encore trop jeune. Juste un parfum dans le tréfonds de sa conscience. Une essence à laquelle aucun de ses comportements futurs ne serait étranger et qui imprégnerait, forcément, tous ceux qui auraient l'occasion de l'approcher. J'éprouvai une sensation d'intimité absolue avec cet enfant et une douceur se répandit en moi de manière inédite. Comme si j'observais l'un des plus complexes mystères de la féminité par le trou de la serrure. J'en étais gêné. Je m'apprêtais à dégager le petit et à le remettre dans le sac, lorsqu'on frappa à la vitre côté trottoir. Je sursautai violemment en voyant le visage de Mme Renalin apparaître à l'extrémité de son cou de tortue.

— Ah, monsieur Minkowski, je vous ai fait peur ? siffla-t-elle.

Dans un réflexe, je croisai mes mains devant mon ventre.

— Oui… pardon… j'étais plongé dans mes pensées…

Elle me fit signe de baisser la vitre et j'obtempérai sur quelques centimètres, histoire de faciliter la conversation, tout en conservant la barrière nécessaire. Je connaissais bien ma voisine du quatrième, toujours à l'affût du détail qui cloche. Elle aurait pu tenter sa chance en son temps à la CIA ou au KGB, si elle avait été moins bavarde.

— Vous restez là longtemps ? demanda-t-elle.

— Eh bien…

— Je voulais garder la place pour mon fils, j'ai vu par la fenêtre que celle-ci était libre… et le temps que je descende, elle était prise… mais je vois que c'est vous, conclut-elle en papillonnant des yeux.

Si elle pensait que j'allais remettre le contact et lui libérer la place, elle pouvait toujours se fourrer la phalange déformée par l'arthrose dans la cataracte. Sans vouloir être désobligeant, toute tentative s'apparentant à de la séduction de sa part était vaine. Mon inclination allait aux femmes qui avaient vingt ans de moins que moi, et non à celles qui en avaient trente de plus. Cela me causait du souci mais correspondait au moins à mes pulsions.

— Vous en avez vraiment besoin ? insista-t-elle.

Non, je manœuvrais juste pour le plaisir de lutter avec le volant, au son du clignotant. À moins de dix créneaux par jour, j'étais en manque. Je m'essayai à un sourire, mais ce que je vis dans le rétroviseur ressemblait à un potiron d'Halloween taillé par un enfant maladroit. Comme son regard déviait vers l'habitacle, je dépliai un plan de Paris en catastrophe sur le volant. Elle était capable de tout. Si elle me posait une question sur la bosse qui déformait mon pull, j'étais foutu.

— Vous ne sortez pas ?

— Non. Pas tout de suite…

Elle hocha la tête lentement et désigna le plan :

— Vous cherchez une rue ?

— Oui, oui, improvisai-je. Je me demandai… pour votre fils… je crois que dans la rue Bezon, de l'autre côté, il n'y a pas de parcmètre.

— Alors vous imaginez bien que c'est encore plus délicat d'y trouver une place.

Mme Renalin avait un flair dément pour tout ce qui pose problème. Je sentais bien qu'elle n'allait pas lâcher le morceau comme ça. J'avais beau être mêlé jusqu'au cou dans une affaire de grand banditisme, je manquais de la pratique nécessaire pour la rembarrer d'un « Et maintenant dégage, mémé, ou je te fume ! ».

À la place, je proposai : « Votre fils va bien ? » Manière de l'amadouer. J'avais dû la croiser une fois ou deux en compagnie d'un type bedonnant de mon âge.

— Oui, je vous remercie, il vient pour la machine que m'a livrée Darty, vendredi.

— Ah…

— Il a pris sur son service, pour m'aider à la régler… et vous savez quoi ? Après la livraison, figurez-vous que…

À cet instant, le petit émit un pet puissant, interrompant net Mme Renalin. Comment imaginer qu'un être de cette taille puisse causer un si grand bruit ? Heureusement la proportionnalité n'est pas de mise. C'est connu, les bébés ont aussi des yeux trop grands par rapport à leur tête. Ça n'en fait pas pour autant des chouettes à l'état adulte. Devant l'air immensément stupéfait de Mme Renalin, j'inventai :

— Pardon, j'ai mangé de la soupe à l'oignon, je suis désolé.

Elle me fixa d'un œil torve.

— La livraison de Darty, disiez-vous ? tentai-je de relancer, en espérant que le petit n'allait pas les émettre en chapelet.

— Eh bien, figurez-vous que Darty m'a rappelée, il

paraît que leurs livreurs se sont fait voler une télé, ici, dans la rue… C'était leur supérieur qui voulait savoir à quelle heure ils étaient intervenus… visiblement il avait des doutes…

— Des doutes ?

— Oui, sur l'honnêteté de ses gars. Vous connaissez l'expression « tombé du camion » ? poursuivit-elle avec l'air de celle qui a travaillé des années chez Calberson. Pour que ça tombe, il faut que quelqu'un le fasse tomber, si vous voyez ce que je veux dire… Enfin, s'ils ont des sanctions à prendre, ce n'est pas mes affaires… parce que le monsieur de chez Darty a fini par me lâcher l'info : les deux livreurs n'en sont pas à leur premier coup, la direction a l'œil sur eux depuis un moment.

J'en restai bouche bée.

— Alors vous imaginez bien que je ne vais pas les laisser accéder à mon appartement une nouvelle fois. Donc j'ai demandé à mon fils de venir, il aura forcément un avis.

— Pourquoi, il est plombier ?

— Non, commissaire de police… son avis sur le vol…

Puis elle se redressa, ce qui lui évita de constater mon blêmissement. Elle allait m'achever.

— Francis ! entendis-je.

Elle se pencha de nouveau :

— C'est lui, justement. Je vais vous le présenter. Non, pas le commissaire.

— Je vous remercie, mais je dois rentrer chez moi.

— Eh bien, allez ! Sortez donc, je vous en prie… Autant qu'il me passe les menottes tout de suite.

— Dans une minute…

— Faut savoir ce que vous voulez, monsieur Minkowski.

— Vous avez raison.

Paraître inconstant et ridicule vaut toujours mieux que prendre quinze ans de prison.

— Ah, le voilà… Tu es à pied finalement ?

L'instant d'après j'assistai, tourmenté au fond de mon siège, à leurs papouilles.

— Je me suis garé au parking sur l'avenue, expliqua le commissaire, dans ta rue c'est impossible, maman…

— Oui, j'en parlais avec un voisin… viens, je te le présente…

— J'ai très peu de temps, maman…

Mais elle retapa à la vitre.

— Maman…, répéta-t-il, embarrassé.

Pourquoi cette femme n'écoutait-elle pas son fils ? Le pauvre avait dû laisser un paquet de billets entre les mains des psys. Tout ça pour finir par trouver sa voie en prenant le commandement de tout un tas de bonshommes en uniforme.

— Alors, vous ne sortez pas ?

— J'ai mal au ventre, murmurai-je, en grimaçant, tentant d'établir une forme de connivence. C'est un peu gênant…

— Ah oui ! fit-elle avec un grand clin d'œil. Bon ben, on y va alors… à bientôt, monsieur Minkowski…

Puis je les vis se diriger vers l'immeuble, entendant les dernières paroles de ma voisine :

— Il faut que je te raconte ce qui s'est passé hier, au pied même de l'immeuble…

Dès qu'ils eurent disparu derrière la porte vitrée, je glissai la main sous mon pull et saisis délicatement le petit, qui semblait poursuivre son voyage onirique. Je le déposai dans le sac avec les gestes les plus délicats dont je sois capable. C'est une chance à cet âge de dormir autant, une manière progressive d'entrer dans la brutalité du monde.

Je regagnai l'appartement sans autre rencontre inopportune et me précipitai dans le salon, posant le sac sur le canapé et le dézippant précautionneusement. Le petit bonhomme s'était réveillé et dardait sur moi ses grandes soucoupes emplies de souveraine indifférence. Évidemment, on verrait plus tard pour les remerciements. Sa main cherchait sa bouche et il se fourra le pouce à deux reprises dans le nez avant de trouver le bon orifice et de se mettre à suçoter tranquillement. Autant que je pouvais en juger, étant davantage un spécialiste de son infiniment petit que de son assemblage macroscopique, ce nourrisson ne m'avait pas l'air en si mauvais état. Ne sachant quelle distance conserver ou abolir avec lui, je préférai ne pas le toucher, et le laissai vaquer à ses minuscules préoccupations. Puis j'attrapai la télécommande et zappai de chaîne d'information en chaîne d'information, BFM, iTélé, LCI, pour voir si on évoquait les événements du boulevard Malesherbes. Rien. Par acquit de conscience, j'effectuai un détour par CNN où, à mon grand soulagement, on s'intéressait plus à Barack Obama qu'à moi.

C'est alors que le jeune souci se mit à brailler. Une fois de plus je restai béat devant la puissance sonore de l'engin. Non pas que j'ignore ce qu'est un petit d'homme. Pas besoin d'en avoir un pour se faire une idée. Je n'ai pas non plus de bébé tapir par exemple, mais je connais des choses à leur sujet. À la naissance, leur progéniture arbore un pelage brun ponctué de taches blanches et de raies, elle est allaitée la première année, puis devient progressivement herbivore, avec une nette préférence pour les fruits. Le tapir est un animal solitaire qui vit plutôt la nuit et dont le nez démesurément long peut faire office de tuba quand il s'agit de respirer sous l'eau. J'aurais pu en élever un depuis que Juliette avait soigné le petit dernier, né au zoo de Vincennes. Bon. Mais à côtoyer ce nourrisson dont les parents avaient été tragiquement abattus, j'étais insidieusement saisi d'un sentiment de nécessité morale qui me faisait réagir différemment. Ce n'était pas la perception physique de son cri qui me dérangeait, c'était sa charge émotionnelle. Je refusais que cet enfant soit malheureux et, si je préférais avoir à répondre de son sort le moins longtemps possible, je comptais bien, tant que cette responsabilité m'était échue, l'exercer au mieux.

A priori, il y a deux raisons aux pleurs d'un nouveau-né : soit il a mal, soit il a faim. Tant qu'à choisir, je préférais que ce petit bout soit affamé, mais ce que j'avais vu faire Juliette au zoo, avec un biberon de lait de chèvre, espèce plus proche du tapir que la vache, je ne pouvais le reproduire ici. La seule chose qui s'apparentait à un laitage dans le frigo était un yaourt à la goyave.

Comme il redoublait de pleurs, je le pris dans mes bras, mû par un instinct archaïque. En ce qui concernait l'allumage d'un feu avec deux silex et une brindille, les compétences avaient été égarées dans la famille depuis des milliers de générations, mais bercer, cela se tentait. Et fonctionna. Le petit d'homme se calma et se tut presque aussitôt.

— Là… ça va aller, mon bonhomme… ne t'inquiète pas, je suis là, murmurai-je doucement, en approchant ma bouche de sa joue tiède.

— Pourquoi tu ne me l'as pas dit, tout simplement ?

La voix de Juliette était calme mais elle claqua comme un coup de fouet.

Je me retournai et la découvris, debout sur le seuil de la chambre en culotte et tee-shirt, les cheveux ébouriffés, le pli de l'oreiller sur la joue.

— Ah ? Euh… tu étais là ?

Juliette ne répondit pas tout de suite, elle s'approcha sans quitter des yeux le bébé. Puis, l'ayant examiné comme on inspecte un serpent venimeux, elle daigna m'accorder un regard, noir et terrible.

— Il y a eu un problème de contage viral à cause du fennec, lâcha-t-elle sèchement, ils ont fermé la clinique pour décontamination. Alors je suis rentrée et je me suis endormie. Ce sont les pleurs du bébé qui m'ont réveillée…

Elle répéta en le désignant du menton :

— Pourquoi tu ne me l'as pas dit ?

— Pas dit quoi ? fis-je l'imbécile.

— Que tu en avais déjà un…

— Mais non, je n'en ai pas ! protestai-je, en continuant de câliner l'enfant.

Autant vouloir convaincre un bijoutier qu'on ne va pas le braquer alors qu'on le tient en joue avec un pistolet.

— Il est tout petit, fit-elle.

Je compris, à son ton, qu'il fallait traduire : « Il est tout récent », ce qui supposait « contemporain de notre relation ». Juliette était bonne en calcul mental, et sa réaction aurait été tout à fait différente si elle m'avait trouvé en train de jouer à la Wii en compagnie d'un adolescent muni d'un piercing à chaque arcade. Je voyais l'énormité du malentendu fondre sur moi avec la vélocité d'une avalanche.

— C'est qui, la mère ? reprit-elle, d'une voix blanche et autoritaire.

Comme j'avais trop de choses à gérer simultanément, je me simplifiai la vie en répondant sincèrement.

— Je ne sais pas.

— Tu ne sais pas qui est la mère ?

— Pas la moindre idée.

Pour la première fois, elle haussa le ton.

— En plus tu te fous de ma gueule ?

— Non, Juliette, je vais…

— Dire que l'autre soir je me suis ridiculisée en te demandant de me faire un enfant, m'interrompit-elle, écœurée. Il n'y a que mon cul qui t'intéresse et évidemment, pour les choses sérieuses, il y a une autre femme !

— Mais quelles choses sérieuses ? Pas du tout, Juliette ! Et si tu savais combien j'ai réfléchi à ça toute la journée d'hier… Ce n'est pas ce que tu crois, et tu dois m'écouter, il y a une explication très simple… tu ne vas pas en revenir…

Elle haussa un sourcil et pas l'autre. J'avais gagné un créneau pour en placer une :

— La mère est morte et je ne suis pas le père…

Je lui aurais dit que ce bébé était un jouet fabriqué en Chine, cela aurait eu le même effet.

— Juliette, il faut me croire, c'est important, insistai-je d'une voix douce.

Elle haussa la tête, non pas pour approuver, comme je le crus d'emblée, mais pour vérifier jusqu'où j'étais prêt à aller par lâcheté.

— Alors c'est qui, le père ?

— Je ne sais pas, il est mort lui aussi…

— Donc, tu ne connais ni la mère ni le père ?

— Exactement, j'ai recueilli cet enfant qui allait mourir de froid…

— Laurent, pourquoi tu me racontes des conneries pareilles ?

Elle se laissa tomber sur le canapé, l'air infiniment triste. J'aurais voulu la serrer entre mes bras, mais la place était prise.

— C'est nul, poursuivit-elle.

Alors elle se leva et retourna dans la chambre.

— Qu'est-ce que tu fais ? demandai-je, pour la forme, car je connaissais malheureusement son genre de détermination.

Effectivement, elle réapparut en boutonnant son jean.

— Attends, Juliette, je vais tout t'expliquer…

Elle attrapa ses bottines et enfila la première. Cette fois, ce n'étaient pas des baskets, je sentis que si elle partait, elle ne reviendrait pas.

— Je vais te dire la vérité, Juliette. Mais parfois c'est justement parce que c'est vrai que c'est incroyable, plaidai-je. Accorde-moi une minute, que je rassemble mes idées…

Elle interrompit son mouvement avant la seconde bottine. Je tentai de pousser l'avantage :

— D'abord tu dois me jurer quelque chose…

— Tu n'es pas en position de négocier.

— Peut-être, mais j'essaie. Quand j'aurai fini de

tout te dire, je te demande de ne pas réagir à chaud. Quoi que tu penses, prends le temps de digérer l'information…

— C'était à toi de penser avant. Vous êtes tous pareils, les mecs, à vingt-cinq ans ou à quarante-cinq…

J'en avais quarante-deux et elle le savait parfaitement, c'était juste pour me blesser.

— Votre queue vous sert de cerveau et après vous ne savez plus quoi inventer pour vous en sortir. Si ça se trouve, ce n'est pas le premier.

— Ah si, je te jure !

Elle me fixa, effarée.

— Non, ce n'est pas ce que je voulais dire…

— Dire que j'ai cru…, fit-elle, pour elle-même.

Elle se tut, ses yeux se mouillèrent subitement.

— Dire que j'ai cru à notre histoire…

Je n'en revins pas. C'était la première fois qu'elle déclarait m'aimer, sans équivoque, là, au moment de me quitter.

Alors tout jaillit, en bloc :

— Juliette, j'étais en train de faire un cambriolage à côté du parc Monceau quand j'ai trouvé cet enfant sous le lit, pas loin des cadavres de ses parents. C'est à cause des tableaux d'un ex-compagnon de cellule de Mesrine que je devais apporter à un Serbe, sous le périph… un roux… tu avais raison, il y en a de plus en plus… bref, un type rencontré aux puces, chez le vendeur de parapluies qui fait du trafic de vélos…

Elle m'écoutait avec l'air de celle qui se demande à quel moment elle va appeler l'asile, mais je ne pouvais plus interrompre le récit du torrent qui emportait ma vie :

— J'ai besoin d'exercice physique maintenant, continuai-je, car je suis hypertendu et je dois prendre un traitement à vie… et tout ça ne serait pas arrivé si on ne m'avait pas viré du labo. Une grosse charrette. Le chômage. La peur de te perdre par là-dessus. Et voilà.

Je me tus.

D'abord elle ne dit rien, elle inclina légèrement sa tête sur le côté et aspira ses lèvres à l'intérieur de sa bouche. Je l'avais déjà vue faire ça. Juste avant de disséquer un chat. La fois où j'étais allé lui rendre visite à la clinique. Au moins, elle respectait ma volonté. Pas de réaction à chaud. Tout cela faisait forcément son chemin, et si elle avait besoin, je pouvais l'aider à trier.

— Tu es au chômage ? récapitula-t-elle doucement.

— Oui.

— Et tu es malade ?

— Oui, Juliette. Je prends déjà des comprimés, mais en cachette. Je comptais faire mon coming out d'ici une vingtaine d'années…

— Et tu trafiques des œuvres d'art ?

— Des œuvres… à mon avis ça ne vaut pas tant que ça, minimisai-je.

J'avais envie qu'elle me croie mais pas qu'elle me tourne le dos par crainte d'être embastillée.

— Et tu t'es retrouvé mêlé à deux meurtres ? fit-elle en écartant les mains.

— Exactement ! clamai-je avec enthousiasme.

J'exultai tout en balançant doucement le bébé, pour qu'il continue à rester calme. C'était incroyable, l'intelligence de cette fille. Nous allions former une équipe épatante. Son sens aigu de l'aléa était pile ce qui me manquait. Elle pouvait s'adapter à peu près à n'importe quelle situation. On l'aurait parachutée sur une île infestée de crotales, elle aurait trouvé moyen de faire fortune en exportant des colliers fabriqués avec leurs vertèbres.

— Et la télé ? demanda-t-elle, en désignant l'écran qui continuait à transmettre de monotones nouvelles du monde. Si tu es au chômage, tu n'as pas eu de prime ?

— Non, fis-je, rassuré qu'elle suive aussi bien l'histoire.

— Tu l'as donc achetée avec l'argent de ton trafic.

— Pire, je l'ai volée. Carrément. Oui, oui.

Je le dis avec entrain, parachevant ma confession. J'évoluais dorénavant en pleine lumière, dénudé et vulnérable. J'allais ajouter : « À des livreurs de chez Darty », lorsque la sentence tomba, catégorique :

— Tu es pathétique, Laurent, tu mens très mal. Pathétique et lâche. On est adultes, ce n'est pas la peine d'inventer des histoires à dormir debout.

Juliette enfila la deuxième bottine, rafla son manteau sur la chaise et quitta la pièce. Je l'entendis encore récupérer une ou deux affaires, puis un bruit de clef, et ses pas dans l'entrée.

En balançant toute la vérité comme une eau furieuse à travers un barrage qui se fissure, pouvais-je espérer engendrer autre chose que ruines et désolation ?

Moi-même, je n'y aurais pas cru, si je n'avais tenu ce petit bout de vie entre mes bras.

Juliette était hors de ma vue, éjectée de ma vie, lorsqu'un rassemblement policier au pied d'un immeuble parisien apparut à l'écran. Je bondis sur la zapette, montai le son et écoutai le commentaire de l'envoyée spéciale de BFM TV :

— Un double meurtre commis dans l'appartement habité par un ancien repris de justice, boulevard Malesherbes à Paris. Règlement de comptes, vol crapuleux ? La police parle d'une tentative de vol de tableaux... le ou les malfaiteurs auraient été interrompus...

Cela me rassura qu'ils disent « le ou les ». Ç'aurait été beaucoup plus inquiétant si la journaliste avait dit : « Le professeur Laurent Minkowski s'est enfui précipitamment juste avant l'arrivée de la police, mais heureusement, son adresse est dans l'annuaire. »

Un léger bruit dans mon dos attira mon attention, et je vis s'inscrire sur l'écran le reflet de la silhouette de Juliette. Elle n'était pas encore partie et avait entendu le reportage. Je fis comme si je ne l'avais pas remarquée, ce n'était pas le moment de triompher : « Ah, tu vois ? Qui avait raison ? » Je continuai de regarder, montant discrètement le son d'un cran ou deux, histoire qu'elle n'en perde pas une miette.

— Et maintenant, poursuivit la journaliste, nous vous diffusons un document étonnant, filmé il y a quelques minutes à peine, par une habitante de l'immeuble. Je vous rappelle que si vous êtes amenés à assister à un événement exceptionnel, chacun d'entre vous peut devenir correspondant d'un jour de la chaîne de l'information en continu, en postant sur temoin.bfmtv.com...

L'image était saccadée et de mauvaise qualité, probablement enregistrée par un téléphone mobile. Et le son était à l'avenant, sifflant et grésillant. On distinguait le couloir de l'appartement dans lequel je me tenais moins d'une heure auparavant, et tout au fond, le va-et-vient des flics en tenue de commando. La personne qui filmait devait se tenir sur le seuil. Elle captura l'image d'un premier policier, sortant de la chambre où j'avais découvert le bébé, les toiles de Persanti à la main, suivi d'un deuxième, qui brandissait une radiographie. On entendit distinctement le flic :

— Y en a qui laissent des empreintes digitales, celui-là a laissé son nibard…

Il y eut des rires tandis qu'il levait bien haut le cliché, puis le policier sembla s'apercevoir de la présence de l'objectif et tendit la paume en avant : « Madame, s'il vous plaît, c'est interdit ! » jusqu'à obscurcir tout le champ.

J'étais atterré. En vidant le sac pour y mettre le bébé, j'avais abandonné les toiles, ça, je m'en étais aperçu, et avec, la mammographie. J'aurais voulu qu'un toboggan se forme sous mes pieds et me précipite au centre de la Terre. Je me retournai, disposé à prendre un savon d'anthologie. Mais la stupéfaction de Juliette était telle qu'elle semblait avoir soufflé toute colère.

— C'était mon sein ?

— Tu ne risques rien, j'avais découpé ton nom avant… personne ne pourra l'identifier.

Je ne voyais pas les flics convoquer toutes les femmes en âge de passer une mammographie pour un examen comparatif.

— Mais pourquoi ? dit-elle dans un souffle.

— Pour ouvrir la serrure, c'est un vieux truc de bandit… En général on prend une radio des mains, ou du crâne, mais là…

Je sentis que le moment n'était pas à la pédagogie.

Juliette était tétanisée, tandis que le petit film repassait. Cette fois l'image se figea sur la mammographie. Je m'assis sur le canapé, mes jambes flageolaient.

— Mon sein, là, répéta Juliette, tandis que sur la chaîne d'information, on revenait au plateau.

— Aucun renseignement pour l'instant sur l'identité des victimes, un couple, précisa le commentateur, si ce n'est, d'après le procureur de la République arrivé sur les lieux, que leur âge ne correspond pas à celui des propriétaires de l'appartement…

— Ce sont les parents du petit ?

J'opinai et Juliette vint s'asseoir près de moi. Elle resta quelques secondes silencieuse. Maintenant, elle digérait le flot de nouvelles. Nous étions là, tous deux, assis côte à côte, en train de regarder la télévision. Tout était normal.

— Mais pourquoi tu ne m'as pas dit que tu avais perdu ton travail ? finit-elle par demander d'une voix radoucie.

— Parce que je n'ai pas eu suffisamment confiance…, lui avouai-je.

À l'écran, on voyait à présent le commando des forces d'intervention repartir au volant des véhicules noirs.

— Et tu t'es vraiment foutu dans une merde pareille ?

Comme la question n'appelait aucune réponse pertinente, je me contentai de hocher la tête.

Pour la première fois, Juliette considéra le petit garçon dans mes bras sans animosité. Il dirigeait sa tête, lui aussi, vers la télévision, attiré par la luminosité ou le son, peut-être au fond déjà préoccupé par ses origines.

— Mais qui est-ce ? demanda Juliette.

— Je te l'ai dit, je n'en ai pas la moindre idée.

Juliette poussa un soupir en se massant les joues nerveusement.

— Écoute, repris-je, je suis tellement désolé de t'avoir mêlée à tout ça…

— Passe encore que tu sois devenu un malfaiteur, fit-elle, la voix brisée, mais montrer ma poitrine à la télé… je ne sais pas si je te pardonnerai…

9.

Emmanuel Deplessis était ambassadeur de France au Brésil. Lorsque « Son Excellence », comme le qualifia Juliette, effectuait un séjour à Paris, en général pour rendre compte au ministère des Affaires étrangères, elle s'arrangeait systématiquement pour ne pas être disponible. Fille unique, elle avait aimé longtemps ses parents avec naturel et sans questionnement, les accompagnant de continent en continent au gré de la progression de son père dans la carrière. À l'instar d'autres enfants de diplomates, elle avait appris à s'intégrer rapidement, quels que soient le contexte et l'horizon. Quand on a bougé tant de fois, on ne se sent déplacé nulle part. Ainsi, Juliette avait fréquenté une école primaire au Maroc, un collège en Australie et un lycée au Portugal. C'est à Lisbonne qu'avait eu lieu la grande rupture, dont jusqu'à cette minute elle n'avait jamais voulu parler.

Son cadre de vie, mouvementé mais cohérent, avait volé en éclats, un soir de février, alors qu'elle était en seconde au lycée français de Lisbonne. En rentrant de la clôture du Festival de fado, où de bar en bar l'adolescente avait fait ses premiers pas dans l'art d'embrasser les garçons, elle était tombée sur sa mère, en larmes. Celle-ci était sculpteur. Elle aussi avait suivi les déplacements de son mari, profitant çà et là d'une commande officielle, sans parvenir réellement à étendre sa réputation au-delà du cercle diplomatique. Se présentant, avec autodérision ou amertume, selon l'humeur, comme « artiste officielle et itinérante de la nation ». Elle lui avait révélé que son père avait une maîtresse, une fonctionnaire du ministère des Affaires étrangères portugais. Ce n'était pas la première fois, mais généralement les tocades duraient moins longtemps que les missions. Chaque affectation, chaque déménagement offrant à leur couple un nouveau départ, quelques mois de répit, parfois plusieurs années. Cette fois, les circonstances étaient différentes. La femme en question était tombée enceinte et avait convaincu son amant de garder l'enfant.

Au fond, ce qui avait le plus blessé Juliette, c'était la lâcheté de son père. Si sa mère ne lui avait pas dit, quand l'aurait-elle su ? À cet âge funambule, Juliette s'était sentie déséquilibrée par le surgissement brutal d'une fratrie. Poussée sans ménagement du côté des adultes. Chassée, plutôt.

Le sentiment de trahison avait été tel que lorsque sa mère, après lui avoir annoncé sa décision de quitter son père et de retourner vivre en France, lui avait demandé de prendre position, le choix s'était avéré facile.

Juliette avait donc emménagée avec sa mère, à Paris. Elle était entrée en première au lycée Chaptal et avait découvert son pays à l'âge de seize ans, jouissant pleinement de son statut de jeune adulte au travers d'une résolution absolue de sédentarité.

Un an plus tard, nouvelle bascule : sa mère avait revu son père, de passage à Paris. Ils s'étaient rencontrés secrètement, « comme des amants », avait-elle précisé, avec une lueur dans le regard qui avait profondément écœuré Juliette. Une exposition de ses œuvres allait être organisée à Lisbonne. Elle s'y rendrait donc pour quelques semaines.

Juliette avait félicité sa mère sans conviction, connaissant par cœur le mécanisme de rabibochage du couple, et sachant à quel point son père avait dû manigancer pour se racheter. À chaque fois qu'il trompait sa femme, ça lui coûtait un vernissage.

De Lisbonne, sa mère l'avait avertie par e-mail que son père s'était séparé de sa maîtresse. Elle avait eu l'occasion de faire la connaissance de Mateus, alors âgé de quelques mois. Le petit garçon était si mignon. Son père en était dingue. Elle allait rester à Lisbonne, pour tenter de reconstruire son foyer. Peut-être allaient-ils partager la garde du petit ?

Son foyer.

Ils lui enverraient de l'argent chaque mois pour le loyer du studio et les études. Jointe à l'e-mail, une photo de Mateus.

De ce jour, Juliette avait pris la décision, pour éviter de détester ce petit garçon dont elle avait découvert la photo au travers d'un rideau de larmes, de ne plus avoir affaire à ses parents.

— J'ai fermé mon compte en banque, j'en ai ouvert un autre, j'ai pris une chambre avec une colocataire, et voilà…

Elle ne les avait revus ni l'un ni l'autre, depuis cinq ans, malgré leurs tentatives régulières de la contacter.

— Ils ne connaissent même pas notre adresse…

Puis elle ajouta :

— Tu comprends pourquoi je t'ai raconté ça ?

Je posai ma main sur sa cuisse. J'imaginais à présent ce qui avait pu lui traverser l'esprit en me découvrant avec le petit dans les bras. Moi qui voulais à tout prix éviter de passer pour une figure paternelle, j'avais tapé dans le mille.

Des images inédites, tournées dans la courette de l'immeuble du boulevard Malesherbes, apparurent alors sur LCI. Juliette s'empara de la télécommande et monta le son : un homme d'une soixantaine d'années dressait un portrait de son voisin Alfred Persanti, dont la marotte dans les années 1970 semblait avoir été le braquage de bureaux de poste. Ce dernier avait passé quinze ans en prison et y avait fréquenté des truands notoires, puis il s'était mis à l'écart des affaires après sa rencontre avec une fleuriste du quartier, devenue sa femme. Aujourd'hui, le paisible senior, d'excellent voisinage, coulait des jours heureux en s'adonnant à sa véritable passion, la peinture abstraite. Il vendait ses toiles sur les marchés du quartier. Le voisin lui-même en avait acheté une pour trois cents euros.

Cette fois, Juliette éteignit la télé.

— Tu t'es fait couillonner dans les grandes largeurs, poursuivit-elle. Rien ne colle dans cette histoire.

J'étais content qu'elle prenne les choses en main, même si au passage elle m'enfonçait la tête sous l'eau. C'était de bonne guerre. Elle avait raison : l'image de retraité débonnaire jurait avec le carnage qui avait eu lieu chez les Persanti. Comme détonnait la taille de son appartement rapporté aux revenus supposés d'un ex-taulard et d'une ancienne fleuriste. De même, la valeur des toiles ne justifiait en rien qu'Enki m'ait proposé quarante mille euros pour les décrocher du mur. Enfin, personne ne semblait avoir eu connaissance de la présence d'un enfant sur les lieux du drame.

— Il faut que tu ailles à la police, je ne vois rien d'autre à faire, dit Juliette.

— Mais ça va pas ? J'étais en train de cambrioler cet appartement. Tout est contre moi. On va me coller les deux meurtres sur le dos, direct… Tu sais comment ça se passe, ils ont des experts en manipulation psychologique… ils arriveraient à extorquer des aveux à une mante religieuse : « Oui, j'ai mangé la tête de mes quinze derniers maris pour leur faire payer ma haine des hommes… »

J'avais choisi une métaphore dans le règne animal, escomptant qu'elle y serait sensible, mais au contraire, elle se rembrunit.

— Quoi ?

— Rien…, soupira-t-elle.

— Si, dis-moi, qu'est-ce qu'il y a ?

— C'est usant.

J'essayai de comprendre.

— Tu fais de l'humour quoi qu'il se passe.

— Ah bon ?

— Oui, comme une mise à distance…

— Eh bien, compte tenu de la tronche du réel, me défendis-je, ce n'est pas plus mal en l'occurrence…

— C'est aussi un moyen de se voiler la face, on ne peut pas tout tourner en dérision.

Je me demandai quelle mouche la piquait, et risquai :

— Tu parles de nous ?

— À ne jamais rien prendre au sérieux, on ne s'engage pas… c'est tout ce que je voulais dire.

Oui, elle pensait à notre couple, et peut-être de nouveau à sa proposition de faire un enfant. On allait avoir du mal à éviter le sujet maintenant que ce petit être gazouillait entre nous. Une raison supplémentaire pour s'en débarrasser.

— Tu n'aurais pas dû ramasser ce bébé, confirma-t-elle.

— Je pensais lui sauver la vie, comment je pouvais savoir que cinq minutes plus tard la moitié des flics de Paris allaient débarquer ?

— Il ne fallait pas mettre les pieds dans cet appartement.

— J'étais désemparé ! m'énervai-je. J'ai agi comme un con, je sais ! Je suis à la ramasse, Juliette, tu aurais dû me voir hier ! Puisqu'on se dit tout, tu veux savoir le pire ? J'ai passé toute la matinée devant les émissions religieuses à la télé ! Tout ça parce que j'imaginais que tu me trompais avec un cycliste !

Je savais que le cheminement de ma pensée n'était pas évident à suivre, mais voilà ce que cela donnait quand j'essayais d'être sérieux.

— Mais j'étais avec Rébecca, je te l'ai dit… elle s'est fait larguer par Marc.

— Encore ?

— Oui…

— Tant mieux !

— T'es dégueulasse, ce type la fait souffrir depuis des années !

— Pourquoi elle ne se barre pas dans ce cas ?

— Parce qu'elle l'aime.

— Je ne comprends pas qu'on puisse aimer quelqu'un qui vous fait du mal.

— Moi non plus ! Tu as raison, il ne faut vraiment pas avoir grand-chose dans le crâne !

J'eus le sentiment que cela m'était adressé.

L'enfant choisit ce qu'il fallait bien considérer comme notre première scène de ménage pour se remettre à pleurer. Ses traits se contractèrent, son visage tout rond se déforma sous l'action d'un chagrin immense, il poussa un long cri irrité, et des larmes tracèrent de pâles coulées sur ses joues congestionnées. Je tentai de lui parler, mais rien n'y fit. Il hurlait sur un rythme régulier, méthodique, pleurait comme s'il essayait de vider par les yeux tout le liquide contenu dans son petit organisme.

— Il a faim…, hasardai-je.

— Il a mal, rétorqua Juliette. Combien de temps il est resté dans le froid ?

— Comment veux-tu que je le sache ?

Je fis le tour du salon en lui tapotant le dos, mais je n'obtins rien de plus efficace qu'un rot aux relents de lait caillé. Au moins, il avait dû manger dans la matinée. Ce qui éliminait l'hypothèse de l'inanition, quoiqu'à cet âge on mange aussi souvent qu'on respire.

Soudainement, il passa au stade ultime du braillement, sans étape intermédiaire, rejetant violemment sa tête en arrière et se raidissant entre mes bras. Il avait la nuque bloquée entre les omoplates, offrant sa gorge cramoisie, bandée par l'effort. On lui voyait les veines gonflées, les tendons crispés, tout ce qui fait déjà mal chez un adulte. Je crus qu'il allait me claquer entre les mains, comme un cure-dent qu'on tripote à la fin du repas. J'étais complètement paniqué, à deux doigts de fourguer le paquet criard à Juliette. Après tout, si elle en voulait un, qu'elle prenne celui-ci et trouve une solution pour baisser le volume. Mais il me restait suffisamment de lucidité pour ne pas laisser échapper une chose pareille.

— Il va alerter toute la maison, murmurai-je en rentrant la tête dans les épaules, comme pour l'inciter à m'imiter.

Je pensais à Mme Renalin, là-haut avec son commissaire de fils. Probablement déjà tous deux à genoux, l'oreille collée au parquet.

— Il faut l'amener à l'hôpital, lança Juliette.

— Impossible, ce n'est pas parce qu'ils n'ont pas parlé de l'enfant à la télé qu'ils ne sont pas au courant… On va l'amener aux urgences et cinq minutes après on va se faire embarquer. C'est se jeter dans la gueule du loup. Ils ont peut-être diffusé la description du petit partout.

Il redoubla de hurlements. Je ne pensais même pas que c'était physiquement possible sur cette planète. J'écartai la tête pour ne pas avoir les tympans réduits en miettes.

— Et si c'était lui, l'enjeu ? raisonna Juliette. C'est pour ça qu'il était caché, un enlèvement, un petit recherché partout… rien ne prouve que les deux cadavres de la cuisine sont ceux de ses parents.

— C'est vrai…

— Ah ! affirma-t-elle, encore sur la queue de notre dispute.

— Et ça change quoi ? demandai-je.

— Eh bien, en le rapportant, tu prouves ta bonne foi, tu deviens un héros…

Comme je restais songeur, elle me tendit les bras.

— Passe-le-moi…

J'obtempérai et lui remis le colis hurleur, dont elle s'empara sans hésitation, sans brusquerie non plus, mais avec une sorte d'efficacité, sous laquelle perçait l'habitude des chatons, chiots, lapereaux, serpenteaux et autres têtards. Elle lui renifla les fesses et secoua la tête négativement.

— Non, ce n'est pas ça… il est stressé, ce petit…

Moi aussi, mais je ne gueulais pas à en fissurer les fondations de l'immeuble. Je me souvins de la recette d'une potion lénitive administrée par ma mère lorsque j'étais adolescent et que le dévalement hormonal me faisait grimper aux rideaux.

— On pourrait lui donner de l'eau chaude mélangée avec un peu de tilleul, de la camomille et une branche de thym ?

Juliette hocha la tête d'une manière que je trouvai désobligeante et se dirigea vers l'ordinateur.

— Qu'est-ce que tu fais ?

— Je cherche les coordonnées du pédiatre le plus proche…

10.

Derrière la vitre blindée du box des accusés, Hassan regardait Liliane Dorval avancer dans la vaste salle d'audience de la cour d'assises de Paris. Elle avait moins de trente ans, les cheveux châtain clair coupés au carré. Vêtue de sombre, elle portait un pull en maille, une jupe en laine courte. Des collants chauds et une paire d'escarpins à talons complétaient le tableau d'une femme séduisante, sans ostentation. À mesure que sa silhouette se découpait dans la vive clarté des fenêtres qui dominent la place Dauphine, Hassan plissa les yeux, ébloui malgré l'intensité des verres teintés. Les architectes du XIXe siècle avaient imaginé cette disposition pour mettre l'accusé en pleine lumière, dos à un mur borgne, aujourd'hui couvert d'une fresque pompeuse et gigantesque. Les lambris de chêne, les lustres et les riches décorations du plafond à caissons, tout ici était conçu pour écraser de solennité.

La jeune femme franchit le portillon de bois et s'approcha de la barre des témoins, laissant derrière elle les bancs remplis à ras bord de curieux et de journalistes, du directeur de la prison lui-même, et de quelques têtes connues de l'Albinos, de rares amis lui apportant un soutien discret et silencieux ; des ennemis, aussi, plus nombreux, venus assister à sa chute.

Le procès avait débuté depuis quatre jours, mené à un rythme intense par la présidente Mossinet.

La première journée avait été consacrée au choix des jurés. Hassan, par l'intermédiaire de son avocat, avait récusé les cinq maximum autorisés par les textes. Les deux Noirs, bien entendu, sachant à l'avance qu'ils n'allaient pas apprécier ce qu'ils allaient entendre, et trois femmes, c'était la moindre des choses, pour ne pas se soumettre à un jury majoritairement féminin. Puis avait eu lieu la lecture terrifiante de précision des chefs d'accusation. Non seulement la liste des prostituées, mais pour chacune d'elles l'âge, d'abord, souvent inférieur à dix-huit ans, le pedigree complet, les circonstances de leur entrée clandestine dans le pays, l'organisation présumée de la filière, puis la description de leurs conditions de vie, promiscuité, absence d'hygiène, commerce à l'abattage, sévices corporels subis, autant de griefs aux yeux des hommes et de leur justice dont le ministère public entendait démontrer qu'ils incombaient à l'organisateur et bénéficiaire en chef du réseau : Hassan Cherkaoui.

Lors des deux jours suivants, Hassan avait assisté à l'écoulement torrentiel des interventions à charge, assis passivement, encadré de deux gendarmes armés. Il n'était jamais intervenu spontanément, mais avait répondu de manière froide et polie, quand la présidente avait sollicité son intervention.

— Saviez-vous que ces jeunes femmes que vous

faisiez entrer en France clandestinement étaient mineures ?

— Je ne pouvais que les croire sur parole…

— Que voulez-vous dire ?

— Venir en France était leur objectif prioritaire, quitte à mentir sur leur âge.

— Vous insinuez que vous leur rendiez service ?

— En quelque sorte, oui.

— Mais vous fermiez les yeux sur leur âge, c'est bien cela ?

— Il y a une raison.

— Laquelle ?

— Les clients préfèrent les jeunes.

— Merci, monsieur Cherkaoui, ce sera tout.

À chaque instant, la magistrate avait dirigé les débats de manière à offrir aux neuf jurés une vision rationnelle de l'organisation commandée par l'Albinos, laissant l'aspect émotionnel aux envolées de manches de l'avocat général. L'accusé avait été dépeint comme un chef d'entreprise avisé, dont le fonds de commerce était la chair et l'horreur. La mise au jour de la structure, l'exposition clinique des rouages de son organisation soulignait la responsabilité du patron, comme en droit du travail on peut condamner le président d'un consortium de bâtiment et travaux publics pour un accident survenu sur n'importe lequel de ses chantiers.

— Quel est le prix moyen d'une passe effectuée par ces jeunes filles, monsieur Cherkaoui ?

— C'est en fonction du service, madame la présidente, il y a différents tarifs…

La réponse avait déclenché une rumeur dans le public, interrompue par un claquement de langue agacé de la magistrate, amplifié par la paire de micros.

Elle avait posé la main sur son maillet mais n'avait pas eu à en faire usage.

— Disons, pour une prestation classique…

— Vingt euros…

— Cela me paraît peu…

— Ça dépend pour qui… les consommateurs sont pour la plupart des émigrés aux revenus faibles…

— Vous allez nous raconter que vous jouez un rôle dans la cohésion sociale ?

— La misère sexuelle cause de nombreuses infortunes…

— Et combien percevez-vous sur ces vingt euros ?

— Il y a le logement, la nourriture, les visites du médecin… disons les trois quarts…

— Ce qui veut dire qu'il reste à ces jeunes filles cinq euros par passe…

— Une fois qu'elles ont remboursé les frais du voyage… Avant on garde tout.

— Cela peut prendre un moment, j'imagine.

— C'est pour ça que les filles travaillent beaucoup.

— Combien ?

— Quarante passes par jour.

— Merci pour ces précisions, monsieur Cherkaoui.

Ainsi, témoins et experts s'étaient succédé, d'abord le capitaine qui avait procédé à l'arrestation, accompagné d'un huissier poussant un caddie de supermarché chargé jusqu'à la gueule de pièces à conviction. Il y avait là la totalité de l'arsenal saisi dans la planque de l'Albinos, chaque arme à feu, couteau ou détonateur, emballé dans un sac plastique méticuleusement étiqueté. Pour des raisons de sécurité, les explosifs n'avaient pas été apportés à l'intérieur du tribunal.

Puis d'autres policiers avaient comparu, des médecins légistes et des douaniers, pour décortiquer la filière et donner corps aux charges de proxénétisme aggravé en bande organisée, leurs interventions construisant pièce après pièce la culpabilité de l'Albinos dans le for intérieur des jurés.

Après une interruption de séance, destinée à installer le dispositif qui permettait l'audition sous X, le témoignage vidéo avait constitué la pièce maîtresse de l'accusation. La jeune femme, au visage flouté, s'était présentée, sommairement, comme tapinant dans le quartier de la Goutte-d'Or. Ne voulant rien révéler de son identité, son récit, de l'intérieur même du système Cherkaoui, avait illustré, en les chargeant d'affect, les schémas présentés par les intervenants précédents. Aujourd'hui âgée de vingt-cinq ans, toxicomane et séropositive, elle avait décidé de donner un coup de pied dans la fourmilière. L'arrivée sur le marché de très jeunes filles, bulgares et estoniennes, l'ayant, selon ses dires, « bouleversée ». Elle permettait d'établir un lien direct entre la société anonyme décrite aux premières heures du procès et la personne actuellement assise dans le box des accusés. Hassan Cherkaoui l'avait essayée sexuellement à plusieurs reprises. C'était bien lui qu'elle avait vu planifier les roulements, jusqu'à six filles par studio, pour que ça tourne vingt-quatre heures sur vingt-quatre. Il n'était pas rare qu'un client attende dans l'entrée pendant qu'un autre besognait dans la pièce principale. Lui encore qui avait ordonné qu'on dérouille une collègue qui acceptait un rapport gratis en fin de mois, pour un client qui avait dépensé la totalité de sa paye entre ses bras. Avec deux de ses amies, des filles qui partageaient son studio, le témoin avait décidé de recouvrer la liberté. Avec la trithérapie, maintenant, on ne mourait plus du sida. Un horizon était encore possible, une vie différente. En évoquant ses deux anciennes amies, sa voix s'était brisée, et, malgré le système d'altération sonore, l'auditoire avait nettement distingué les sanglots. Aujourd'hui, elle était la seule encore en vie. L'Albinos avait retrouvé Françoise et Emma…

Cette phrase avait déclenché une ruée de maître Baptisti. Jusque-là, l'avocat d'Hassan, qui avait revêtu sa plus belle robe de satin noire, n'était intervenu qu'avec parcimonie, ne menant aucun contre-interrogatoire incisif. La veille, on l'avait même vu piquer du nez. Mais là, il s'était dressé, envoyant valdinguer son épitoge d'hermine, et avait interrompu le témoignage, pour demander à la cour de ne pas tenir compte de cette assertion. Son client n'était pas jugé pour de tels faits, dont il n'était pas accusé. La juge Mossinet avait validé l'objection, rappelant aux membres du jury d'ignorer la dernière phrase du témoin. Jean-Noël Baptisti s'était rassis, puis avait semblé s'enfoncer de nouveau dans la somnolence.

À l'issue du témoignage, la présidente avait mis fin à l'audience, ramassant rapidement ses dossiers et sortant par la porte latérale, suivie de ses assesseurs. La salle s'était vidée peu à peu, bourdonnant de commentaires variés sur les événements de la journée, dont il convenait de retenir qu'aux yeux de chacun l'accusé allait écoper de la peine maximale.

Pendant ce temps, Hassan avait été reconduit par les gendarmes dans les galeries du Palais de Justice, jusqu'à la prison aménagée dans les anciennes caves.

Il y dormait pour la durée du procès, cela minimisait les risques d'évasion pendant les transferts et coûtait moins cher au contribuable.

Ce soir-là, en arrivant chez elle, Isabelle Mossinet avait serré contre elle deux de ses filles qui vivaient encore au domicile familial, et téléphoné à l'aînée qui habitait désormais à Bordeaux. Elle l'avait interrogée longuement sur son nouvel emploi à la municipalité, puis elles avaient parlé des prochaines grandes vacances. Ils pourraient se retrouver quelques jours à l'île d'Oléron comme autrefois. Et, pourquoi pas, louer la même maison. Qui sait si les propriétaires étaient encore en vie ? Elle allait fureter sur Internet.

Dès qu'elle eut raccroché, la magistrate avait senti revenir en force la gêne presque physique qu'elle éprouvait depuis le début du procès, et qu'elle n'avait réussi à refouler que le temps d'un bavardage anodin au téléphone.

Les débats de justice se devaient d'être contradictoires et, les jours passant, elle se demandait où, et comment, la contradiction pouvait être portée. Elle se retrouvait face à une énigme, dans la même disposition d'esprit qu'une quinzaine de jours plus tôt lorsqu'elle avait rencontré Hassan Cherkaoui en prison. Son malaise trouvait sa source dans l'idée même qu'elle se faisait de la justice. Au cœur des raisons qui l'avaient poussée à embrasser ce métier. Il y avait le glaive mais aussi la balance et quelque chose devait être posé sur chaque plateau.

Isabelle Mossinet avait vu tant d'accusés se débattre contre les arguments ou les preuves les plus évidentes, mentir avec effronterie, simuler, manier le cynisme ou s'enfermer dans un silence réprobateur. Ils se défendaient avec énergie, ou mauvaise foi, menant le plus souvent une lutte sans chance de victoire, au fond, dans le déni de ce qu'ils étaient. Ne voulant pas reconnaître aux yeux du monde ce que leur psyché leur dictait de ne pas accepter d'eux-mêmes. Ce n'était pas seulement la prison qui les effrayait. La plupart en avaient déjà fait et en referaient. Non, s'ils combattaient vigoureusement pour ne pas être condamnés, c'était autant pour éviter la sanction de leur propre conscience.

Mais Hassan Cherkaoui, lui, ne niait pas, répondait aux questions sans parti pris, à la manière d'un automate. S'il hésitait parfois, c'était uniquement pour choisir les mots appropriés. La magistrate avait l'impression que derrière ses lunettes noires, il lui était égal d'échapper à sa peine. Comme si le procès ne constituait pas un but en soi. Quant à son avocat, il semblait s'être saisi de l'affaire uniquement pour pouvoir faire la sieste.

Isabelle Mossinet s'était ouverte de ce sentiment à ses deux assesseurs, qui lui avaient fait part d'un trouble équivalent. Si parfois les délibérations révélaient une démarcation nette entre les avis des trois magistrats professionnels et ceux des neuf jurés populaires, il leur semblait que dans le cas Cherkaoui, douze mains allaient se lever à l'identique, tant l'exposé factuel était accablant et les instincts mis au jour à l'écart de la route humaine.

En se couchant, Isabelle Mossinet s'était dit que quelque chose lui échappait depuis le début de cette affaire. Demain, peut-être, avec la comparution du témoin de la défense, un voile se lèverait.

Liliane s'arrêta devant la barre des témoins. Elle croisa les bras devant sa poitrine, les coudes dans les paumes, face à la juge, à ses assesseurs et aux neuf membres du jury. Elle s'était réfrigérée sous les voûtes en marbre du vestibule, en attendant qu'on l'appelle, et fut parcourue d'un frisson.

Pour la première fois depuis qu'elle était entrée dans la salle de la cour d'assises, elle tourna son visage en direction d'Hassan et lui sourit. Sourire que ce dernier lui rendit au moment où la présidente Mossinet s'éclaircissait la voix pour demander au témoin d'énoncer son nom et sa profession.

Liliane se retourna et répondit :

— Dorval Liliane, sans profession.

— Mademoiselle Dorval Liliane, vous jurez de parler sans haine et sans crainte, de dire toute la vérité, rien que la vérité…

— Je le jure, prononça Liliane d'une voix ferme.

Jean-Noël Baptisti avait prévu de laisser aux jurés le temps de se familiariser avec la présence de Liliane. Après le pilonnage intensif du parquet, le changement de ton pouvait paraître brutal et il ne souhaitait pas entrer d'emblée dans le vif du sujet. Il commença donc par des questions simples sur son mode de vie, précisant qu'il entendait ainsi éclairer les conditions dans lesquelles la relation du témoin et de l'accusé se développait.

Liliane ne fit pas mystère de son état de prostituée. Elle avait commencé par quelques passes occasionnelles comme pas mal d'étudiantes, pour payer ses études. Internet avait tout changé et elles étaient un certain nombre à pratiquer de la sorte. Nul besoin de souteneur, c'était moins dangereux que le trottoir et on pouvait gérer cela discrètement à tout moment de la journée. Elle n'amenait jamais personne chez elle et évitait de se rendre chez ses clients, répartissant sa pratique entre différents hôtels dont le standing dépendait du porte-monnaie de son micheton. C'était ainsi qu'elle avait rencontré Hassan, par un de ses « associés » qui recrutait en ligne.

Elle n'avait jamais travaillé pour lui, et il ne le lui avait pas demandé. Simplement, d'emblée, leur relation s'était située sur un autre niveau.

— Parleriez-vous d'un coup de foudre ? fit préciser l'avocat.

— Disons… pour lui peut-être… Moi je ne savais pas… au début il me faisait peur…

— Vous connaissiez sa réputation ?

— Non… il m'intimidait physiquement.

— Pouvez-nous dire pourquoi ?

— À cause de la couleur de sa peau… de son aspect…

— Et qu'est-ce qui a fait que vous avez surmonté… cette première réaction ?

— Il était gentil.

Jean-Noël Baptisti acquiesça et vit que deux des jurés prenaient des notes. Il se tourna un instant en direction de son client qu'il désigna du doigt.

— Nous parlons bien de l'homme qui est assis là, entre deux policiers ?

— Oui, il a toujours été gentil avec moi.

L'avocat en profita pour jeter un œil dans le public, sur le banc où avaient pris place les journalistes. Ceux-ci, plus nombreux que les jours précédents, étaient indéniablement attentifs et il repéra l'un d'entre eux qui tapotait frénétiquement sur le clavier de son téléphone portable.

Dans le silence qui suivit la dernière phrase de Liliane, on entendit nettement le frottement du crayon sur le papier du dessinateur judiciaire. Assis au premier rang, celui-ci semblait s'en donner à cœur joie, enchaînant les esquisses. Évidemment la silhouette de Liliane était plus intéressante à croquer que celle des précédents témoins.

Liliane reprit le récit de sa liaison avec Hassan Cherkaoui. Ils ne vivaient pas ensemble, d'ailleurs il avait toujours refusé de lui dire où il habitait. Pour la protéger également. Il lui avait expliqué qu'à vivre sous le même toit il pouvait être accusé de proxénétisme.

— Donc, l'interrompit l'avocat, vous étiez parfaitement au courant de ses activités ?

— Bien sûr, il ne s'en est jamais caché.

— Mais il s'ouvrait à vous du détail de son commerce ? Vous connaissiez certaines des filles qui travaillaient pour lui ?

— Non, il cloisonnait.

— Et les conditions dans lesquelles elles exerçaient leur métier ?

— Non, je vous l'ai dit, notre relation se situait sur un autre niveau. Il ne me parlait pas plus du boulot que la plupart des hommes quand ils rentrent le soir, je suppose… C'était toujours lui qui venait chez moi.

— Et pendant ce temps, mademoiselle Dorval, avez-vous continué à vous prostituer ?

— Au début.

— Pour son compte ?

— Jamais.

— Puis ?

— Il m'a trouvé du travail. Je suis serveuse dans un restaurant dans le XIe.

— Vous montez avec les clients ?

— Jamais, c'est un restaurant, je vous l'ai dit. Depuis que j'ai rencontré Hassan, ma vie est meilleure.

— Diriez-vous à son propos que vous l'aimez ?

— Il me manque. J'ai demandé à le voir trois fois et trois fois cela m'a été refusé.

Liliane était émue, elle se tut un moment. L'avocat sentit que c'était le moment de passer au stade suivant et reprit, d'une voix douce :

— Mademoiselle Dorval, vous êtes ici pour nous aider à dresser un portrait d'Hassan Cherkaoui plus fidèle à la réalité que celui qu'on a voulu jusque-là présenter aux membres du jury.

Liliane hocha la tête.

— Pouvez-vous nous dire pourquoi je vous ai demandé de venir témoigner aujourd'hui ?

— Parce que je suis la seule qui sache certaines choses sur lui…

— Pour quelle raison ?

— Parce qu'il me les a racontées… il me les a confiées.

— Serait-ce trahir la confiance qu'il vous a accordée de les répéter ici ? Serait-ce faire injure à la qualité de vos sentiments de nous dire que rien ne prédestinait un petit berger du Sahara occidental à endurer de telles épreuves ?

Liliane resta silencieuse, elle laissa son regard courir sur les différents membres du jury et enchaîna sur le récit de la poignée d'heures qui avaient bouleversé la destinée d'Hassan Cherkaoui.

L'Albinos ferma les yeux, laissant remonter les souvenirs de son enfance, les nuits glacées du désert et la transparence noire du ciel qui n'existe nulle part ailleurs, le bruit du vent qui s'engouffre dans les canyons arides et fait cliqueter les grains de sable sur les roches, l'odeur des peaux de la tente. Tandis que son avocat semblait se refermer lui-même, yeux mi-clos, écoutant ce qu'il savait déjà, et qu'il était la seule autre personne au monde à connaître.

Hassan avait sept ans lorsque les Mauritaniens avaient attaqué leur campement. C'étaient des brigands, qui traversaient généralement la montagne pour de maigres rapines. Que pouvaient-ils espérer tirer d'une famille de bergers ? Ils n'auraient même pas été capables de mener les chèvres jusque dans leur pays. Mais ils avaient entendu parler des enfants albinos et ceux-là valaient cher.

L'attaque avait été subite, à peine le feu éteint. Hassan avait été réveillé par les détonations et avait vu les corps de son père, de sa mère, de son frère aîné et de sa sœur couverts de sang, abattus au milieu des chèvres qui s'enfuyaient dans la panique. Le chien avait mordu un des assaillants, il avait subi le même sort.

Dans sa famille, tous avaient la peau mate, sauf lui et Majid, son plus jeune frère, qui hurlait et se débattait entre les mains d'un géant dont le visage noir ébène luisait sous un keffieh.

Hassan avait vu la main se lever et frapper l'enfant, puis une toile épaisse et puante lui avait été jetée sur la tête. Il avait reçu un coup, était tombé à genoux et avait senti qu'on lui attachait les mains.

Ils avaient avancé à marche forcée la nuit entière. Hassan ne comprenait pas ce qui leur arrivait. Ses parents les avaient toujours préservés de ces croyances ancestrales que véhiculaient les sorciers des villages, de l'autre côté des reliefs. À sept ans il ignorait que les membres de certaines ethnies noires étaient prêts à débourser une fortune pour s'affubler d'un morceau d'albinos en guise de grigri, protégeant du sort et donnant des pouvoirs surnaturels. Leurs ravisseurs buvaient de l'alcool et riaient, ils parlaient de soixante-quinze mille dollars par enfant.

Le deuxième jour, une tempête s'était levée, le vent soufflait fort et menaçait de les coincer sur le plateau. Majid les ralentissait. Sa vue était mauvaise, l'enfant était d'une constitution plus fragile qu'Hassan et il boitait. Les Mauritaniens avaient décidé qu'ils n'avaient pas besoin de garder son corps en entier. Ses bras et ses jambes seraient plus légers à porter. Son scalp aussi pouvait servir.

La haine est un rempart contre la démence, le seul qui ait permis à Hassan de ne pas sombrer en voyant la hache s'abattre à plusieurs reprises sur le corps de son frère et le démembrer. Les hurlements de terreur et de douleur de Majid avaient cessé rapidement après le premier coup et les amputations s'étaient succédé, aux seuls impacts du tranchant de la lame contre l'os. Les bourreaux avaient conservé dans un sac en plastique ce qui serait utile à la fabrication des potions ou des amulettes, abandonnant le reste de la dépouille aux insectes, aux coyotes et aux oiseaux.

La progression de la petite colonne avait repris mais

Hassan, même s'il marchait dans leurs pas, avait quitté la compagnie des humains, il s'était réfugié dans un monde de ténèbres où la compassion avait cédé la place à la colère, et le pardon à la vengeance.

La nuit suivante, il avait fait semblant de s'endormir près du feu et patienté, les yeux fermés, pendant des heures, attendant qu'il n'y ait plus une parole échangée autour du bivouac. Alors, il avait posé son poignet sur les braises rougeoyantes pour consumer le lien qui l'enserrait. Il avait combattu la morsure fulgurante en s'appuyant sur l'image rémanente du fil d'acier s'abattant sur son frère, jusqu'à ce que son esprit bascule dans l'insensibilité absolue.

Avant de s'enfuir, il avait encore couru le risque d'aller récupérer le sac qui contenait ce qui restait de Majid, l'avait chargé sur son épaule et avait disparu.

Les Mauritaniens ne l'avaient jamais rattrapé dans ces montagnes où il avait appris à marcher. Il avait enterré les restes de son frère sur un promontoire d'où il apercevait le mur de sable qui marque la frontière avec le Maroc. Il avait suivi du regard la ligne sombre du remblai qui s'étendait sur des centaines de kilomètres en direction du nord. Et l'avait prise pour guide.

Hassan avait été recueilli une semaine plus tard par des missionnaires espagnols, tremblant de fièvre, ses brûlures au poignet salement infectées. Ils l'avaient soigné et confié à une famille marocaine, qui avait émigré en France en 1990.

— Je crois qu'il a été incarcéré pour la première fois cinq ans plus tard, acheva Liliane. C'est à

Clairvaux qu'il a appris à lire et à écrire. À l'époque il a obtenu une remise de peine pour bonne conduite...

Un long silence succéda à ce témoignage à la suite duquel maître Baptisti rouvrit les yeux pour annoncer qu'il ne jugeait pas nécessaire de poser d'autres questions.

Le représentant du parquet ne souhaita pas non plus interroger le témoin, mais déclara que rien de ce qui venait d'être dit ne lui semblait concerner les faits jugés devant la cour. Ce qui lui attira immédiatement l'antipathie de la plupart des auditeurs.

Enfin, la juge Mossinet demanda à Hassan Cherkaoui s'il souhaitait prendre la parole. Tous les regards se tournèrent vers l'Albinos, qui signifia son refus mutique, le front baissé, muré derrière ses lunettes noires.

Le lendemain eut lieu la clôture des débats, en présence de Liliane, qui avait le droit, maintenant qu'elle avait témoigné, d'assister à la fin du procès. L'avocat général requit vingt ans de réclusion criminelle avec une période de sûreté maximale. Jean-Noël Baptisti fit honneur à son statut d'ancien secrétaire de la Conférence des avocats du barreau, sortant in extremis de sa léthargie pour plaider avec éloquence que soient prises en considération des circonstances atténuantes. Puis la cour se retira pour délibérer.

Contrairement aux prévisions de la présidente Mossinet, ce fut long et disputé. Si personne n'envisageait d'absoudre Hassan Cherkaoui, une fraction des jurés, bouleversée par le témoignage de Liliane Dorval, n'entendait pas jouer un simple rôle de chambre d'enregistrement et se prononça en faveur d'une réduction de la peine. En début de soirée, une majorité finit par se dégager sur une condamnation à quinze années de prison.

Juste après l'énoncé du délibéré, les policiers emmenèrent Hassan, toujours menotté, tandis que maître Baptisti aidait Liliane à quitter la salle et à traverser le vestibule bondé de journalistes, qui tous voulaient obtenir une interview.

Par la fenêtre de son bureau, Isabelle Mossinet resta un long moment à observer la frénésie des médias se déployer sur les marches du Palais de Justice, avant d'écouter les messages arrivés sur son portable. La première, sa fille de Bordeaux l'avait appelée pour la féliciter. Ce verdict tranché allait lui assurer une promotion du tonnerre. L'institution avait besoin de gens comme elle. Isabelle Mossinet referma son téléphone avant d'écouter les suivants.

Une vérité s'était manifestée lors du procès et la magistrate restait persuadée qu'aucune erreur judiciaire n'avait été commise. Malgré cela, elle restait incapable de ressentir la satisfaction du devoir accompli.

11.

La salle d'attente du pédiatre, située au rez-de-chaussée d'un ensemble de tours d'habitation, était éclaboussée par la lumière de midi. La neige avait envahi la loggia où les petits patients s'ébattaient à partir du printemps. Un mini-toboggan, un ballon sauteur, une cuisinière en plastique, recouverts d'une épaisse couche blanche, y jouaient les animaux fabuleux en attendant les beaux jours.

L'endroit était plaisant, mais impossible de s'y concentrer, car avant notre arrivée il avait été investi par un petit garçon que sa mère avait lâché sur le tapis de jeu comme un chien fou. Le gamin, couvert de pustules et de croûtes suintantes, s'y roulait, saisissant cubes, camions de pompiers et poupées disloquées, qu'il se fourrait successivement dans la bouche, en laissant derrière lui une traînée de bave. Côté immunité, on pouvait rêver mieux.

— Il fait ses dents…, lâcha la femme, en interceptant mon regard.

Elle semblait remplie d'une satisfaction si profonde que je me demandai si c'était devenu une épreuve héroïque. De mon temps, tout le monde avait les dents qui poussaient, mais peut-être les gencives des bébés étaient-elles plus difficiles à percer qu'autrefois ? Les mutations génétiques conduisaient notre espèce vers une bouche à trente, voire vingt-huit dents. Alors pourquoi pas un jour des mâchoires sans émail ? Quelques millions d'années plus tôt nous avions bien laissé notre queue accrochée aux branches de l'arbre. Néanmoins, je doutais fort, en observant ce bambin purulent, d'être en face d'un nouveau spécimen fort évolué. Sauf pour sa mère, évidemment.

J'espérais surtout qu'il n'allait pas contaminer le nôtrc. Si ça se trouvait, le petit se portait comme un charme et on venait de le déposer au milieu d'un foyer infectieux endémique. À notre époque, le plus sûr moyen d'attraper une maladie, c'est d'aller chez le médecin. À se demander en quel alliage les toubibs sont moulés. Je formulai une supplique silencieuse au saint patron des antibiotiques pour que la consultation du docteur Lebillon s'achève et qu'il vienne au plus vite nous débarrasser du boutonneux.

— Laurent, fit Juliette, en posant sa main sur mon genou.

— Oui ?

Elle se mit à chuchoter :

— Calme-toi, tu n'arrêtes pas de tressauter.

— Je suis un peu nerveux, oui…

— Tout va aller très bien.

— Oui, oui… Tu sais, j'ai pensé, repris-je sur le même ton, j'y suis allé un peu fort tout à l'heure sur Rébecca… excuse-moi.

Juliette haussa les épaules.

— Non, tu as sûrement raison au fond… À vrai

dire c'est à peu près ce que j'ai passé l'après-midi à lui expliquer hier…

— Quoi ?

— Qu'on est responsable de son propre malheur. Appliqué à moi, cela faisait frémir.

— Laurent, tu tressautes.

— Oui, pardon…

Je tentai de me concentrer en révisant le scénario que nous avions élaboré : le petit était né dans la maison des parents de Juliette, où nous passions des vacances. C'était dans les Alpes, non loin de la frontière italienne. L'enfant était arrivé plus tôt que prévu, une nuit où d'abondantes chutes de neige bloquaient l'accès au col, non pas de l'utérus, au contraire même – petite blague à l'attention du pédiatre, destinée à lui montrer à quel point nous étions détendus –, mais de Larche. Neige qui nous avait empêchés de rejoindre une clinique. Comme ma femme était vétérinaire, on s'était débrouillés, accueillant dans notre famille ce magnifique bébé de trois kilos trois cents, mesurant cinquante centimètres, avec un périmètre crânien de trente-cinq centimètres. Les chiffres correspondaient à des valeurs moyennes relevées à la hâte sur Internet. Tous les parents connaissent par cœur les mensurations de leur bambin. Pas question d'être pris en défaut sur ce point. Le nouveau-né se portait bien d'après le médecin du coin, venu nous rendre visite au retour du beau temps. Nous n'étions pas sûrs du terme, plusieurs échographies contradictoires ayant été réalisées pendant la grossesse, qui s'était par ailleurs parfaitement bien déroulée. Oui, c'était la première grossesse de ma femme, son premier enfant. « Primipare », « primigeste » – un grand merci à l'exemplaire de *Parents magazine* qui traînait sur la table basse. Nous venions à peine de rentrer à Paris et, étourdis que nous étions, avions laissé le certificat de naissance et le carnet de santé au chalet. Les beaux-parents nous les avaient envoyés, mais La Poste avait égaré l'enveloppe. En attendant de remettre la main dessus, nous souhaitions qu'un médecin d'ici examine notre enfant. Et, aussi, nous étions preneurs de conseils sur la façon de l'alimenter et de le changer. Les méthodes, en ville, différant peut-être.

Juliette paraissait convaincue et cela me suffisait. Elle aurait pu consulter avec un bébé chimpanzé et embobiner n'importe quel pédiatre, au prétexte qu'un tas d'enfants naissent couverts de poils. Quant à moi, j'étais dans un tel état de nerfs que j'étais prêt à tout croire, tant que cela retardait le moment de passer à l'action. Car une fois rassuré sur la santé du petit, je ne pourrais pas rester à attendre qu'on vienne m'enfiler des menottes autour des poignets.

La porte d'entrée se referma, quelque part au fond de l'appartement, et quelques secondes plus tard, celle de la salle d'attente s'ouvrit. Le docteur Lebillon apparut, tout sourire. Il était assez jeune, grand, blond, mais déjà dégarni, appartenant à cette catégorie d'hommes qui rabattent sur leur calvitie frontale une mèche démesurément longue de leurs cheveux du côté. Un mauvais point. Je regardai Juliette, en essayant de lui transmettre silencieusement ma défiance. On n'aurait jamais dû arrêter notre choix sur un simple critère de proximité.

— Entrez, fit-il à la mère, puis il regarda le petit

bonhomme endiablé. Oh… tu nous fais une sacrée varicelle, toi…

Je fus soulagé d'apprendre qu'il ne s'agissait pas de la peste bubonique.

— Et le petit frère ? ajouta-t-il à l'attention de la mère, au moment où celle-ci passait la porte.

— Rien pour le moment, mais Bryan passe son temps à lui lécher la pomme, docteur.

Le pédiatre fit la moue.

— Il vaudrait mieux éviter, sinon dans deux semaines, vous allez me l'amener…

— C'est parce qu'il fait ses dents, docteur…

J'adressai un regard éberlué à Juliette. N'y avait-il pas des girafes en plastique ou des hochets en silicone pour ça ?

— La varicelle, c'est quatorze jours d'incubation, pile, insista le toubib.

Le reste de la conversation se perdit derrière la porte capitonnée de son cabinet.

— Ça ne va pas le faire, embrayai-je, dès qu'ils eurent disparu.

— Pourquoi ? Au contraire, tu as vu ? s'enthousiasma Juliette. Clac, le diagnostic en deux secondes, un peu de prophylaxie et quelques éléments d'épidémiologie… il a l'air au point, ce toubib.

— Je ne le sens pas du tout, il va se douter de quelque chose et nous signaler à la DDASS, ou à un genre d'organisme auquel on signale normalement les gens comme nous qui s'approprient les bébés des autres…

— Qu'est-ce qui te fait penser ça ?

Sa mèche de cheveux rabattue sur le font. Mais

ça, je ne pouvais pas le dire. Je pris une grande et profonde inspiration.

— Tu as mieux à proposer peut-être ? relança-t-elle.

Je restai coi.

Sur les murs, plusieurs dessins représentaient des petits malades en compagnie du docteur Lebillon, souvent équipé d'un stéthoscope qui ressemblait à un anaconda ou d'un otoscope en forme d'entonnoir géant. Les enfants étant impitoyables, la plupart avaient repéré le coup de la mèche et la représentaient comme une énorme banane. Finalement, ne pas avoir censuré ces dessins lui fit regagner quelques points de vie.

— Non, rien de mieux, lâchai-je.

Je m'enfonçai la tête entre les mains et me murai dans le silence, tentant de me remémorer ma conversation avec Enki. « Dix mille de plus si tu as fini avant midi », avait-il dit, puis : « Ils ont une femme de ménage qui passe parfois vers midi et demi. » J'étais persuadé qu'aucune femme de ménage ne mettait jamais les pieds dans cet appartement. Le rouquin était sans doute le meurtrier et ce salaud m'avait piégé, m'envoyant au casse-pipe à sa place, persuadé que j'allais me faire ramasser par les flics. Et si jamais j'avais pu me rendre malgré tout à son rendez-vous sous le périphérique, cela aurait certainement mal tourné. Avant d'aller à la police, il me fallait une preuve de sa culpabilité. Mais j'avais beau essayer d'exhumer de l'oubli un indice, un détail qui m'aurait échappé à l'occasion de mon séjour dans cet appartement, les images du couple baignant dans son sang émettaient un tel signal d'horreur qu'elles saturaient ma mémoire et brouillaient tout. J'en étais malade, un vilain étau enserrait mes tempes. Ma tension devait friser à nouveau les sommets. Si ça continuait, c'était moi qui allais avoir besoin des services du docteur Lebillon. Pourvu qu'il ait des instruments à ma taille. À mon côté, Juliette se mit à fredonner d'une voix douce et reposante, elle regardait l'enfant mais j'eus la nette impression que la berceuse était destinée à calmer mon angoisse.

Quelques minutes plus tard, un jeune couple pénétra dans la salle d'attente, muni d'un bambin en cours d'équilibrage. Il effectuait ses premiers pas et bringuebalait d'une chaise à l'autre sous les regards attendris de ses parents. Lesquels nous fixèrent avec insistance, avant d'attarder leurs regards circonspects sur le bébé de la rue Malesherbes. Leur attention me provoqua un malaise immédiat et je m'emparai de la main de Juliette, craignant un coup fourré. Peut-être ce bébé était-il connu ? À moins que des avis de recherche soient diffusés dans les médias ? Ils l'avaient reconnu et allaient nous dénoncer.

Mais non. Juliette leur adressa un large sourire et me pria d'une pression de la main de l'imiter. Aussitôt, je vis les visages des parents se détendre en face de nous. Ils répondirent à notre sourire, complices, solidaires. À voir nos têtes, ils avaient dû imaginer une maladie abominable frappant notre enfant, et cela avait momentanément occulté leur propre bonheur. Maintenant qu'ils étaient rassurés, ils pouvaient lancer la conversation.

— Vous connaissez le docteur Lebillon ? demanda la mère.

— Non, c'est la première fois, répondit Juliette, d'un ton neutre.

— Boris l'aime beaucoup, reprit la femme en caressant les cheveux de son bambin. Il s'y prend très bien avec les enfants… il est très doux.

— Ah… bien… tant mieux…

— Et le vôtre, il s'appelle comment ? poursuivit-elle, décidée à faire de nous ses meilleurs amis.

Je tournai lentement la tête vers Juliette.

Elle fit de même.

Puis nos regards convergèrent vers le petit.

Nous avions pensé à tout sauf à ça. Le nommer.

Ils ne sont pas légion, les parents qui connaissent le périmètre crânien de leur enfant mais pas son prénom. Un tressautement nerveux anima la joue de Juliette, et je vis s'ébaucher un rire. Non, il fallait qu'elle se retienne. Moi, j'avais envie de pleurer. Certains couples listent des centaines de noms avant de se mettre d'accord, prennent des mois pour choisir, consultent leurs amis, la famille, les collègues, et même leurs ex, ils piochent dans la littérature ou dans leur série télévisée préférée, écument une multitude de sites spécialisés dans l'origine étymologique, historique, astrologique des patronymes, et nous, nous avions à résoudre cela dans la minute, devant de parfaits inconnus, sans nous concerter.

J'allais dire n'importe quoi, quand Juliette me devança :

— Mateus…

Ne manquait plus que le demi-frère dans le tableau de famille.

— Oh, c'est joli…, répondit la femme, et pas commun… c'est d'origine… ?

— Portugaise, répondit sèchement Juliette, comme si elle regrettait déjà d'avoir exhumé ce prénom de son subconscient.

— Ah, vous êtes portugais ?

Est-ce que je lui demandais si son Boris passait du caviar en contrebande ?

« Alors bien le bonjour, monsieur Mateus », bêtifia la femme, au moment où le docteur Lebillon ouvrit la porte et nous fit signe de le suivre, reprenant évidemment ce qu'il venait d'entendre :

— C'est à toi, Mateus !

12.

Le pédiatre goba notre baratin d'une manière inespérée. Campé derrière son bureau, il nous fixait d'un regard enthousiaste, un sourire radieux barrant son visage d'une oreille à l'autre.

— Formidable ! Je le dis toujours, la grossesse n'est pas un état pathologique. Comment faisaient les femmes avant ? Tout le monde accouchait chez soi, n'est-ce pas ? On vit dans une société qui a peur de tout…

Nous nous regardâmes et approuvâmes vigoureusement. Un peu plus et il allait proposer de publier l'expérience sur un forum de retour à la vie sauvage. Il faut dire que Juliette avait assuré comme une bête lorsqu'il l'avait questionnée sur l'accouchement. Elle lui avait sorti du Rébecca dans le texte, décrivant la violence du travail, les douleurs déferlantes, l'impression que son bassin tendu allait se rompre, mais aussi la fierté que les circonstances l'aient amenée à vivre ce moment unique, sans péridurale, comme sa mère l'avait vécu et la mère de sa mère avant elle, jusqu'à la libération finale qui l'avait laissée pantelante, submergée d'amour et de stupéfaction lorsqu'elle avait vu ce petit être ramper sur son sein et trouver le mamelon naturellement.

Rébecca n'avait eu qu'un enfant, mais à l'entendre, ils étaient au moins deux cents. Parfois je comprenais Marc.

Il y avait juste eu un moment de flottement lorsque le toubib avait demandé :

— À ce propos, l'allaitement ? Vous en êtes où ?

J'avais volé au secours de Juliette qui semblait ne pas être encore remise de ses efforts :

— Ma femme va reprendre son travail… Justement, il faut que vous nous disiez ce qu'on doit acheter…

— Bien sûr.

Il avait souri et commencé à rédiger une fiche informatique sur laquelle il consignait les précisions dont nous l'abreuvions au fur et à mesure. J'étais envahi d'un sentiment d'imposture tandis qu'il tapotait sur son clavier. Si j'arrivais à le surmonter en pensant au bien-être de l'enfant, cela me posait davantage de problème du point de vue de ma situation avec Juliette. C'était une chose de s'assurer de la bonne santé du petit, c'en était une autre de faire semblant d'être ses parents, surtout depuis l'épisode de samedi soir. J'étais gêné de la facilité avec laquelle Juliette avait endossé ce rôle. Je me remis à tressauter nerveusement, elle s'en aperçut et me décocha aussitôt un regard sévère.

— Bien, Mateus Minkowski, fit le pédiatre, assez parlé ! Je vais t'examiner maintenant, si tes parents veulent bien te déshabiller…

Il se leva et fit le tour de son bureau tandis que Juliette se penchait vers moi pour attraper l'enfant.

— Fais un effort, grinça-t-elle entre ses dents.

Puis elle se tourna vers le docteur Lebillon, qui déroulait une feuille de papier sur la table d'examen.

— J'espère qu'il est propre, fit Juliette. Je me demande si tout à l'heure dans la salle d'attente…

Je m'étais laissé dire que le fonctionnement du système digestif est assez simple au début, obéissant à la règle du « ce qui rentre ressort ». Alors, comme rien n'avait rempli le bébé depuis deux ou trois heures, il me semblait que rien n'avait été évacué, à part le gaz émis sous le nez de Mme Renalin. Mais bon, j'étais loin d'être un spécialiste.

— Ne vous inquiétez pas…, répondit le toubib. Si nécessaire j'ai ce qu'il faut.

— C'est ma faute, intervins-je, pour montrer à Juliette que je ne la laissais pas tomber. C'est moi qui devais prendre le sac avec ses affaires… et j'ai oublié…

— Pas de problème.

Juliette déboutonna le pyjama du petit d'une main, lui maintenant la nuque de l'autre, comme si elle avait fait ça toute sa vie. Je réalisai qu'elle était simplement égale à elle-même, adaptée à la situation, efficace et circonstanciée. On dit que les contraires s'attirent. Avec moi, elle était servie.

Tenez, donnez-le-moi, je vais ouvrir le paquet, plaisanta le docteur Lebillon, qui se frottait les mains l'une contre l'autre pour les réchauffer. Mais je n'ai pas l'impression qu'il y aura de mauvaise surprise…

Il en profita pour examiner rapidement Mateus, de face, de dos.

— Bien, il a l'air en pleine forme, ce petit bout de chou…

Il l'allongea sur la table et se pencha sur lui, le masquant un instant à ma vue.

— Il est tonique… il suit déjà du regard… un petit curieux, hein ? Il est trop tôt pour dire s'il gardera ses yeux bleus, vous le savez sans doute.

Je l'entendis détacher les velcros de la couche, puis il se tut. Son dos, qui jusque-là s'animait en phase avec ses commentaires, se raidit subitement.

— Euh…

— Il y a un problème, docteur ? s'inquiéta Juliette.

— Oui.

— Il a fait dans sa couche ? demandai-je.

— Elle…

— Pardon ?

— Elle, c'est une fille. Votre fils est une fille, monsieur Minkowski.

Il se retourna, le visage fermé. L'enthousiasme qui l'habitait depuis le début de la consultation s'était évanoui.

J'aperçus le nouveau-né qui remuait doucement les jambes sur la table d'examen, le ventre maintenu par la main du toubib. Mes yeux descendirent quelques centimètres plus bas, où il n'y avait pas l'ombre d'un doute.

Si Juliette avait pu lancer des couteaux avec les yeux, j'aurais été débité de la tête aux pieds en moins d'une seconde. Évidemment, depuis le début, j'avais laissé entendre que cet enfant était un garçon et elle m'avait naturellement emboîté le pas. Je n'avais pas le loisir de pousser plus avant l'exploration de mes désirs subliminaux et machistes, il fallait réagir avant que Lebillon décroche son téléphone et alerte les services sociaux.

— Pourquoi dites-vous « votre fils » ? le pris-je de haut.

— Pardon ?

— Bien sûr que c'est une fille, insistai-je.

— Mais non…, tenta-t-il.

— Enfin si, vous voyez bien que si ! le coupai-je.

— Ce n'est pas ce que j'ai voulu dire…, expliqua le toubib.

— Je ne saisis pas, docteur, en rajouta Juliette.

Lebillon secoua la tête comme s'il ne croyait pas ce qu'il entendait :

— Enfin ! Depuis le début vous me dites que c'est un garçon…

— Mais pas du tout, rétorquai-je, on dit « il » en parlant de l'enfant.

— Et Mateus ? Vous m'avez bien dit qu'il s'appelait Mateus, alors moi j'ai noté « garçon »… et après on a continué comme ça…

— Qui vous a dit que c'était un garçon ? Vous nous avez demandé son sexe ? Non. Vous nous avez demandé son poids de naissance, son périmètre crânien, tout un tas de trucs totalement inutiles, mais pas son sexe.

Je vis, à la perplexité qui s'étendait sur son visage, que j'avais réussi à le faire douter. Heureusement, on n'était pas dans un casino, il n'y avait ni caméra ni micro en train d'enregistrer les joueurs, il ne pouvait pas demander à se faire repasser la bande.

— Vous vous y connaissez en prénoms portugais ? assénai-je encore.

— Non…

— Eh bien, en portugais, Mateus va aussi bien à

une fille qu'à un garçon, c'est un peu comme Daniel ou Michel en français…

— C'est vrai qu'on voit de plus en plus de prénoms différents aujourd'hui, admit-il.

— Oui, ou Stéphane, qui va aussi aux femmes… Vous connaissez l'actrice Stéphane Audran ? reprit Juliette.

Lebillon hocha la tête.

— Non, ma chérie…, fis-je. Stéphane est quand même, à l'origine, vraiment un prénom de garçon.

— Oui, mais des femmes le portent.

— Peut-être, mais ce n'est pas la même chose. Je te rappelle que Stéphane, à la base, c'est Étienne.

— Non, c'est l'inverse, historiquement, contra-t-elle.

— De toute façon, tu veux toujours avoir raison, marmonnai-je.

Rien de tel qu'un semblant de désaccord pour parfaire notre imitation de couple ordinaire. Depuis quand les ravisseurs d'enfant se disputent-ils à cause du prénom ? Le docteur Lebillon semblait égaré et c'était le but recherché. Si tout cela finissait ailleurs que dans un cachot, on pouvait franchement passer le casting pour un de ces cabarets où les humoristes jouent à guichet fermé. Je plantai mon regard dans celui du pédiatre.

— Maintenant, vous voulez que je vous dise la vérité, docteur ?

— Euh… oui.

Juliette fronça les sourcils.

— Tout cela est allé trop vite, comme vous l'a dit ma femme… la neige… l'accouchement… et même le placenta… moi, personne ne m'avait prévenu qu'il fallait attendre le placenta.

— Oui, ça s'appelle la délivrance…

— Eh bien, mettez-vous à ma place… je n'ai jamais fait ça… Comme vous avez pu le remarquer, il y a une vraie différence d'âge entre ma femme et moi… ce n'est pas toujours évident à gérer. Nous n'avons pas été élevés de la même manière…

Lebillon avait l'air très gêné, mais Juliette, elle, paraissait carrément effarée. Au fond, c'était la première fois que j'abordais ce sujet de manière explicite et elle s'aperçut que j'en profitais pour faire passer un message.

— Malgré la force de nos sentiments, nos modes de pensée ne se rejoignent pas toujours… nous essayons d'aller l'un vers l'autre, mais le chemin est parfois compliqué. Rien que prendre la décision de faire ensemble un enfant… vous imaginez la responsabilité ? La complexité de la chose ? Quand cette petite fille aura vingt ans, quel âge j'aurai ?

Lebillon haussa les épaules, impuissant à me contrarier. Quant à Juliette, elle était si pâle que je crus qu'elle allait s'évanouir.

— Eh bien, c'est pareil pour le prénom, on n'était pas prêts… À vrai dire, on n'était même pas d'accord…, dis-je en me tournant vers Juliette. Moi, je préférais Clara.

Elle baissa les yeux.

— Ç'aurait été plus simple, Clara, non ?

— Ce n'est pas portugais…, risqua le toubib.

— On s'en fout, nous non plus.

Le docteur Lebillon hocha la tête.

— Et maintenant, docteur, si vous le voulez bien,

vous pouvez examiner la petite avant qu'elle attrape une pneumonie ?

— Oh oui, pardon.

— Merci.

Et je retournai m'asseoir devant son bureau, pendant qu'il s'empressait de procéder à l'examen complet. Si j'avais été seul, je me serais donné une paire de gifles. Repensant encore une fois à ce que m'avait dit le dénommé Benoît, aux puces : « On ne s'improvise pas bandit du jour au lendemain. » De toute façon, je n'avais plus le choix. J'apprenais à marche forcée en espérant que cela ne nous conduirait pas dans un mur.

Lebillon finit d'ausculter la petite, pendant que Juliette s'enfermait dans un mutisme sombre. Il examina les yeux, la gorge, les oreilles, testa deux ou trois réflexes et la mobilité de ses hanches, puis il décréta que l'enfant était en parfaite santé, ce qui rétablit un semblant de sourire sur le visage de Juliette. Il revint s'installer à son ordinateur et compléta sa fiche informatique après avoir appuyé sur une touche qui, je m'en doutais, renvoyait à la page de garde, sur laquelle il décocha la case « garçon » pour cocher la case « fille ». Puis il nous prodigua quelques conseils d'alimentation, nous prescrivit un lait maternisé et nous réclama quarante-cinq euros pour la visite.

L'humeur avait changé, glaciale et suspicieuse, des deux côtés du bureau.

— Je m'excuse, mais je préférerais par chèque, si vous n'y voyez pas d'inconvénient…

Les médecins sont des commerçants comme les autres, ils ne rechignent pas à se mettre un peu de liquide dans la poche de temps en temps. Quitte à tenir un agenda fantôme de leurs rendez-vous. Je ne voyais qu'une raison à sa demande, il voulait garder une trace de notre passage. Ce n'était pas un problème, au point où j'en étais.

— Bien sûr… ça m'arrange aussi, décrétai-je.

Je sortis mon carnet de chèques et signai le document qui attestait du nom de famille qu'on lui avait donné. Le pédiatre pouvait au passage glaner l'information que la banque était dans le quartier et en déduire que nous n'avions pas menti non plus sur le voisinage.

— Voulez-vous une pièce d'identité ? demandai-je, pendant qu'il examinait soigneusement le chèque.

— Non… bien sûr que non, dit-il, mais ses yeux affirmaient le contraire. Par contre, ajouta-t-il, vous me ramènerez le carnet de santé, dès que vous l'aurez ?

— Oui… bien sûr…

— C'est important qu'il soit à jour… pour les vaccins…

— D'accord… très bien… Nous n'y manquerons pas.

Juliette avait repris la petite et l'avait emmitouflée dans son grand châle violet, puis nous nous dirigeâmes vers la sortie, jusqu'à laquelle Lebillon nous raccompagna en silence.

— Euh, monsieur et madame Minkowski…, nous rappela-t-il, sur le seuil.

— Oui ?

— Encore désolé pour cette confusion. C'est une bien jolie petite fille que vous avez là.

— Merci beaucoup, docteur. Merci de votre disponibilité.

— À votre service.

Et il referma, nous laissant sur le palier tous les trois.

— On y va ? fis-je, persuadé qu'il était resté derrière, l'oreille collée au chambranle.

— Oui, on passe par la pharmacie, répondit Juliette.

Une minute plus tard, nous marchions en silence sur le trottoir creusé d'ornières boueuses. Les passages répétés avaient transformé la neige en plaques sales et grises. La ville ne ressemble jamais bien longtemps à la montagne.

Juliette était toujours d'humeur aussi sombre, serrant la petite entre ses bras. Au carrefour, elle me dit juste :

— Alors, Clara ?

Et j'approuvai :

— Oui, Clara. C'est bien.

13.

Je les abandonnai devant la pharmacie en confiant à Juliette la mission d'acheter le lait, les biberons et tout l'équipement. Elle savait où je me rendais et nous convînmes que si je n'étais pas revenu dans deux heures, elle alerterait la police. J'avais décliné sa proposition de m'accompagner. Quelqu'un devait veiller sur la petite, et tant que nous ne connaissions pas son identité, il me semblait prudent de séparer nos destinées. Un peu comme dans ces familles dont les parents ne montent jamais à bord du même avion.

Au moment de nous séparer, Juliette eut une petite moue désolée, puis elle me rattrapa :

— Dis… on n'a pas eu trop le temps d'en parler… C'est grave cette histoire d'hypertension ?

— J'en ai beaucoup… mais j'ai un bon médicament.

Elle hocha la tête comme une petite fille.

— Je ne voudrais pas qu'il t'arrive quelque chose, dit-elle.

Sa voix sembla se fracasser sur ces mots.

— Ne t'inquiète pas, il n'y a aucun risque, fanfaronnai-je.

Franchement, je pensais que la pire menace ne se tapissait pas dans mes artères, mais dans le cerveau d'un type qui aimait dégommer les gens dans des appartements déserts.

J'arrivai aux puces vers seize heures. Curieusement, il y avait davantage de monde que samedi. Pourtant le froid était sec et pinçant. La population était plus âgée, moins d'étudiants en quête d'une affaire bon marché, mais plutôt des couples, pas mal autour de la cinquantaine. Ceux qui ne travaillaient pas le lundi et recherchaient un bureau rare ou un vrai vase d'époque.

Je marchai à pas rapides, la tête basse. En reprenant le même chemin que l'avant-veille, je passai devant le stand du vendeur de surplus américain où Adel débitait son boniment à un gros type chauve. J'eus l'impression qu'il ralentit son flot de paroles à mon passage. Je me retournai pour voir s'il m'avait reconnu, mais il regardait ailleurs. Néanmoins je poursuivis mon chemin avec l'étrange pressentiment d'avoir été repéré.

Lorsque Benoît m'aperçut, je compris qu'il n'était pas nécessaire que je lui tende ma carte de visite. Il remisa sa pipe dans la poche de sa vareuse, expédia le couple auquel il allait fourguer un parapluie à tête de caniche, et m'entraîna d'autorité derrière la bâche de son stand. Avant de me retrouver dans la petite ruelle pavée, je jetai un œil par-dessus mon épaule, à la recherche de son acolyte. Mais aucune trace d'Enki.

— Qu'est-ce qui te prend de venir ici ? beugla-t-il, avant de se reprendre. Je ne veux pas d'ennuis.

— Pour l'instant, c'est moi qui en ai, dis-je. À cause de votre copain. Il est où ?

— Enki n'est pas mon copain. C'est un type avec qui je fais des affaires. Il était là l'autre jour par hasard.

— Ah oui ? Alors comment vous savez que je parle de lui ?

— Ce n'est pas sorcier. Il m'a appelé ce matin de bonne heure, pour me demander si j'avais gardé le téléphone du tocard qui était passé samedi. Je lui ai refilé ton numéro et depuis c'est la merde.

— Quelle merde ?

J'avais une idée de celle dans laquelle moi, le tocard, j'avais mis les pieds, mais j'étais curieux de connaître celle dans laquelle lui, l'initié, il pataugeait.

— Les flics sont sur les dents… Un inspecteur est passé me voir tout à l'heure, ils fouinent partout, ce n'est pas bon pour le commerce, déjà qu'en ce moment c'est zéro…

J'eus l'impression que j'allais m'évanouir.

— Des flics ? Qu'est-ce qu'ils ont dit ?

Pour la première fois, le vendeur de parapluies eut un sourire ironique :

— J'ai l'impression que tu en sais plus que moi, non ?

Je fis un vigoureux signe de dénégation.

— Enki m'a demandé d'exécuter un certain travail…

— Putain ! retint Benoît, en couvrant sa bouche.

— Quoi ?

— Ne me dis pas que c'est toi qui as descendu l'Albinos.

— Quel albinos, quoi l'albinos ?

— Tu sais qui c'est ? reprit-il. Ce que ça veut dire ?

— Ben oui, je suis généticien. L'albinisme est un défaut de production de mélanine, dû à une mutation…

— Ah putain, quel tocard, répéta-t-il, en levant les yeux au ciel. Ne reste pas ici. Tu vas me porter la poisse…

— Je suis désolé, je ne comprends pas…

Je devais avoir l'air tellement ahuri que cette fois il me crut.

— Écoute, dit-il, rentre chez toi et allume ta radio, ta télé, ce que tu veux… Il y a eu un meurtre ce matin, à Paris, boulevard Malesherbes…

— Ah oui ?

— Et maintenant qu'ils ont identifié les corps des victimes, ça tourne en boucle sur toutes les chaînes…

Je fis comme si ça ne me concernait pas plus que ça.

— Et figure-toi que l'un des deux cadavres est celui de l'Albinos, un super-caïd qui s'est évadé la semaine dernière. Ils l'ont dit partout, t'as pas lu ça dans les journaux ?

— J'avais la tête ailleurs ces jours-ci… Je n'ai pas fait attention…

J'étais assez bien placé pour savoir que le type que j'avais vu dans la cuisine n'était pas albinos. Il était brun, j'en étais sûr, avec la peau mate. Benoît me racontait des salades.

— L'inspecteur qui est passé m'a dit que l'autre victime était un de ses gardes du corps, reprit-il. Ils ont été abattus tous les deux alors qu'ils prenaient un café tranquillement.

J'étais troublé. Cela correspondait évidemment, à ceci près que, moi, j'avais vu un couple : un homme et une femme. Et un enfant.

— Je ne comprends pas de quoi vous parlez, je n'ai rien à voir avec tout ça.

Benoît réprima un rire.

— C'est vrai que je ne vois pas comment tu aurais eu les couilles de flinguer l'Albinos et son garde du corps... Mais ne me prends pas pour un con, non plus... Enki est un des rares types qui connaissaient l'Albinos, suffisamment bien pour savoir où il se planquait par exemple. Depuis que son patron s'était fait la belle, il était sur des charbons ardents, le petit Slovène... Alors je ne sais pas pourquoi il a eu besoin de faire appel à toi ce matin, mais forcément c'est lié à cette histoire... et ça veut dire que tu es noir, mon vieux. Noir comme de la suie.

— Il faut que je retrouve Enki, lâchai-je en désespoir de cause.

— On n'est pas près de le revoir, si tu veux mon avis. Avec son protecteur qui s'est fait descendre. Allez, maintenant ne reste pas là... disparais... Je t'avais prévenu qu'on ne s'improvise pas bandit...

J'avais trop de fierté pour lui concéder que je n'avais pas cessé de me le répéter, alors j'essayai d'afficher le sourire du type qui assure malgré tout. Mais ce ne fut pas probant, car au moment de repasser par la bâche, il m'arrêta du plat de la main, et m'indiqua le fond de la ruelle.

— Tu pars de ce côté, je ne veux plus jamais qu'on nous voie ensemble... Et je te préviens, si un seul flic me pose une question précise, je te balance... je ne bougerai pas le petit doigt pour te protéger.

J'acquiesçai, penaud, et le regardai disparaître, en refrénant une envie de pleurer.

En retournant porte de Clignancourt, j'aperçus l'enseigne d'un cybercafé, un bar branché où, pour le prix d'une consommation, on pouvait surfer un moment. Je voulais en savoir plus sur cette histoire d'Albinos et décidai d'y prendre mes quartiers au lieu de rentrer immédiatement. J'imaginais que si Juliette avait allumé la télévision, elle aussi avait maintenant entendu parler de cette histoire de caïd. J'espérais, en me renseignant le premier, trouver matière à la rassurer.

Une serveuse filiforme, probablement recrutée davantage sur sa plastique que sur sa capacité à retenir la commande d'une tablée de douze, me conduisit à une table où je pouvais disposer d'un ordinateur portable. Je lui réclamai un verre de saint-joseph. Ce n'était pas raisonnable, mais j'avais l'impression qu'une modeste ébriété pouvait m'aider à tenir le choc. Puis j'attendis qu'elle ait chaloupé jusqu'au bar pour taper une occurrence dans le moteur de recherche : « albinos ».

Il y eut près de cinq millions de réponses recensées en un quart de seconde. La plupart évoquaient la mutation génétique en question mais dès la première page, plusieurs d'entre elles retinrent mon attention car le mot « évasion » figurait dans le chapeau.

Je cliquai sur l'une d'entre elles, un article du journal *Le Monde*, daté de la semaine dernière, qui titrait sur l'« impensable évasion de l'Albinos ». Je le parcourus rapidement et sentis mes cheveux se dresser en comprenant à quoi j'étais mêlé. La magistrate Isabelle Mossinet, qui avait présidé le procès à l'époque, était interviewée en fin d'article et dénonçait la manipulation dont l'ensemble du système judiciaire avait fait l'objet. Visiblement, le garde des Sceaux était en train de tomber, et moi je n'en avais pas eu vent, obsessionnellement focalisé sur mes problèmes personnels.

— Votre saint-joseph, monsieur, annonça la délicate créature, de retour du bar.

Je sursautai en abaissant brusquement le capot du micro-ordinateur. Avec mon sourire niais, j'avais l'air d'un gamin surpris en train de consulter un site pornographique. Je n'avais pas maîtrisé ma réaction, mais ce que je venais de lire était tellement incroyable que mes mains en tremblaient.

— Merci…, fis-je.

Elle laissa flotter un sourire ironique sur ses lèvres botoxées et retourna au zinc, d'où le barman me décocha un regard narquois. Je me jetai sur le verre de vin et en avalai la moitié d'un trait. Au point où j'en étais, être pris pour un pervers alcoolique me paraissait un moindre mal.

Je décidai d'en avoir le cœur net et tapai « Hassan Cherkaoui », puisque j'avais découvert qu'il s'agissait du véritable nom de l'ennemi public numéro un, puis cliquai sur « Images », dans l'espoir d'obtenir une photo.

Il y en avait plusieurs, sur lesquelles l'individu était en général menotté et encadré de policiers, montant ou descendant d'un fourgon. C'étaient de mauvais clichés, souvent flous, mais je tombai sur une série de croquis judiciaires, admirablement bien exécutés au crayon de couleur, qui dataient de son procès d'assises, en 2007. On y découvrait un homme d'une trentaine d'années, au faciès caractéristique d'albinos, qui portait des lunettes noires en permanence. Et c'est alors que me revint un détail : dans l'appartement de Persanti, dans la cuisine, sur la table en Formica, sous la joue de la blonde, j'avais aperçu une branche et un verre de lunettes de soleil.

Je descendis le reste du ballon et signalai à la serveuse de me remettre la même chose.

Qui porte des lunettes de soleil à l'intérieur d'un appartement dont l'électricité est coupée, par un matin de décembre ? Personne, à moins d'avoir une pathologie oculaire, comme celle qui accompagne souvent l'albinisme. Ma blonde était l'Albinos, avec une perruque, probablement déguisé en femme pour éviter d'être repéré. Quant à celui que j'avais pris pour le mari, ce devait être le garde du corps. Et puisque ces deux-là ne formaient pas un couple, cela signifiait que la petite fille ne pouvait pas être la leur. Évidemment. Mais maintenant que j'avais lu le compte rendu de l'évasion d'Hassan Cherkaoui, je commençais à comprendre qui elle était.

La serveuse m'apporta le deuxième verre de saint-joseph, et je la remerciai d'un regard triste.

— Tout va comme vous voulez, monsieur ?

— Pas vraiment, non…

— Je peux faire quelque chose ? dit-elle, tout en ayant l'air de regretter aussitôt ses paroles.

— M'apporter des cacahuètes, peut-être.

Elle parut soulagée que ma demande soit possible à satisfaire, et repartit en direction du bar. Grignoter ne pouvait pas me faire de mal, ce n'était pas le moment de se saouler la gueule, même si l'envie ne m'en manquait pas.

Je restai quelques minutes à détailler les croquis judiciaires et leurs légendes. Le dessinateur avait du talent, il avait su saisir les expressions des différents protagonistes en quelques coups de crayon. Je découvris ainsi le visage concentré de la présidente Isabelle Mossinet dans sa robe de gabardine rouge, ornée d'un épais col d'hermine, sur lequel brillait une médaille. Vu la taille de la décoration, j'imaginai qu'il s'agissait, au moins, de la Légion d'honneur. Sur un autre dessin, la magistrate paraissait inquiète, sa large cravate de dentelle accentuant son port de tête roide. Il y avait aussi des croquis des témoins. J'appréciai particulièrement la portée comique de celui d'un capitaine de police qui paraissait furax, le bras levé, la moustache en bataille. Et il y avait cette très belle série d'une femme, Liliane Dorval, présentée comme témoin de la défense, avec plusieurs portraits d'elle, de différentes tailles, disposés sur la même feuille. Tous caractérisés par une forte humanité et une émotion presque palpable. Je m'arrêtai enfin sur celui de l'avocat d'Hassan Cherkaoui, maître Jean-Noël Baptisti, que l'on voyait, le menton sur le col, dans une position qui pouvait laisser croire qu'il dormait. Pas étonnant qu'après cela son client ait pris quinze ans. Encore que, visiblement, il en avait accompli le tiers.

Je vidai un troisième verre de saint-joseph, en continuant de parcourir une partie de tout ce qui avait pu être dit ou écrit sur Hassan Cherkaoui. C'était bien suffisant pour me faire une idée du personnage et de son terrible trajet. J'étais halluciné qu'autant d'intelligence côtoie autant de haine et écrasé à l'idée de voir qu'à cause de mon imbécillité, Juliette était mêlée à ça.

Le dernier document que je consultai était une des dépêches publiées sur le fil d'information d'Orange, qui confirmait la mort d'Hassan Cherkaoui dans un appartement du boulevard Malesherbes, dans des circonstances non élucidées pour l'instant.

Je ne savais pas si je devais prendre ça pour une bonne nouvelle.

14.

De retour à l'appartement, je me figeai dès le passage de la porte. Des voix masculines résonnaient dans l'appartement. Policiers ou truands ? Je fus tenté de faire demi-tour, mais je ne pouvais pas abandonner Juliette entre leurs mains. De toute façon, le bruit de la clef dans la serrure n'avait dû échapper à personne. Tenaillé par une sourde angoisse, je pénétrai dans le salon où deux hommes se tenaient face à Juliette. Elle profita de leur brusque retournement pour écarter les bras dans un geste d'impuissance, une mimique qui signifiait : « Je suis vraiment désolée. » Je lui souris avec tendresse. Nous avions fait ce que nous pouvions.

Les visages des deux hommes ne m'étaient pas inconnus, je réalisai que j'avais peut-être été suivi depuis le début et les observai du coin de l'œil. Aucun n'avait d'arme, par contre la petite Clara n'était visible nulle part.

— Bonjour, monsieur Minkowski.

Je reconnus le premier, c'était le fils de Mme Renalin. François ou Francis, le commissaire aperçu sur le trottoir. D'une manière ou d'une autre, il avait dû flairer le pot aux roses, peut-être remonter la piste à partir de la télé volée, ou débarquer, alerté par les cris de la petite.

Je préférais la police aux truands. Cela me laissait l'illusion que nous n'allions pas finir ici, de façon brutale.

Je m'arrêtai sur le deuxième flic. Grand, la cinquantaine alerte, les cheveux gris coupés en brosse, à la façon des militaires. Un costume de prix en soie grise. Un gradé, évidemment. Son visage aussi m'était familier, ses yeux surtout. Je me demandai s'il ne faisait pas partie de cette pléiade d'inspecteurs qu'on avait vus intervenir en boucle sur les chaînes d'information. J'arrivais après la bataille, ils avaient récupéré la petite et attendaient patiemment que je tombe dans la souricière.

— Je ne vais pas vous déranger plus longtemps, je vous laisse en famille..., poursuivit le fils de Mme Renalin, en brandissant une pince universelle. Merci en tout cas, j'espère qu'avec ça je vais m'en sortir...

Comme je regardais Juliette, interloqué, elle fit un léger « oui » de la tête.

— Pas de problème..., fis-je.

— Cette machine à laver me donne plus de fil à retordre que la plupart des voyous, ajouta-t-il en se dirigeant vers la porte.

Puis il sortit, me laissant seul face au deuxième homme qui s'approcha et me tendit la main.

— Bonjour, Laurent, enchanté de faire votre connaissance.

Je reconnus alors la couleur de ses yeux pour y

avoir plongé des centaines de fois. Je compris pourquoi le commissaire avait dit qu'il nous laissait « en famille ».

— Emmanuel Deplessis… mon père…, marmonna Juliette, tandis que j'empoignais la main tendue.

— Enchanté, monsieur, répondis-je.

Une femme d'une cinquantaine d'années, rousse, élégante elle aussi, surgit de la cuisine en donnant le biberon à la petite Clara. Juliette n'eut pas besoin de préciser qu'il s'agissait de sa mère, tant la ressemblance était frappante.

La femme s'approcha à son tour, visiblement émue. Son regard faisant la navette entre l'enfant et moi.

— C'est idiot, fit-elle, on ne se connaît pas, mais… Je peux vous embrasser ?

Je haussai les épaules en guise d'assentiment et me laissai enlacer.

— Quelle surprise…, fis-je une fois qu'elle se fut écartée.

— Et pour nous, vous imaginez ? répondit le père en désignant l'enfant.

Oh oui, j'imaginais. Pas ce qu'il pensait, mais mon cerveau turbinait à plein pot, tandis que je me rapprochais de Juliette. Comment avait-elle pu laisser entrer ses parents après tout ce qu'elle m'avait raconté ? Je lui enserrai les épaules, déposant un discret baiser sur ses lèvres.

— Tu sens le vin, me reprocha-t-elle, dans un murmure.

— Je t'expliquerai… Tu as regardé les infos ?

— Ben non, fit-elle, en désignant ses parents qui étaient en train de quémander quelques risettes à Clara.

— Je t'expliquerai, répétai-je.

À plusieurs reprises, j'essayai de coincer Juliette pour l'avertir des dangers amoncelés au-dessus de nos têtes, mais elle m'éconduisit systématiquement de peur que ses parents aient des soupçons. Ainsi nous nous efforçâmes de mener une vie de famille absolument banale pendant près de quatre heures.

Juliette et sa mère s'occupèrent de Clara, qu'elles nourrirent, changèrent et bercèrent. La pièce qui me servait de bureau avait été transformée en camp de base pour la petite, allongée dans un couffin rapporté par Juliette de la pharmacie.

— Mais vous ne lui avez pas aménagé une chambre ? s'étonna Mme Deplessis. Elle n'a même pas de lit…

— C'est allé si vite, maman…, répondit Juliette.

— Oui, enfin, en général, ça met quand même neuf mois…

— Laurent travaille énormément, il voulait repeindre, mais il n'a pas eu le temps…

La mère de Juliette conclut qu'il était grand temps que l'on reçoive de l'aide.

Puis je préparai le repas avec son père qui se révéla être un type fin et intéressant.

— Quand j'ai appris que ma fille s'était mise en ménage, j'en ai déduit que sa colère avait diminué… ou qu'il y avait un punching-ball pour encaisser les coups à notre place, sourit-il. J'ai pensé qu'on pouvait tenter notre chance.

— Mais comment avez-vous eu notre adresse ?

— J'ai toujours su où elle habitait… Comme elle a dû vous le dire, je travaille pour l'État.

Je me raidis et cessai d'éplucher les carottes.

— Oh, rassurez-vous, je ne vous ai pas fait surveiller, je voulais simplement être certain que ma fille bénéficie de conditions de vie décentes.

Il marqua un temps.

— Si on vous avait espionnés, j'aurais été tout de suite au courant pour notre petite-fille…

Pas sûr, papa Deplessis. J'imaginai le gars des renseignements se faire virer au motif que la grossesse de ma compagne lui avait échappé. Cela me fit penser qu'il allait falloir contrer Mme Renalin, maintenant que son commissaire de fils avait vu Clara. Cette femme pouvait être plus dangereuse qu'une dizaine de barbouzes et cela me donna le tournis.

— Vous savez, je viens d'une école où les anciens sont solidaires, continua-t-il, comme s'il tenait absolument à me donner un gage de sa bonne foi. L'ENA m'a mené aux Affaires étrangères, mais un de mes meilleurs amis a intégré le corps de l'Inspection générale des finances et il a lui-même des connexions dans l'administration fiscale… Alors, tant que cela reste à usage familial, si je peux dire, il accepte de me communiquer certains renseignements… Tous les ans, il m'envoie copie de la taxe d'habitation réglée par Juliette… rien de tel pour avoir son adresse et une idée de son niveau de vie… J'étais ravi de constater que cette année sa taxe avait plus que doublé…

J'affichai une mimique de rigueur, conforme à celle qui déforme le visage de tout Français dès lors qu'on évoque le montant de ses impôts locaux.

— Dites-moi, vous n'avez pas perdu de temps pour la petite… ça fait combien de temps que Juliette et vous êtes ensemble ?

— Un an. Oui, c'est allé vite, fis-je, songeur.

— Vous savez, tout à l'heure, quand nous avons sonné à la porte, je pense qu'elle a ouvert parce qu'elle croyait que c'était vous. Si nous nous étions annoncés, elle ne nous aurait pas laissés monter... Heureusement, le code de la grille ne fonctionnait pas...

Il prit un temps.

— Juliette avait la petite dans les bras. On a compris tout de suite. Mais si elle nous avait demandé de faire demi-tour, nous ne nous serions pas imposés. Si nous dînons ensemble ce soir, c'est parce qu'elle l'a proposé.

— Très bien... ça ne me pose aucun problème, vous savez.

— Je vous dis tout ça parce que je ne sais pas ce qu'elle vous a raconté au juste.

Le reste de la soirée fut proprement irréel. Les parents de Juliette avaient conscience qu'ils jouaient gros et ils s'y prirent de telle manière qu'elle ne put les envoyer balader à aucun moment. Quoique à réfléchir je me dis que, du moment où elle les avait laissés franchir le seuil de l'appartement, elle avait déposé les armes, otage d'une situation qu'elle ne pouvait révéler sans me mettre en danger. Un ambassadeur, comme il ne s'était pas privé de me le faire remarquer, est un personnage on ne peut plus officiel.

Au début la discussion roula sur le bébé, bien évidemment. Pourquoi nous avions choisi ce prénom, comment s'était passée la grossesse, si nous étions heureux d'avoir une fille. De ce point de vue, la consultation avec le pédiatre nous avait servi de répétition générale, et en adaptant quelque peu notre histoire, nous donnâmes le change sans aucune difficulté.

Par exemple dans cette version, nous dûmes raconter que le chalet où la neige nous avait bloqués appartenait à ma mère.

— À ce propos, pardonnez-moi si je suis indiscrète, intervint Diane, la maman de Juliette. Mais comment va-t-elle ?

— Pardon ?

— Votre mère ?

Je ne voyais pas de quoi elle parlait et, visiblement, Juliette non plus. Nous étions tous deux absorbés à tendre les haubans de notre baratin et cherchions une explication en rapport avec ça. Et rapport il devait y avoir, puisque à son ton inquiet je sentais bien qu'il ne s'agissait pas d'une formule de politesse.

— Oui, je veux dire… excusez-moi… je n'aurais pas dû… Mais… son cancer des poumons… vous savez si c'est à petites cellules, à grosses cellules ?

— Diane, la gronda son mari en lui attrapant le poignet.

Il avait peur que l'indélicatesse de sa femme ne ruine tout ce qui se mettait, ou plutôt se remettait en place.

— Oh, Juliette…, fit Mme Deplessis, embarrassée, c'est tout à l'heure quand je t'ai demandé un papier pour écrire… tu m'as passé un petit carnet, dans le bureau de Laurent.

Le carnet. Je l'avais ramassé chez le cardiologue et j'avais oublié de m'en débarrasser. J'avais vidé mes poches, dimanche, sans y prendre garde.

— Je pensais qu'il était vide… mais je suis tombée sur cette page.

— Fausse alerte ! coupai-je. Elle n'a rien. Une bronchite. À peine.

— Pardon, je ne savais pas que vous teniez un journal intime…

— Moi non plus, s'amusa Juliette.

— Oui, j'ai commencé vendredi, j'ai arrêté samedi. Je trouve ça assommant. Je ne sais pas comment Chateaubriand a tenu cinquante ans…

Le père de Juliette partit d'un éclat de rire monumental. Je marquais de véritables points de gendre.

— Votre fille me reproche parfois de faire de l'humour avec n'importe quoi.

— L'humour, c'est la politesse du désespoir.

— À qui le dites-vous, répondis-je en lançant un regard en coin à Juliette.

La diversion nous permit de quitter les rivages dangereux de notre couple pour aborder ceux du leur. Après qu'Emmanuel Deplessis nous eut parlé du Brésil, de sa culture, du brassage de la population et de la tambouille politique locale, il laissa subitement la parole à sa femme. Je sentis que nous étions arrivés à un moment particulier de la soirée, la balise autour de laquelle le règlement de la course impose de virer.

— Mais enfin, assez parlé boulot… je crois que Diane aura plaisir à vous montrer quelque chose de son travail…

Diane Deplessis sortit de son sac le catalogue de l'exposition qui lui avait été consacrée l'année précédente à Berlin et me demanda si cela m'intéressait d'y jeter un œil. Elle s'adressa à moi comme si c'était naturel, puisque je ne connaissais rien de son art, mais je sentis que je servais de cheval de Troie. J'en obtins confirmation en voyant son regard s'illuminer lorsque Juliette se pencha sur mon épaule pour regarder à son tour.

— Tu as changé de style, maman, dit-elle aussitôt.

Diane acquiesça.

— C'est beau, dis-je en écho.

— Vous aimez ?

— Oui, vraiment.

Il s'agissait de bronzes, dont les plus grands ne dépassaient pas cinquante centimètres, représentant des femmes ou des hommes nus. Des figures d'apocalypse, exprimant la douleur ou la fuite, aux contours hérissés, comme si en plus du trait irrégulier, des ergots de métal en fusion y avaient été projetés.

— Impressionnant, ajoutai-je.

Je notai que ni le lieu ni le pays ne semblaient en rapport avec la carrière de son mari et que, vu la relative ancienneté, elle n'avait pas ce catalogue sur elle par hasard.

— Elle a tout vendu, dit Emmanuel avec fierté. Et le MoMA lui en a acheté un…

— Ah oui, ce n'est plus du tout comme avant…, dit Juliette.

— Les artistes se trouvent quand ils souffrent, ponctua le père.

Juliette baissa les yeux.

— Je crois que j'ai entendu la petite, fis-je.

Et je me levai pour me rendre dans le bureau où nous avions laissé une lumière en veilleuse.

Clara dormait, sa respiration était régulière. Je ne pus résister à l'envie de passer ma main sur sa joue. D'où je me tenais, je pouvais sentir son odeur de bébé propre. J'étais attendri, et peut-être encore plus en me disant qu'elle allait bientôt quitter ce foyer factice.

Je repassai par la cuisine, préparai un plateau de fromages, et revins au contact des Deplessis, jugeant que je leur avais laissé assez de temps pour bavarder sans élément exogène. Juliette paraissait émue et sa mère me sourit. Je vis que le catalogue avait changé de place et que Juliette le gardait maintenant auprès d'elle.

— Nous repartons pour Brasilia demain après-midi, expliqua Emmanuel. Si vous acceptez, nous avons du temps demain matin… cela nous ferait plaisir de repasser nous occuper de la petite. On pourrait l'emmener au parc, s'il fait beau.

— D'accord, dit Juliette, je ne sais pas si je serai là… je pars assez tôt à la clinique et… Mais Laurent sera là.

Je hochai la tête sans rien dire, partagé entre le sentiment qu'il ne fallait pas rompre ce fragile équilibre et la nécessité de nous débarrasser de Clara au plus vite. Je ne savais pas ce qui risquait d'être le plus préjudiciable à Juliette.

— On ne va pas effacer plusieurs années d'absence en une soirée, s'exprima avec honnêteté Mme Deplessis. Mais sachez que nous sommes heureux de vous voir, épanouis, avec cette petite.

Épanouis, c'était vite dit. Moi, je ressentais que nous nous tenions au bord du gouffre et que le vent soufflait de plus en plus fort. Mme Deplessis, comme tout véritable artiste, regardait le réel au travers de son prisme.

— Cela aidera peut-être à diminuer la distance qui nous sépare.

Puis elle ajouta :

— Mateus vit avec nous maintenant. Il va avoir six ans et demande souvent s'il rencontrera sa sœur.

Juliette eut un petit mouvement d'épaules incertain, elle s'empara de ma main sous la table et la broya. Je savais que ce n'était pas de la colère, mais une infinie tristesse, une manière de conjurer ce gâchis. Au-dessus de la nappe, elle essaya de sourire, quand Clara se mit à pleurer, pour de vrai cette fois. Juliette bondit et alla voir la petite. Cinq minutes plus tard, les cris de l'enfant se calmèrent, mais Juliette ne réapparut pas.

— Il est bien sûr trop tôt pour répondre à cette question, fit sa mère, à voix basse, au fond pour elle-même.

Je restai seul, face à ses parents, qui vraisemblablement avaient changé autant qu'elle pendant ces années, mais ce n'était pas à moi de le leur faire savoir. Ce que j'avais envie de leur dire, c'était de prendre Juliette avec eux, comme si elle était encore leur petite fille, de profiter de leur position pour l'emmener au Brésil dès demain, et l'éloigner du danger. Mais je restai coi : Juliette était tout sauf une petite fille, et je connaissais sa réaction à l'avance.

— Nous n'avons pas de conseil à vous donner, Laurent, ajouta M. Deplessis, mais sachez que ma femme et moi, quel que soit l'amour que nous portons à nos enfants, nous avons essayé de ne pas nous résumer à cette seule force… Nous avons voulu vivre pour nous également, avec nos erreurs, et finalement c'est la seule chose que nous pouvons transmettre aujourd'hui à Mateus… et à Juliette si elle l'accepte un jour…

J'acquiesçai, je comprenais exactement ce qu'il voulait dire, à ceci près que, moi, j'avais fait beaucoup d'erreurs, mais contrairement à ce qu'il croyait, je n'avais personne à qui les transmettre.

15.

Dès qu'ils furent partis, je me précipitai dans la cuisine. Je farfouillai dans le placard, attrapai le rouleau de papier d'alu et fis demi-tour. Me retrouvant nez à nez avec Juliette.

— Qu'est-ce que tu fais, Laurent ?

— Je l'emballe.

— Quoi ?

Elle cria et instinctivement me précéda dans le bureau pour s'interposer entre moi et Clara.

— Je sais ce que tu penses, Juliette, mais cette petite représente un danger pour nous, on ne peut pas la garder, alors laisse-moi passer…

J'étais fébrile, accablé par un sentiment d'urgence absolu. J'avais passé le dîner à mâchouiller et à boire du bout des lèvres, persuadé qu'à tout moment notre porte allait résonner sous le poing d'un ennemi. Le pire étant que je n'avais pas la moindre idée de la forme que pouvait revêtir cette menace. À tout instant j'avais eu envie de hurler à l'aide, mais les retrouvailles de Juliette avec ses parents m'avaient bâillonné. Je tentai de la repousser en douceur, elle ne bougea pas d'un millimètre.

— Je vais l'entourer de papier d'alu, pour qu'elle n'ait pas froid… tu sais, comme les couvertures de survie. C'est tout ce que j'ai imaginé, mais je suis sûr que c'est efficace. Après on va la déposer devant une église, et on passe un coup de fil anonyme aux flics.

— Tu veux l'abandonner ?

— La rendre, Juliette, m'énervai-je.

Cette fois je l'écartai sans ménagement et commençai à dérouler le papier d'alu. On sait comment ça fonctionne, les rouleaux dévideurs, tout dépend de la marque. Certains fabricants investissent dans un système de qualité avec des petits picots qui coupent bien, et d'autres s'en fichent complètement, réalisant ainsi des économies substantielles. Le plus délicat, c'est avec les rouleaux de film alimentaire transparent, il m'est arrivé de passer vingt minutes à sceller une boîte de thon à l'huile. Mais quand le papier d'alu fait des siennes, c'est le pire, car il se déchire en fines bandes, et là, j'avais besoin de grandes largeurs.

— Arrête et explique-moi, me somma Juliette.

— Tu n'as rien entendu aux infos ?

— Non. Quand mes parents ont débarqué, la première chose que j'ai faite au contraire, c'est d'éteindre la télé. J'étais tellement surprise… Tu n'imagines pas la tête de ma mère quand elle a vu Clara… les larmes lui sont montées aux yeux… elle m'a serrée dans ses bras. Elle n'arrêtait pas de répéter : « Pourquoi tu ne nous as rien dit, pourquoi tu ne nous as rien dit ?… » J'étais tellement choquée que je suis restée muette… puis le type du dessus s'est pointé pour les outils…

— Lui, c'est un flic.

— Ah bon ? fit-elle, en réprimant un sourire. S'il

est aussi doué pour arrêter les méchants qu'en plomberie, les honnêtes gens ont des soucis à se faire.

— Justement, repris-je. Nous sommes les honnêtes gens, et ça craint ! Un des deux types morts dans l'appartement était un certain Hassan Cherkaoui, dit l'Albinos… ça te dit quelque chose ?

— Oui… c'est un truand qui s'est évadé la semaine dernière… ça a fait un scandale… Je crois qu'il y a eu des sanctions en rafale… ça remonte très haut…

Je ne savais pas comment elle trouvait le temps. Elle travaillait comme une dingue dans sa clinique, allait au cinéma, lisait, écoutait de la musique, en plus de passer un certain nombre de moments au lit en ma compagnie, et trouvait toujours le moyen de se tenir informée. Comme si elle avait des antennes branchées en permanence. Cela allait avec sa manière d'appartenir au monde. Juliette était attentive, et pas seulement aux êtres. Ou plutôt, pour s'intéresser aux gens, elle s'intéressait à ce qui leur arrivait. Avec une brève, aperçue sur Internet, elle en savait autant que moi en épluchant le journal de la première à la dernière ligne. Question d'âge aussi. Mais pour une fois, j'avais de l'avance sur elle.

— Oui et maintenant ça remonte jusqu'au ministre, et tu sais pourquoi ?

Elle fit non de la tête.

— À cause d'elle, dis-je en me penchant vers Clara, et en la prenant doucement dans mes bras.

Juliette me regarda de travers, surveillant chacun de mes mouvements.

— Pourquoi dis-tu « un des deux types »… ce n'était pas un couple ?

— Non, c'étaient deux hommes finalement. L'Albinos, c'est celui que j'ai pris pour une femme.

— Et alors, qu'est-ce qu'elle a fait de si répréhensible, notre terreur de cinquante centimètres ? demanda Juliette en me reprenant Clara des mains et en la rallongeant délicatement au fond du couffin.

— Elle, rien. Mais c'est grâce à elle qu'il est sorti de prison.

J'allai m'asseoir sur le coin du bureau, renonçant momentanément à affronter Juliette. Elle se rendrait à l'évidence après m'avoir écouté jusqu'au bout.

— L'Albinos a une femme, commençai-je à lui raconter, plutôt jolie, j'ai vu des dessins d'elle faits pendant le procès... Au départ, c'était juste sa petite amie quand il a été condamné à quinze ans de prison... et elle lui a rendu visite à partir ce moment-là chaque semaine... Il y a deux ans, ils ont décidé de se marier.

— En prison ?

— Oui, forcément. C'est une autorisation un peu compliquée à obtenir, d'ailleurs on ne la leur a pas accordée dès la première demande... mais l'administration n'avait apparemment aucune raison de refuser ça plusieurs fois...

Je fis une pause, j'essayai de synthétiser les nombreux articles que j'avais pu éplucher dans l'après-midi. Cette histoire avait fait couler beaucoup d'encre, mais tout le monde en donnait à peu près la même version.

— Bon... Il est établi que Cherkaoui et Liliane Dorval étaient ensemble depuis un moment... Elle a fait un tabac à son procès avec un témoignage assez bouleversant, et leur histoire d'amour tenait visiblement le coup après plusieurs années d'éloignement… Elle a harcelé les juges jusqu'à obtenir l'autorisation de se marier…

— Pourquoi on les a emmerdés comme ça ?

— Je ne sais pas… Peut-être parce que c'est le rôle de l'administration pénitentiaire d'être suspicieuse… parce que c'est un récidiviste, et qu'ils doutent de tout… Se marier est un droit… mais ils veulent être sûrs que ce n'est pas bidon… ils aiment les vraies histoires d'amour, ironisai-je. J'ai trouvé un papier là-dessus, il y en a qui se marient juste pour pouvoir baiser… sinon c'est la misère… les parloirs sexualisés… tu vois le genre ? Tu glisses un billet au surveillant, et il ferme les yeux pendant quelques minutes… Bon, en tout cas, c'est le directeur de la centrale qui a fait office d'état civil et recueilli le consentement des parties. Ce mariage leur a ouvert le droit à de vrais moments de vie conjugale. Ils appellent ça des UVF, « unités de vie familiale », où tu peux avoir l'illusion pendant quelques heures de vivre un peu d'intimité avec ta femme…

Elle acquiesça et détourna le regard en direction de Clara, comme si elle commençait à comprendre.

— Et Liliane Dorval est tombée enceinte, poursuivit-elle avec gravité.

— Oui. D'une fille.

Juliette hocha la tête. Clara rêvait, elle agitait faiblement ses mains pendant son sommeil.

— Le rapport à l'évasion ? relança Juliette, cassante.

— J'y viens… L'avocat de Cherkaoui avait déjà déposé plusieurs demandes de mise en liberté conditionnelle. Juste quelques heures, pour chercher du travail, préparer sa réinsertion… Mais même si l'Albinos avait une conduite irréprochable depuis le début : détenu modèle, étudiant le droit, figure-toi, et obtenant sa licence, repenti, marié, rien à redire…

Elle m'interrompit.

— Comment tu as trouvé tout ça ?

— Sur Internet, en buvant des coups. Tu peux vérifier par toi-même… il y a eu des tonnes d'articles…

Elle hocha le menton. Je la sentais sur ses gardes, à la limite de l'agressivité. L'image d'une tigresse défendant son petit s'imposa, que je m'efforçai de chasser, avant qu'elle laisse une empreinte durable dans mon esprit.

— Bref, il est revenu à la charge une demi-douzaine de fois… y compris lorsqu'il s'est marié, puis quand il a su, l'année suivante, qu'il allait devenir père, mais rien à faire, toutes ses demandes ont été rejetées. Mais lorsque la petite est née… après quatre ans de régime dur, en sus des dix-huit mois de préventive… alors cette fois, la commission s'est laissé amadouer et lui a accordé quatre heures de semi-liberté pour faire la connaissance de sa fille…

— Ça ne peut pas être sa fille ! Ce type s'est évadé la semaine dernière et Clara a au moins un mois !

— Si, parce qu'ils n'ont pas accordé l'autorisation de sortie le jour de la naissance. Ils ont voulu vérifier qu'il n'y avait pas un coup fourré, il a dû se soumettre à un test de paternité. Et ce n'est qu'après avoir eu la certitude absolue qu'il s'agissait bien de la fille d'Hassan Cherkaoui, conçue en prison avec Liliane Dorval, que le juge l'a autorisé à sortir un jeudi à quatorze heures, il devait rentrer à dix-huit…. Et il n'est pas revenu.

Je claquai des doigts, à la manière d'un magicien.

— Qu'il ait profité de la naissance de sa fille pour s'évader ne prouve pas que celle que tu as trouvée soit la bonne, rétorqua Juliette, qui se raccrochait encore à un fragile espoir.

— Non, mais enfin la gamine était dans le même appartement que lui, elle a l'âge, tout cadre.

— Elle ne devrait pas être albinos ?

— C'est récessif. Si la mère n'est pas porteuse, la mutation ne s'exprime pas.

Je m'approchai de Juliette et la serrai entre mes bras.

— Voilà pourquoi on va se débarrasser de cette petite fille, aussi mignonne soit-elle.

La tête de Juliette fit non contre mon torse.

— Pas ce soir… On la rendra demain, après le départ de mes parents… et ce n'est pas parce qu'elle est mignonne… tu sais très bien pourquoi…

— Écoute, Juliette, cette petite fille est celle d'un des plus gros truands qui aient sévi ces dernières années. La garder ici, c'est un peu comme rester assis sur une barre d'uranium radioactif. Pour l'instant, on a le cul qui commence à peler, mais bientôt on va perdre nos cheveux et demain on sera peut-être morts ! Alors je te répète ce que je vais faire… l'emballer dans du papier d'alu et l'habiller chaudement, puis j'irai devant une église, comme je te l'ai dit. Et si tu veux, j'appellerai moi-même tes parents et je trouverai une histoire à leur inventer pour demain. D'accord ?

— Non.

Pourquoi avais-je posé la question ?

Le problème de Juliette, c'est qu'elle a souvent

raison, et si je laissais passer plus de temps, j'allais finir par douter.

— Cette gamine est la pire des preuves matérielles, insistai-je. Bon sang, mais toi aussi tu es scientifique ! Alors raisonne ! J'ai kidnappé le bébé d'un parrain criminel et toute la pègre va nous tomber dessus. L'Albinos avait forcément des complices, des amis, qui vont vouloir le venger. Ils vont tous être persuadés que c'est moi qui ai buté leur copain ! Et si ce sont des policiers qui nous mettent la main dessus les premiers, on aura du mal à leur faire avaler qu'on fait juste du baby-sitting.

— Et si ce n'était pas elle ? S'il y avait une raison qu'on ignore, qui explique que personne n'en ait parlé à la télé…

— Dans ce cas, il y a quelque part des parents qui la recherchent et toutes les polices de France avec eux… Ça n'arrange pas notre cas !

Juliette ne trouva rien à redire. Elle semblait réfléchir intensément. Je plaçai l'estocade.

— Je t'aime.

Elle me regarda, aussi surprise que si je m'étais mis à léviter.

— Je t'aime, Juliette, tu es la meilleure chose qui me soit arrivée, je ne veux pas te perdre. Je t'aime aussi parce que tu es obstinée, intelligente, et que personne ne peut te faire dévier du chemin que tu as choisi, mais là, je t'en conjure, écoute-moi.

Elle acquiesça. Ça y était, j'avais gagné.

— Alors il nous faut une certitude, lâcha-t-elle.

— De quoi ?

— De son identité, pour ne pas faire le mauvais choix.

Je ressentis à cet instant ce que ses parents avaient dû éprouver lorsqu'elle avait opposé des refus systématiques à chacune de leurs tentatives pour la revoir. Je n'allais tout de même pas assommer cette bourrique.

— Bon…, lâchai-je en dernier ressort, il y a peut-être une solution…

Elle me sourit comme un enfant à qui on annonce que le Père Noël est en route pour lui rapporter un cadeau oublié.

J'allumai l'ordinateur et le motif sonore de Windows tintinnabula dans la pièce, provoquant presque aussitôt le réveil de Clara, qui se mit à soupirer, en émettant des claquements de langue. On venait de passer dix minutes à s'engueuler à son chevet, sans la sortir de son sommeil, et le premier jingle électronique venu la réveillait. C'est la nouvelle génération. Un ordi, un iPad ou un smartphone qui se met à couiner quelque part et ils sont à l'arrêt.

Juliette se pencha et décréta, après l'avoir humée de près :

— Il faut changer sa couche…

Je levai les yeux au ciel et déclarai avec dureté :

— Très bien, tu n'as qu'à le faire.

Juliette la posa à côté de l'ordinateur, sur le tapis de souris, et entreprit de défaire ses boutons de pyjama.

— Tu ne peux pas la mettre ailleurs ?

— Je veux pouvoir regarder l'écran.

Je la regardai défaire les petits scratchs, évacuer effectivement une couche bien pleine et nettoyer les fesses de Clara avec du lait, d'une main, tandis qu'elle lui tenait les chevilles, comme on le fait d'un jambon, de l'autre. Quant à la gamine, elle se laissait manipuler, satisfaite de son sort, le regard attiré par la lumière en provenance de l'écran d'ordinateur.

— Tu sais, Laurent, fit Juliette, je ne suis pas débile. Je sais que cette enfant n'est pas la nôtre. D'accord ? Ne te méprends pas sur ma réaction.

Je préférai me taire.

— Je sais très bien ce que tu penses, ajouta-t-elle, en achevant de nettoyer Clara et en jetant le coton et la couche sale dans la poubelle de mon bureau.

Puis :

— Tu peux me passer une couche propre, s'il te plaît ?

— Oui.

J'attrapai la Pampers 3-6 kg et la lui tendis, pendant qu'elle continuait :

— Je ne me projette pas, j'ai bien entendu ce que tu m'as dit l'autre soir et j'ai reçu tous les messages sur la différence d'âge, tout ça…

— Mais…

— Je veux juste qu'on prenne la meilleure décision pour cette enfant, OK ?

— OK.

— Quant à mes parents, je n'ai pas envie de leur causer de la peine une fois de plus, c'est tout. Ils m'ont touchée, ce soir.

— Oui, moi aussi, admis-je. En plus ton père a eu l'élégance de ne pas faire remarquer que je suis pratiquement de sa génération… Je suis sûr qu'on a regardé les mêmes séries… *Vidocq*, *Les Mystères de l'Ouest*… *Amicalement vôtre*…

Elle leva les yeux au ciel et scella la couche propre sur les hanches de Clara.

— J'ai compris des trucs à leur sujet, fit-elle, songeuse.

— Eh bien…

— Passe-moi du sérum, elle a un truc dans l'œil…

— Où ça ?

— Là, la boîte… Dacryoserum…

— Tiens.

— Merci.

— Ça y est, j'y suis, la prévins-je, en ouvrant le navigateur.

Je tapai « commission Kirchner » dans le moteur de recherche.

— Cet après-midi, j'ai vu que des scientifiques avaient étudié le sang de Cherkaoui… des dingues du déterminisme, tout ce que je déteste… mais on peut peut-être en tirer quelque chose.

Je dénichai le rapport final de la commission, un fichier de soixante-dix pages qu'on pouvait consulter ou récupérer dans son ordinateur. Je cliquai sur « télécharger » et regardai la petite barre bleue de défilement se compléter en douceur.

— Qu'est-ce que tu cherches là-dedans ?

Ce n'est pas à Juliette que je répondis, mais à Clara qu'elle avait entre-temps rhabillée et qui reposait, les yeux grands ouverts, contre son torse :

— La carte d'identité de papa…

Lorsque le document fut complètement chargé, je l'ouvris et filai directement aux annexes. Je n'avais pas envie de me farcir soixante-dix pages de ce type de littérature que je connaissais par cœur.

— J'avais un collègue comme ce Kirchner chez Génolab… Il a proposé qu'on mette au point un diagnostic d'intelligence, en commençant par séquencer des génomes de gens qui avaient réussi... genre patrons du CAC 40, hommes politiques, intellectuels... puis en cherchant les allèles en commun, des similitudes, un profil qu'ensuite on aurait pu rapprocher de la carte d'identité chromosomique de n'importe quel môme à l'école... qui aurait eu selon les résultats plus ou moins de chances d'être considéré comme potentiellement intelligent... Avec les années, la base de données se serait enrichie, et plus elle aurait été conséquente, plus elle aurait été considérée comme fiable...

— C'est terrifiant.

— Ils l'ont viré aussi.

— Ça, c'est une bonne chose.

— Oui, sauf qu'il est sur le marché du travail comme moi et qu'il va me concurrencer. Le type a publié à tour de bras.

Juliette se pencha et m'embrassa langoureusement.

— Tu vas le démolir, susurra-t-elle.

Je sentis une bouffée de désir m'envahir en répondant à son baiser. J'eus l'impression que depuis quarante-huit heures nous passions notre temps à nous détester et à nous opposer avec de trop rares moments de réconciliation. Il était temps d'inverser la vapeur. Malheureusement, une manifestation bruyante de Clara se chargea de nous rappeler à notre devoir.

— Dis donc, l'asticot, protestai-je, tu ne peux pas nous laisser tranquilles ?

En guise de réponse, elle émit quelques hoquets douloureux et se crispa, ne respirant plus, devenant toute rouge.

— Ce sont des coliques, me dit Juliette. Le

pharmacien m'en a parlé… c'est impressionnant mais c'est normal, ils ont la tuyauterie qui n'est pas encore finie.

— Qu'est-ce qu'il faut faire ?

— Pas grand-chose, leur masser le ventre…

Mais cela sembla passer aussi subitement que c'était apparu.

— Étrange machinerie…, fis-je.

— Pardon ?

— On naît, on n'est même pas fini… tu te rends compte ? Combien de temps met un hamster avant de pouvoir se reproduire ?

— Trois semaines.

— On est les plus lents de la création…

— C'est pour ça qu'on va loin…

— Pas tous.

J'étais arrivé à la liste des annexes et trouvai ce que je cherchais.

— C'est là…

Sur l'écran apparurent les chromosomes d'Hassan Cherkaoui, tels qu'ils avaient été étudiés par l'équipe Kirchner. On aurait dit un fouillis de petites guimauves noires, photographiées par un mauvais Polaroïd.

— Ça, c'est son caryotype…

Sur le document suivant, le matériel génétique avait été classé et coloré par immunofluorescence, révélant des successions de bandes claires et de bandes sombres, sur chacune des vingt-trois paires de brins d'ADN.

Suivait un séquençage de son génome sous forme de courbes et de pics qui représentaient les différents allèles. Une flèche désignait notamment celui correspondant à la variation de l'albinisme.

— Il suffit de faire la même chose avec Clara, et on saura par comparaison si c'est sa fille…

— C'est-à-dire ?

— Cinquante pour cent de matériel génétique rigoureusement identique…

J'imprimai les différents documents et les glissai dans une pochette transparente.

— Et tu fais ça comment ?

— Je prélève une goutte de sang de la petite et je vais à Génolab, ils ont le matériel là-bas.

— Mais quand ?

— Demain matin, j'ai encore un ami là-bas… J'aurai la réponse avant midi…

Un sourire triomphal s'afficha sur le visage de Juliette. On allait garder Clara jusqu'au départ de ses parents. On aurait une certitude sur son identité. J'étais vaincu sur toute la ligne. Elle prit la petite et la déposa dans son couffin.

— Tu te tiens calme, toi, maintenant, dodo.

Puis elle me saisit la main et me tira doucement en direction de la chambre.

— Viens…

À présent, Juliette me chevauchait avec allant, gémissant de plus en plus fort, à l'approche du moment où j'allais jouir, mais je la repoussai en appuyant mes paumes sur ses épaules. Je l'allongeai sur le dos et glissai de long de son ventre fiévreux, la caressant, l'embrassant à pleine bouche, le temps que retombe non pas mon désir qui ne faisait que croître, à mesure qu'elle ondulait sous ma langue, mes doigts, mais mon inclination à me rendre au sien. Puis ce fut elle qui saisit ma tête par les tempes et l'éloigna brusquement de son sexe, ses doigts crispés sur mes cheveux, les muscles tremblants, luisants de sueur, les yeux clos, dans un effort impossible pour retenir la vague de volupté qui la submergeait. Sous l'emprise de ce bien-être, elle roula sur le côté, replia ses cuisses contre son ventre en reprenant sa respiration, puis elle se redressa après quelques instants, saisit mon sexe avec une infinie douceur, roulant dessus et s'empalant pour une nouvelle joute. Longtemps après nous parvînmes au plaisir en même temps, en criant, puis nous sombrâmes dans un sommeil profond en espérant de pas avoir réveillé la petite.

Il était quatre heures du matin lorsque Clara se mit à pleurer.

Cela commença par un écho lointain dans mon sommeil. Un lent carillon qui résonnait dans une obscurité absolue. Pourtant la nuit n'était jamais totale dans notre chambre à cause du lampadaire de rue qui teintait de jaune la façade d'en face. Mes paupières refusaient de s'ouvrir et mes bras ne parvenaient pas plus à se mouvoir. J'étais plongé dans un engourdissement si profond que cela ressemblait à la mort, la tête enfoncée dans l'oreiller comme une pierre dans un lac. Je me dis que le traitement que m'avait fait subir Juliette avait eu raison d'une de mes artères, dans un endroit stratégique. Je vivais mes dernières secondes avant le grand saut, déjà rendu au-delà du point de non-retour.

Puis les petites cloches se précisèrent, la note s'allongea, s'emplissant de tonalité humaine, tandis qu'une odeur familière et plaisante signalait le lent retour de mes sens. J'identifiai le parfum de Juliette mêlé à l'odeur de nos corps après l'amour, et j'ébauchai un premier geste, sous la forme d'un sourire comblé. Il y avait aussi la chaleur de Juliette sur mon ventre et je finis par réaliser que nous étions encore mélangés et qu'en pesant de tout son poids sur moi elle m'empêchait d'effectuer le moindre mouvement. Quant aux cloches, elles laissaient la place à de longs sanglots en hoquets, en provenance du bureau. Je tournai la tête, cette fois totalement réveillé, et fixai le réveil avec effarement.

Je dus pratiquement soulever Juliette pour m'extraire du lit, mais elle ne broncha pas, se contentant de s'étendre en travers du matelas une fois que je lui eus abandonné la place.

Clara braillait tout ce qu'elle pouvait au fond de son couffin, le visage ravagé de larmes. Elle avait tellement gigoté que sa turbulette avait ripé et qu'une des bretelles lui barrait la joue. Je fus ravagé d'apitoiement en prenant conscience que ce petit être ne semblait sortir du sommeil que pour souffrir. Pourvu que ce soit le lot de tous les bébés, et que celui-ci n'ait pas un sort moins enviable que ses semblables. Bientôt, je l'espérais, viendrait le temps des premiers sourires. Et peu à peu les périodes de satisfaction l'emporteraient. Pour la guider jusqu'au bonheur ?

En attendant, ce qu'il fallait faire était simple, pas besoin de carte de famille nombreuse, j'avais compris du premier coup. Une mesure de lait premier âge pour trente millilitres d'eau d'Évian. Un biberon de quatre-vingt-dix grammes en tout. Attention, ne pas le faire chauffer directement dans le four à micro-ondes à cause des transferts de bisphénol A, mais transvaser dans un verre en verre. Adapter la tétine à trois vitesses sur le capuchon. Présenter du côté débit lent, et enfourner le tout. La suite appartient au miracle de la nature et ne nécessite aucune intervention extérieure.

Effectivement, Clara ne se fit pas prier et ses rafales de goulées voraces me firent craindre qu'elle ne s'étouffe. Heureusement, des tétées moins rapides succédèrent dans le deuxième tiers, puis elle finit par clignoter des yeux et s'endormir sur les ultimes gouttes. Je la détachai du téton en silicone, faisant apparaître une bulle de lait au coin des lèvres délicates, et l'inclinai pour son rototo.

Ainsi, je restai assis dans la cuisine, ce petit bébé comme un poids rayonnant au creux de mon épaule, laissant la fin de la nuit se glisser entre nous. Et le silence achever de nous unir. J'étais envahi par un sentiment inédit d'appartenance à l'espèce, mes pensées bruissant d'appels à protéger l'enfant inconnue. Je n'avais aucun lien de sang avec celle que nous appelions Clara, mais ne pouvais accepter l'abandon cruel dont elle avait été victime, l'injustice commise à son égard, le danger auquel on l'avait exposée. Dire que dans la soirée, j'avais été prêt à la lâcher à mon tour, enveloppée dans du papier d'alu, comme un rôti, sur le parvis d'une église. J'en aurais pleuré, puis je réalisai le mécanisme à l'œuvre. Le sang n'avait rien à faire avec ça, seules les forces de l'intimité déroulaient leurs filaments puissants. Toutes les mères le deviennent pendant leur grossesse, au cours de ces neuf mois de croissance aux dépens d'elles-mêmes d'un enfant niché dans leur chair. Tous les pères le deviennent après – enfin ceux qui le souhaitent – par l'effet de la proximité et du contact. L'amour d'un enfant est infusion et traverse les membranes. On ne peut pas aimer son propre enfant si on ne l'a jamais vu, jamais étreint. Et c'est sans doute la raison pour laquelle il n'est jamais tout à fait évident de supporter les gosses des autres.

Et moi, j'étais là, enlaçant celle que je croyais être la fille de Liliane Dorval. Rendu à présent aux arguments de Juliette. Bien sûr que Clara méritait une certitude. À tout le moins nous devions la ramener à sa mère, ou avertir celle-ci que son enfant était sauf, au lieu de l'abandonner à notre tour.

Je réfléchis aux heures mises bout à bout par Liliane Dorval pour rendre visite à son mari pendant près de quatre années. Ses trajets jusqu'à la prison, les attentes, les fouilles, pour quelques minutes de discussion sous surveillance. Un peu de vie privée, aussi difficile à obtenir que si elle avait été volée. Et avant qu'ils ne soient mariés, les refus, les humiliations endurés. Je cherchai à me représenter les efforts consentis pour ne voir que l'aspect positif de la personnalité de son mari, mais j'avais du mal à me mettre à sa place. Certes, elle avait pu se dire qu'un voyou n'était pas forcément un mauvais père. Et qu'on pouvait forcer des femmes à se prostituer comme si on tenait un commerce lambda. Il existait un marché de la relation tarifée. La demande répondait à l'offre et Hassan Cherkaoui faisait mouliner tout cela en bon commerçant, capable d'avoir au retour du boulot une relation suivie avec une femme aimante. Peut-être Liliane n'était-elle pas au courant de tout ? Peut-être lui trouvait-elle des excuses à cause de cette abomination perpétrée sur sa famille ? Un massacre pouvait-il en justifier d'autres ? Cela disait surtout qu'il n'y avait aucune vérité absolue. Et qu'une seule personne au monde pouvait répondre à mes questions.

Liliane Dorval.

La seule qui manquait sur la photo de famille.

J'y pensai jusqu'à l'aube, et aux premières lueurs de la journée il m'apparut que Liliane Dorval pouvait avoir été tuée, aussi. Et que pour une raison qui m'échappait son corps n'était plus dans l'appartement quand j'y étais arrivé.

16.

Liliane avait l'impression d'avoir la tête prise dans un étau. La sonnerie de l'interphone résonna de nouveau et elle s'aperçut que le jour se faufilait entre les rideaux pour poser une tache blanche au milieu de la table de son petit studio. Ça voulait dire qu'il était aux alentours de midi. Elle se demanda qui pouvait la déranger de si bonne heure.

Elle se leva et se traîna jusqu'au combiné beige, accroché près de la porte. Elle ressentait des crampes dans le ventre et ses muscles lui faisaient mal. C'était toujours comme ça quand elle n'avait pas assez dormi, et qu'elle était en manque.

— Oui ? grogna-t-elle dans l'interphone.

— Mademoiselle Dorval ?

— Peut-être…

— Bonjour, mademoiselle, je suis Jean-Noël Baptisti, avocat, j'aurais aimé m'entretenir un moment avec vous, si ça ne vous dérange pas.

Liliane ne répondit pas tout de suite. On était le 12, en général les huissiers débarquaient vers le 20, rarement avant.

— C'est bon, je vais payer… faut me lâcher la grappe…

— Mademoiselle Dorval, il doit y avoir un malentendu… je ne viens pas vous prendre de l'argent… Au contraire, je viens vous en faire gagner.

Liliane soupira. Elle était ensuquée, elle n'avait pas envie qu'un gros plein de soupe s'allonge sur elle tant qu'elle n'avait pas avalé un café. Et puis elle n'aimait pas recevoir un client inconnu chez elle. Les nouveaux, elle les faisait toujours à l'hôtel la première fois.

— Je suis un ami de Pierrot…, insista l'avocat. Et je vous parle d'une somme importante.

Comme elle ressentait un frisson et des suées courir entre ses omoplates, elle comprit qu'elle aurait du mal à attendre jusqu'au soir.

— OK… OK…, marmonna-t-elle en déclenchant l'ouverture de la porte. C'est au troisième…

Elle entrouvrit et se traîna jusqu'à la salle de bains. Elle se brossa les dents. Le reste était propre.

Lorsque Baptisti prit pied dans l'unique pièce, et referma la porte derrière lui, il fut surpris par le fouillis mélangé, où les sous-vêtements sexy et les accessoires tels que menottes et ceinture équipée d'un godemichet voisinaient sur le sol et sur la table avec un manuel de thermodynamique et des photocopies de cours de fac.

— Excuse-moi, j'ai pas eu le temps de ranger, lâcha-t-elle en sortant de la salle de bains, enveloppée dans une nuisette totalement transparente.

Elle ne portait rien en dessous et Baptisti constata qu'elle avait considérablement maigri depuis qu'avait été prise la photo retenue par l'Albinos. Il allait y avoir du boulot.

Liliane le laissa mater, pendant qu'elle retapait le lit. Il avait l'air coincé, avec sa sacoche, et elle se demanda comment il pouvait connaître Pierrot. Quoique ces derniers mois lui aient enseigné que plus ils avaient l'air de pères de famille tranquilles, moins leurs désirs pouvaient s'avouer. Ils étaient comme des cocottes-minute laissées trop longtemps sur la gazinière, et elle, elle était le petit bouchon qui tournoie en sifflant et permet d'évacuer la pression.

— Alors, c'est soixante la pipe, cent vingt l'amour, le cul je fais pas.

C'était faux, mais ça permettait de faire monter les prix. Ce qu'elle voulait, c'était qu'il fasse sa petite affaire, rapidement, pour ensuite descendre à Château-Rouge se procurer un gramme ou deux.

— Asseyez-vous, mademoiselle, répondit l'avocat en lui désignant la table.

— Je te préviens, t'auras pas une réduc parce que c'est moins confortable…

— Il ne s'agit pas de ça… Vous pouvez gagner beaucoup plus, et sans coucher avec moi.

Liliane eut un large sourire, qui découvrit une mâchoire dans laquelle manquait une dent à droite.

— Putain, mais t'es le Père Noël ou quoi ?

— Après, vous aurez largement les moyens de vous payer une couronne…

Elle hocha la tête et, instinctivement, changea de personnage, se rapprochant de l'étudiante en physique-chimie qu'elle était en arrivant à Paris, trois ans plus tôt. Elle attrapa un gilet, en couvrit sa quasi-nudité et demanda :

— Je peux faire un café ?

— Bien sûr.

— Vous en prenez aussi ?

— Avec plaisir.

Baptisti fut rassuré de la voir réagir avec intelligence. Il allait y avoir du boulot, mais c'était jouable.

Les émoluments versés chaque mois par l'organisation de l'Albinos permettaient à Jean-Noël Baptisti de mener un train de vie auquel il n'avait pas l'intention de renoncer au prétexte que son meilleur client venait de se faire serrer. À cinquante-cinq ans, avec trois enfants, une femme clouée par la sclérose en plaques au fond de sa chaise roulante et une maîtresse qui passait son temps à ouvrir des boutiques bio dans les quartiers chics, Jean-Noël Baptisti avait besoin qu'Hassan Cherkaoui reste combatif, motivé, et surtout prospère.

Pour défendre les voyous, il faut vivre avec les voyous. Et à vivre avec les voyous, on finit par vivre comme un voyou. Dès son inscription au barreau, Baptisti avait su qu'il voulait plaider au pénal. Le civil ne l'intéressait guère. À vingt-six ans, il avait épousé la dialectique du faible contre le fort et croyait pouvoir corriger un paquet d'injustices. Alors il avait défendu tout le monde et n'importe qui. Des petits criminels au départ, divers trafiquants de peu d'envergure, quelques proxénètes isolés, puis les bandes organisées, les marchands d'esclaves, les tueurs professionnels et les gros trafiquants. Au sommet de la pyramide du crime, les mêmes exercent leurs talents dans les différentes spécialités, ils sont loyaux envers ceux qui leur sont utiles et apprécient d'échanger des nouvelles du métier, comme le ferait n'importe quel professionnel, dans n'importe quel congrès ou salon.

Ainsi, le nom de l'avocat avait fait le tour des boîtes de nuit et des salles de jeux. Le bouche-à-oreille est la clef du succès de l'avocat pénaliste, mais si les bouches croupissent en prison, les oreilles n'entendent pas grand-chose. Heureusement, le talent de Baptisti était tel que personne ne moisissait longtemps derrière des barreaux.

Comme la liberté était leur investissement le plus rentable, les truands le payaient en liquide, des honoraires à cinq chiffres. Baptisti avait lié de manière inexorable son destin à celui de la pègre, ne rechignant jamais à jouer les valises diplomatiques, profitant que les avocats ne soient pas soumis à la fouille pour faire passer des téléphones portables ou de la drogue dans la plupart des parloirs de France. Aujourd'hui, il ne comptait plus le nombre de fois où il avait enfreint la loi. Mais il arrivait encore à se regarder dans un miroir, car la société elle-même lui renvoyait une forme d'exonération de sa responsabilité. N'avait-elle pas fini par placer les stars du barreau au pinacle ? N'étaient-ce pas des pénalistes affranchis comme lui, d'audacieux funambules du droit qui défendaient à présent les grands patrons ou les hommes politiques dans des affaires qui défrayaient la chronique ? La mutation datait du tournant des années 1990, à partir de cette date on avait cessé de les considérer comme des salauds, qui défendaient des salauds.

— Merci… je ne prends pas de sucre.

— Bon, je vous écoute.

— Vous vous appelez Liliane Dorval, vous êtes née à Grenoble en 1980… vous avez eu votre bac il y a trois ans, vous êtes montée à Paris pour faire des études… vous n'étiez pas vraiment décidée… finalement vous vous êtes inscrite à la faculté de Jussieu… vous ramez un peu avec vos examens… vous ne bénéficiez pas d'un soutien familial particulier et, peu à peu, il a fallu vous débrouiller pour gagner de l'argent…

Liliane l'écoutait en pinçant les lèvres, ce qui tendait sa peau sur ses pommettes et creusait davantage son visage. Il se tut, elle lui fit signe de continuer, le regard curieux, comme si elle entendait parler d'une voisine qu'elle connaissait mal.

— Alors vous avez répondu à une première annonce pour des photos de charme… rien de bien méchant… du soft… bien payé…

— Pierrot…

— Oui, Pierrot est un de mes clients également…

— Ah…

C'était sur une des photos prises par Pierrot qu'Hassan l'avait choisie.

— Voilà… puis vous êtes passée du charme à des photos plus osées pour des sites adultes, quelques vidéos, et des rencontres… tarifées…

— J'ai plusieurs copines à la fac qui font ça pour payer leurs études, se défendit-elle.

— Bien sûr, mais elles, elles continuent d'aller aux cours… et elles seront reçues à leurs examens en juin… Toi, depuis quelques mois, c'est la descente tout schuss…

Il était passé au tutoiement au bon moment. Il voulait marquer son emprise maintenant que la culpabilité la laissait vulnérable.

— Et tu es tombée dans la dope.

— Je ne me pique pas, j'arrête quand je veux.

— Tant mieux pour toi. En tout cas, sache que si on travaille ensemble, la première chose que tu feras, c'est une cure de désintoxication. Je connais une bonne clinique à Levallois, on y envoie plein de chanteurs comme il faut…

— Ça veut dire quoi « travailler ensemble » ?

— Tu fais un peu semblant d'être pute encore quelque temps, mais tu ne couches plus. Tu restes clean, on te trouve un petit job, tu as un fiancé, tu es nourrie, logée. Tu t'intéresses à *Questions pour un champion*… après tu te maries et tu fais un enfant…

— Mais c'est la vie de ma mère, ça ! s'esclaffa-t-elle.

Baptisti ne put s'empêcher de se réjouir de l'hilarité de Liliane. On a beau faire ce qu'on veut pour se singulariser, on évite rarement le retour à la case départ. La vie est un anneau. Plus souvent en plaqué que massif.

— Oui, mais ta mère, personne ne l'a payée quinze mille euros par mois pour faire ça, lâcha-t-il d'un trait.

Liliane cessa immédiatement de pouffer, essuyant ses yeux avec la manche de son gilet.

— Quinze mille ?

— Tu en touches deux comme argent de poche, tous les mois, et j'en mets treize de côté, sur un compte en Suisse… À la fin du contrat, je te donne le numéro du compte, tu vas te servir et tu disparais. Tu reprends tes études, tu fais ce que tu veux, on s'en fout.

— C'est une blague ?

— Non.

— Et c'est quand, la fin du contrat ?

— Quand mon client sortira de prison.

— Il en a pris pour longtemps ?

Baptisti était satisfait. Elle était bien, cette petite, elle comprenait vite, mais il voulait lui en dire le moins possible pour l'instant.

— Entre quatre et six…

— Qu'est-ce qui me prouve que c'est pas une arnaque ?

— J'ai autant besoin de toi que t'as besoin de moi.

— Pourquoi moi ?

— Je ne sais pas. Il y en avait d'autres, mon client t'a choisie. En général, il a du nez…

— Comment il s'appelle ?

— Tu le sauras quand tu auras fait tes preuves.

Il ouvrit sa sacoche, en sortit une caméra numérique et une liasse de feuilles. Liliane sourit, les objectifs ne l'intimidaient pas. Elle avait l'habitude de se déshabiller devant des caméras, elle comprit qu'elle allait passer un casting.

— Essaie d'apprendre ça, dit-il en lui tendant le texte, et tu fais comme si tu y croyais…

Elle commença à parcourir les premières lignes dactylographiées.

— C'est vrai, l'histoire de ce gamin ?

— Non, mais ce serait bien qu'un jury y croie.

— C'est où le Sahara occidental ?

— Sud du Maroc.

Elle continua d'en prendre connaissance en émettant un premier sifflement dégoûté. Les feuilles étaient posées sur la table et elle se grattait compulsivement les bras en lisant. En l'observant, il se dit qu'elle était plus accro qu'elle voulait bien le reconnaître. Il faudrait la surveiller de près.

— Si ça marche, dit l'avocat en installant sa

caméra, on va se revoir souvent, toi et moi, il faudra que tu t'entraînes, que tu fasses bien comme je te dis…

Au fond de lui, il espérait que ce serait un succès, que Liliane rentrerait dans le jeu et serait crédible. Sinon, il allait devoir l'annoncer à l'Albinos, qui demanderait qu'on passe à la suivante de la liste. Il faudrait alors décider du sort réservé à Liliane, et Baptisti préférait ne pas savoir.

— Oui, mais pour la dope ? reprit Liliane.

— C'est non négociable…

— Bon… bon… de toute façon, j'arrête quand je veux.

Elle interrompit un instant sa lecture.

— Putain, mais c'est immonde ce qu'ils lui font à son frangin, pourquoi ils le découpent en morceaux ? C'est toi qui as pondu ce truc ?

Baptisti acquiesça avec un petit sourire de fierté. Il fallait encore qu'il améliore le texte, les sources étaient nombreuses, sans compter les illustrations dans cet atlas historique de l'Afrique dont Hassan était friand. Mais il avait le temps de peaufiner. Une instruction pareille ne pouvait pas durer moins d'un an.

17.

J'étais sous la douche lorsque la sonnerie de la porte me cueillit dans la fraction de seconde qui précède l'endormissement. Et donc, la chute sur le carrelage. Je me redressai en sursaut et tournai le mélangeur pour donner un avantage à l'eau froide.

— J'y vais ! fit Juliette.

Dans le miroir, je les aperçus, elle et Clara, filant dans une envolée de drap blanc.

— Tu devrais fermer la porte, ça fait de la buée partout !

Je hochai la tête silencieusement, j'étais claqué. À rester de longues minutes sous l'eau chaude je n'avais réussi qu'à retourner progressivement dans l'état comateux de la fin de la nuit. J'avais quitté le tabouret de la cuisine un peu après le lever du soleil, j'avais recouché Clara, puis j'étais revenu m'allonger auprès de Juliette. Au moment où le carrousel de mes pensées avait enfin commencé à ralentir, le réveil avait sonné.

— Tu te souviens que mes parents viennent ce matin..., avait dit Juliette en ouvrant l'œil et en se blottissant contre moi.

Comment aurais-je pu l'oublier ? Curieusement, cela m'avait fait penser que je n'avais pas été voir ma mère depuis longtemps.

— J'ai dormi comme un loir, avait-elle dit, en s'étirant, un sourire polisson aux lèvres.

Elle avait ajouté :

— On a du bol, la petite a dormi d'une traite. Tu crois qu'elle fait déjà ses nuits ?

Je lui avais souri à mon tour, puis je m'étais approché pour couvrir ses lèvres des miennes. Mais juste avant j'avais murmuré :

— Je t'aime…

J'entendis la voix de Juliette se mêler à celle de ses parents. Je me hâtai de m'enfermer, car si le rapprochement avec les Deplessis semblait miraculeux, nous n'en étions pas encore parvenus au point où je pouvais envisager de me balader tout nu devant eux.

Quelques instants plus tard, Juliette toqua.

— Oui ?

Elle passa la tête alors que je me lavais les dents.

— Finalement, Laurent… je vais aller avec eux… et Clara.

J'en restai bouche bée, le dentifrice moussant à foison.

— J'ai appelé la clinique, je leur ai raconté que je ne me sentais pas bien, fit-elle avec une moue de petite fille. Je n'irai que cet après-midi…

— Et le fennec ?

— Elle ne va pas se faire engrosser dans la matinée, glissa-t-elle en refermant.

C'était la première fois que je voyais Juliette se faire porter pâle. J'eus beau essayer de me représenter l'image d'eux trois se promenant comme une famille normale, agglutinée autour de la petite Clara, quelque chose m'empêchait d'adhérer sans réserve. Peut-être parce que le ressentiment que Juliette m'avait décrit telle une muraille infranchissable se révélait moins résistant qu'une cloison en papier japonaise. Et tant mieux. Je m'en réjouissais. Comme l'avait dit son père, tous les parents commettent des erreurs, cela fait partie du legs. En définitive, l'amour se mesure à la quantité de pardon que l'on peut accorder. Fort heureusement, Juliette en avait en stock. À l'occasion, je ne manquerais pas d'en profiter. L'idée me requinqua. Non pas au point de tenir la forme du touriste béat qui a laissé ses emmerdes au pays, mais assez pour envisager la suite de la journée sans être pris de vomissements d'angoisse. Je me passai le visage sous l'eau, m'entourai dans une serviette et filai dans la chambre.

En traversant le couloir, je crus être victime d'hallucination devant la poussette qui barrait le chemin, un modèle à trois roues avec des pneus de Lamborghini et des tubulures profilées.

Je m'habillai en hâte et les rejoignis dans le bureau où ils s'extasiaient devant Clara, à côté d'un tas de vêtements, petite jupe, petite doudoune et petit pull, posé sur un siège.

Mme Deplessis tourna vers moi une mine réjouie :

— En rentrant hier soir, on est tombés sur le Monoprix du coin… il y avait une nocturne…

— Écoutez, il ne fallait pas…

— Pour être franc, Laurent, on vous a trouvés un peu sous-équipés, intervint le père de Juliette en me tapotant l'épaule.

— Vous avez vu la température qu'il fait dehors ? surenchérit Mme Deplessis.

Radieuse, Juliette me présenta une petite combinaison en laine polaire.

— Tu as vu si c'est joli ?

J'allais répondre qu'à titre personnel je trouvais ça un peu rose, mais la mère de Juliette m'interrompit d'un glapissement d'effroi.

— Ouh là, mais qu'est-ce qu'elle s'est fait là ?

Elle montrait le pansement qui entourait le pied de Clara, visible à présent que Juliette l'avait extraite de son pyjama.

C'était là que j'avais pratiqué l'entaille. Juliette l'avait tenue pendant que j'incisais le talon au moyen d'une lame de scalpel stérile. Il y avait tout le nécessaire dans la trousse de vétérinaire. J'avais récolté quelques gouttes de sang dans un tube à prélèvement. Clara avait pleuré, un peu, mais s'était rapidement consolée dans les bras de Juliette pendant que je la bandais. J'avais été relativement généreux avec la bande Velpo et le sparadrap.

— Elle s'est écorchée ce matin pendant son bain, ça fait une grosse poupée mais c'est un tout petit bobo.

J'hésitai avant de poursuivre. J'avais l'impression qu'ils doutaient, je décidai de mettre le paquet :

— Dans l'évier…

Je crus que la mère de Juliette allait tomber raide.

— Vous la lavez dans l'évier ?

— On avait prévu d'acheter une baignoire, comme une poussette, des vêtements, répondis-je, un peu sèchement. On a beaucoup de travail tous les deux en ce moment… Voilà, c'est tout… Ça nous tombe dessus, c'est vrai, on ne se rendait pas compte. On n'est pas les mieux organisés.

Juliette rhabilla Clara, l'air de rien.

— Pardon, Laurent, fit le père de Juliette. Vous faites au mieux… c'est nous qui nous laissons emporter par notre enthousiasme…

— Tout va bien, tempérai-je. Au contraire, c'est très gentil à vous de nous faire ces cadeaux.

— C'est la moindre des choses, on a tellement de retard, fit la mère de Juliette.

— En tout cas, enchaîna son père, puisque Juliette a décidé de se relaxer, on pourrait modifier le programme… Si on emmenait Clara au zoo, non ?

Je retins un sourire. En matière de détente pour Juliette, il y avait mieux. Autant balader un plombier dans une usine de robinets. Mais bon, elle était clairement prête à tout pour renouer.

— Ce que vous voulez, lâcha-t-elle, comme en écho à mes pensées.

— N'oublie pas de leur montrer le bébé tapir, fis-je en lui serrant la main.

Une demi-heure plus tard, j'étais assis dans le métro, direction le quartier de l'ancienne École polytechnique, où Génolab avait ses locaux. J'avais prévenu Girardi, un type ultracompétent, qui, je n'avais pas compris jusque-là par quel miracle, avait échappé à la charrette de licenciements. Je n'étais pas jaloux, j'avais travaillé en tandem avec lui, et ses intuitions méritaient largement de continuer à pouvoir s'exprimer. Ni moins que les miennes ni plus. Et puis la raison m'était apparue, tout à l'heure au téléphone :

— Tu as de la chance de me trouver, m'avait-il dit, j'ai failli ne pas venir ce matin.

Un instant, je m'étais demandé s'il avait projeté de se promener avec ses beaux-parents au zoo.

— Je me suis fait une entorse au genou hier soir en boîte, j'ai passé la nuit aux urgences. C'est trop con…

Et là, tout avait pris sens. La raison pour laquelle Girardi n'avait pas été viré de Génolab était qu'il sortait en night-club, le dimanche soir. C'était évident. Moi, je n'avais pas mis un pied en boîte depuis un sacré bail, et encore moins une veille de journée de travail. Autrement dit, Marvin Girardi était jeune. Enfin, il avait une petite trentaine. Dix ans de moins que moi. Suffisant pour faire la différence, face aux actionnaires de Génolab, à Talbot, le directeur général, à Paul Millard, et à peu près devant tout le monde, sauf pour un type tordu comme Enki qui, lui, avait jugé que j'avais pile l'âge requis pour me faire pigeonner.

— Qu'est-ce que je peux faire pour toi, Laurent ?

— Écoute, Marvin, voilà, je suis sur le point de retrouver du travail…

— Ah, cool ! Tu sais, j'ai trouvé que Talbot avait été hypervache avec toi… En plus tu étais sur un projet de feu !

— Oui… bon… c'est du passé, ça ne fait rien, avais-je baratiné.

— Et ce job ?

— Une recherche sur les mutations de l'albinisme. Bref, pour être embauché… ils me font passer un test… un truc de débutant, mais j'ai besoin de venir faire une manip…

— Ici ?

— Ça m'aiderait, Marvin. Il n'y a que toi qui puisses me donner les accès. J'ai juste un tube, j'en ai pour la matinée, pas plus...

Il avait réfléchi quelques secondes, puis :

— OK. No souci.

— Vraiment ?

— J'ai une amplification qui démarre à neuf heures trente...

C'était la phase la plus longue. En général on essayait d'enfourner une plaque entière, pour ne pas faire tourner les machines à vide.

— Je me grefferai dessus.

— Appelle-moi quand tu es en bas.

— Merci, t'es un mec bien.

— Toi aussi, professeur Minkowski, heureux de pouvoir te rendre service.

Je n'étais pas vraiment un type bien, non. J'avais entraîné Juliette dans un jeu dangereux. Nous jouions la montre alors qu'il aurait fallu courir un sprint. Je saisissais l'importance que cela avait pour elle de vivre cette illusion de famille, ne serait-ce que le temps d'une matinée. Mais le risque était majeur que tout se fracasse avec violence.

Je repensai à l'abandon de Juliette la nuit précédente lorsque nous avions fait l'amour. Jamais je ne m'étais senti aussi proche de la mort.

Le laboratoire occupait les deux derniers étages d'un immeuble construit à la fin du XVIIe siècle. J'appelai Marvin comme convenu, car non seulement le code avait changé, mais l'ascenseur avait été muni d'un dispositif d'appel magnétique, si bien qu'on ne pouvait plus atteindre le laboratoire sans être dûment accrédité.

Je reconsidérai mon idée de revendre du matériel au gars des puces. En quelques semaines, c'était devenu tout simplement impossible. S'étaient-ils méfiés, à la suite de la vague de licenciements ? J'étais mal placé pour m'offusquer du manque de confiance qu'ils plaçaient dans leurs anciens collaborateurs, mais bon, c'était un peu vexant.

J'entendis le cliquetis de ses béquilles à l'intérieur, puis un juron et l'écho d'un rebondissement métallique avant que la porte s'ouvre. Marvin était grand et athlétique, les cheveux noirs, coupés court, savamment mal rasé, les yeux sombres et brillants. Célibataire, il avait tout à fait le physique pour aller en boîte, même si ça lui avait rapporté une attelle capitonnée, renforcée de lames d'aluminium, qui l'enserrait du mollet à mi-cuisse. Il me désigna une de ses béquilles gisant sur les pavés du hall d'entrée.

— Tu peux m'aider ? C'est la croix et la bannière pour me baisser…

— Bien sûr…

Je me précipitai et ramassai sa canne.

— Ça va ? Ça ne te fait pas trop mal ?

— Non, mais ça m'a coûté mon jean préféré…

Il portait un sweat gris de l'université de Cambridge et un jean auquel il avait dû sectionner la jambe droite. Sous l'attelle apparaissait un tissu fin gris dont j'aurais juré qu'il était issu d'un collant féminin.

— C'est assez sexy…

— Faut aimer le look androïde…

Il se dandina maladroitement pour me laisser entrer.

— Et puis je te raconte pas pour les manips… je n'avais jamais réalisé à quel point on a besoin de ses jambes pour utiliser ses mains… Je suis à la bourre, c'est la galère… ils ont aussi viré la moitié des assistants…

— Tu veux que je t'aide ?

Pour identifier le génome de Clara et le comparer à celui de l'Albinos, je devais d'abord extraire son ADN, puis amplifier certaines zones spécifiques avant de les analyser, mais entre chaque étape, il fallait attendre que les automates procèdent. Au mieux, j'en avais pour quatre heures.

— Donnant, donnant, insistai-je.

Marvin hésita. Je n'étais plus de la maison et au moindre problème ça allait lui retomber dessus. Il suffisait que j'égare une squame ou une pellicule de cuir chevelu dans une préparation et la contamination pouvait fausser toute l'interprétation.

— OK, c'est cool…, fit-il en me donnant une tape sur l'épaule sans lâcher sa béquille.

L'extrémité de la canne s'envola et vint heurter la boîte aux lettres métalliques. Le hall voûté résonna d'une détonation assourdissante.

— Putain, je ne vais jamais m'y faire… et dire que j'en ai pour six semaines…

Il m'entraîna en direction de l'ascenseur qui arrivait directement au cinquième étage, seul moyen d'accéder au laboratoire.

— Ils n'ont pas d'argent pour la recherche, mais ils dépensent à tout va pour leur bazar de sécurité, marmonna-t-il en glissant sa carte dans le lecteur magnétique.

— À part ça, tu vas bien ? lui demandai-je, tandis que nous nous élevions dans l'immeuble.

— Je travaille, répondit-il, l'air maussade.

Je ne savais pas s'il n'était sincèrement pas satisfait,

ou s'il avait la délicatesse de ne pas insister sur son avantage.

— Tu sais, ils m'ont gardé parce qu'ils avaient besoin de former les nouveaux…

— Les nouveaux ?

Nous étions arrivés, les portes s'ouvrirent sur un Asiatique d'une trentaine d'années, en costume. Marvin ne me répondit pas et salua son confrère.

— Ichiro…

— Marvin, répondit l'autre, en s'effaçant pour nous laisser sortir de l'ascenseur.

Girardi m'adressa discrètement une mimique qui signifiait : « Lui par exemple… », puis il me précéda en direction de la pièce principale où tous les chercheurs disposaient d'un coin de bureau.

À Génolab, le passé avait été méthodiquement effacé. Un faux plafond en dalle masquait vraisemblablement de somptueuses poutres pluricentenaires. Les murs d'origine avaient été plaqués, et le parquet Versailles recouvert d'un lino facile à lessiver. Le mobilier était constitué d'armoires de classement métalliques et de bureaux Ikea.

— Et Talbot ? demandai-je.

— Il assiste à une série de congrès, dans les pays de l'Est… il atterrit ce matin… on ne le verra pas avant la fin de l'après-midi…

Je n'avais aucune envie de le croiser ou d'avoir à justifier ma présence. Talbot était un chercheur brillant mais un humain exécrable qui n'avait probablement jamais rien fait pour aider la moindre forme de vie organique, et assurément pas une de celles qu'il venait de licencier.

Un second chercheur asiatique apparut, les bras

chargés de portoirs de toutes les couleurs. Il portait une blouse en polypropylène bleue par-dessus son costume, ainsi qu'une cagoule dans la même matière avec des pendants sur le côté. Un masque chirurgical lui couvrait entièrement la face, ne laissant apparaître que ses yeux.

— Bonjour, Kwan, fit Marvin en le croisant.

— Non, moi, c'est Kyu…

— Oh, pardon, se reprit-il. Bonjour, Kyu…

Marvin leva les yeux au ciel et attrapa un sachet scellé contenant une tenue biologiquement inerte.

— Les nouveaux, marmonna-t-il à voix basse, en me la lançant par-dessus la table. Je vais te dire un truc abominablement raciste, mais…

— Garde-le pour toi alors, l'interrompis-je.

Marvin acquiesça et s'affala dans un siège à roulettes, en soupirant.

— Des Japonais, des Coréens… je ne sais pas d'où ils les sortent. Ils sont tous super bons… mais ils parlent à peine le français…

— Sympas au moins ?

— Ils se prennent tous pour le nouveau Yamanaka, à part ça tout est normal…

Le Japonais Shinya Yamanaka avait fait sensation en découvrant comment déprogrammer une cellule de la peau. En intervenant sur les gênes qui contrôlent le destin cellulaire, il l'avait fait revenir à un stade embryonnaire. Cette sorte de voyage en arrière permettait à la cellule de recouvrer ses potentialités d'origine. En cultivant ces cellules « rafraîchies », on pouvait orienter leur développement dans de nouvelles directions, leur permettant par exemple d'évoluer en neurones ou en cellules du muscle cardiaque. C'était le plus ingénieux des magasins de pièces de rechange en devenir. Nous étions à présent des milliers de par le monde à creuser les avancées de Yamanaka et à travailler sur des programmes utilisant sa découverte. Enfin, moi, en ce qui me concernait, jusqu'à mon licenciement.

— Talbot sera content s'il couve un prix Nobel, fis-je en sortant de ma poche le petit tube qui contenait quelques gouttes du sang séché de Clara.

— Talbot sera surtout content si on fait le chiffre d'affaires attendu, maugréa Marvin. Il a signé des accords avec plusieurs grosses pharmas, et mobilise pratiquement tous les moyens du labo pour eux… on ne fait plus que de la recherche à très court terme…

Puis il désigna le tube d'un coup de menton dubitatif :

— C'est ça ton TP ?

— Ça fera l'affaire, acquiesçai-je.

Comment ne pas songer à Clara, âgée de quelques semaines, dans les cellules de qui les molécules d'ADN jouaient déjà leur partition, traçant la route implacable sur laquelle le petit être allait cheminer ? Vers quelle fortune ? Quelle latitude aurait-elle d'infléchir son trajet de vie ? Le moins qu'on puisse dire, c'était que s'il se vérifiait qu'elle était la fille de Cherkaoui, elle ne bénéficiait pas de conditions idéales au départ. Le retour aux origines des cellules de Yamanaka n'était pas un voyage dans le temps que l'on pouvait proposer aux individus. Revenir en arrière aurait pourtant été le seul moyen d'annuler certains des effets de la folie des hommes. Mais Clara était née, et comme nous tous, dès lors, elle avait emprunté un itinéraire à sens unique.

Je sortis le dossier de Cherkaoui de ma poche intérieure.

— À comparer à ça, un simple haplotypage…

— Recherche de paternité ? demanda-t-il, en jetant un œil sur les documents.

— Oui.

Marvin me décocha un regard amusé.

— Ce n'est pas pour ton travail, hein ?

— C'est important pour moi, Marvin.

— Toi, tu as trempé ton biscuit quelque part où il ne fallait pas, et tu voudrais vérifier que tu n'as pas fait une connerie…

— Non, souris-je, je suis toujours avec Juliette. Tu sais, je suis fidèle…

— Sinon, c'est que tu es le roi des abrutis, vu le canon… D'ailleurs elle est trop jeune pour toi, tu le sais, ça ?

— Oui, je te remercie.

— Elle irait mieux avec un type comme moi…

— Moi, j'ai le genou en bon état… Tu vois, c'est ça qu'elles aiment les femmes… pouvoir se reposer sur du costaud.

Au moment présent, le seul appui sur lequel je pouvais compter et auquel je devais de ne pas avoir encore sombré mesurait un mètre soixante-deux pour quarante-sept kilos et avait un joli prénom d'amoureuse. Mais au fond, Marvin évoluait dans la zone où moi-même je grenouillais il y a peu et ce petit discours macho pouvait faire mouche. Ce qui me fut confirmé par son rire grinçant. Je lui adressai un clin d'œil complice et lui désignai, sur le séquençage de

Cherkaoui, un pic nettement visible au niveau du chromosome 11.

— Ici, la variation homozygote… c'est l'albinisme… je ne suis pas albinos, non ?

— Alors, c'est pour un ami à toi ?

— On peut le dire comme ça.

18.

Dans une dernière expiration pneumatique, le bras automatisé reposa le tube au milieu des logements en nid d'abeilles. Le tambour n'entama pas de nouveau cycle et le signal lumineux de fin d'extraction s'alluma. J'avais revêtu la panoplie du laboratoire. Avec la paire de gantelets jetables, la cagoule et le masque, j'avais un petit genre fantassin de la guerre de Cent Ans, mais au moins j'évoluais dans un anonymat complet. J'avançai la main à l'intérieur de l'extracteur et me saisis du tube, puis vins observer son contenu face à la fenêtre. J'avais effectué cette opération des centaines de fois, saisi d'un trouble égal à chaque découverte de cet agglomérat ténu, auquel nous avions donné un nom étrange. La méduse d'ADN flottait dans la solution saline transparente, ses filaments ondulant gracieusement dans les rayons de lumière, à la manière de son homologue marine.

Quelques millimètres pesant quelques microgrammes de l'essence même de la vie. Obtenus après avoir lysé les globules blancs et séparé par centrifugation le précieux ADN du reste du matériel cellulaire. Je contemplai la manifestation concrète du mystère de l'existence. Les milliards d'informations contenues dans ces chromosomes emmêlés, concentrés, issus de Clara. Comme une langue étrangère dont nous commencions à peine à déchiffrer l'alphabet, à entrevoir quelques-unes des règles de grammaire. Nous ne la balbutiions guère mieux qu'un enfant de quinze mois baragouine sa langue natale, et pourtant il suffisait de la laisser se raconter d'elle-même pour définir l'entièreté d'un individu. Sa couleur de cheveux, de peau ou d'yeux, son appétence pour le sucre, sa mémoire et la qualité de son cerveau, son aptitude à la course, sa taille, la profondeur de son sommeil, l'architecture de sa personnalité, ses atouts organiques et ses défauts, jusqu'à ceux d'entre eux, létaux, qui pouvaient commander la fin de son existence, car chacun porte en lui les gènes de sa propre condamnation. Serions-nous un jour capables de maîtriser complètement ce langage ? Était-ce même souhaitable ? Toujours est-il qu'après l'avoir étudié pendant des années je ressentais une émotion toujours aussi puissante devant le spectacle de ces fils entortillés à peine visibles à l'œil nu.

J'insérai le tube sur un portoir et quittai la pièce pour rejoindre Marvin. Chaque section du laboratoire était scrupuleusement séparée des autres, dans le but d'éliminer toute contamination. C'est devant une hotte sous lumière ultraviolette que je le retrouvai, une pipette multicanal à la main, insérant une goutte de réactif dans chacun des trois cent quatre-vingt-quatre puits coniques creusés à la surface d'une plaque alvéolée.

— En ce moment on travaille à la chaîne… si j'échappe à la tendinite, ce sera pour choper des engelures…

La plaque reposait sur un support en polystyrène qu'il fallait remplir de glace pour inactiver la réaction en dehors de l'amplificateur. J'utilisai une pipette à mon tour, prélevant quelques millilitres de réactif sous la hotte et le versant dans le tube contenant l'ADN de Clara. Puis je transvasai une goutte du mélange dans l'un des trois cent quatre-vingt-quatre puits.

— Note bien le tien…

— T'inquiète…

C-22. C comme Clara. Vingt-deux comme l'âge de Juliette.

— OK, maintenant tu peux me lancer une plaque sur l'autre machine ?

— C'est quoi, ce programme ?

— Variabilité de la réponse des patients aux médicaments… On fait ça pour Sanofi. Talbot adore, ça rapporte et en poussant les feux, on obtient un résultat en quatre mois…

Évidemment, ça changeait des recherches qui n'avaient aucune chance d'aboutir avant plusieurs années. Ils avaient senti que Marvin s'adapterait et pas moi. Ce en quoi ils n'avaient pas complètement tort. En l'écoutant, je m'attaquai à une nouvelle plaque après avoir rempli le support d'une pelletée de glace pilée.

— On a déjà fait ça pour un de leurs anticoagulants… identification de marqueurs génétiques chez des patients qui ne réagissent pas au traitement… Et là on recommence, cette fois sur un antihypertenseur…

Je manquai de verser une goutte à côté d'un puits.

— Parce qu'il y a des résistants pour ce genre de médicaments aussi ? m'inquiétai-je.

— Un bon paquet, oui… des gens qui métabolisent

trop rapidement la molécule… on cherche l'origine génétique…

J'accordai un regard neuf aux centaines de tubes sur leurs portoirs colorés. Il s'agissait d'ADN d'hypertendus, envers lesquels je ressentais une forte empathie. C'était un petit peu comme si j'avais eu sous les yeux les portraits miniatures d'une foule d'inconnus qui étaient tous mes amis.

— Et c'est quoi, la molécule en question ?

— Irbésartan… un inhibiteur du système rénine-angiotensine…

J'arrivai difficilement à réprimer ma fébrilité. Je réalisai que dans le feu de l'action, j'avais oublié d'avaler mon comprimé ce matin. Heureusement, j'en avais une plaquette dans mon manteau et le cardiologue m'avait expliqué que ce n'était pas à deux heures près, j'avais de la marge.

— Tu connais le nom commercial de l'irbésartan ? relançai-je.

— Je vais regarder…

Il avait terminé de remplir sa plaque, il la scella et l'inséra dans l'amplificateur.

— Dans trois heures, on pourra interpréter ton résultat…

L'appareil se mit à ronronner, il allait alterner une vingtaine de cycles de montée en température et de refroidissement favorisant l'une ou l'autre des réactions chimiques qui allaient permettre de dupliquer l'ADN un million de fois.

— Tiens, c'est ça : Aprovel…, fit Marvin en sortant la fiche technique.

— Connais pas, mentis-je.

Il continua de parcourir le rapport du laboratoire.

— Regarde, tu vas encore me dire que c'est discriminant…

— Quoi ?

— Ce n'est pas moi, hein ? C'est leur étude : « L'efficacité de l'Aprovel est indépendante de l'âge ou du sexe, mais comme tous les médicaments agissant sur le système rénine-angiotensine, les patients noirs hypertendus présentent une réponse notamment moindre… »

Je haussai les épaules. Notre science avait démontré que tous les hommes appartiennent à la même race. Plus de quatre-vingt-dix-neuf pour cent des gènes humains sont identiques : moins de un pour cent de différence entre Einstein et le gars qui fait la plonge au bistrot du coin, cela éclaire sur bien des choses. Et si on a besoin d'un rein, on a autant de chances de trouver un donneur compatible à Asnières qu'à Dakar ou à Pékin. Autrement dit, la différence entre Bob Marley et moi était aussi mince qu'une feuille de papier à cigarette. Du moment que je ne prenais pas une guitare.

Évidemment, cette sotte commission Kirchner n'avait rien trouvé en fouillant le génome de l'Albinos. La solution résidait dans son passé. L'homme est un animal social, et culturel aussi. Seulement, dans la ménagerie, certains se comportent en prédateurs parce qu'ils n'ont rien appris d'autre, parce que personne n'a jamais rien partagé avec eux.

— Excuse-moi… il faut que j'aille aux toilettes…

Il m'avait collé la trouille avec son histoire de résistance à l'Aprovel, je voulais prendre mon comprimé sans plus tarder. Le cardiologue m'avait demandé de revenir vendredi pour mesurer ma tension et tirer un premier bilan des effets du médicament. Vu l'ambiance des derniers jours, je me demandais s'il n'était pas plus sage de repousser le rendez-vous d'une bonne semaine.

Je refermai la porte de la salle d'amplification avec soin et trottinai jusqu'à la pièce principale, lorsqu'une voix familière m'arrêta.

— Monsieur, s'il vous plaît ?

Je me retournai, pour me retrouver nez à nez avec Talbot. La cinquantaine, grand et sec, les yeux clairs, l'air d'être perpétuellement sur le qui-vive. Il se tenait voûté, presque bossu, comme si la tension qui régnait dans ses muscles l'écrasait sur lui-même. Il plissa le front en examinant ceux de mes traits laissés à découvert par la cagoule et le masque.

— Bonjour, monsieur, fis-je en les retirant.

Cela ne servait pas à grand-chose de jouer à cache-cache.

— Qu'est-ce que c'est que cette tenue, professeur Minkowski ?

Je savais que me voir ainsi vêtu éveillait sa méfiance constitutive, l'amenant à envisager un sabotage, ou toute autre mesure de vengeance de la part d'un ancien employé vindicatif. La priorité était de couvrir Marvin.

— Je suis venu récupérer des affaires… je ne voulais pas…

— Vous avez encore des affaires ici, deux mois après ?

— Des ongles…

J'avais dit ce qui me passait par la tête. De toute façon il ne pouvait pas me rendre encore plus chômeur que je ne l'étais.

— Pardon ?

— Des ongles de pied. Dans un tube…

Plus c'était gros, plus il me croirait.

— Vous vous payez ma tête ou quoi ?

— J'avais commencé une étude en parallèle… sur des Basques… qui ont des problèmes familiaux de mycose…

Il m'observa avec une moue condescendante et darwinienne, conforté dans l'idée qu'il avait bien fait de se débarrasser d'un être aussi peu adapté que moi.

— Ça peut m'aider à retrouver du travail, insistai-je.

— Je vous prie de sortir d'ici immédiatement, et je vous préviens : la prochaine fois que je vous revois dans nos locaux, je vous fais évacuer par le service de sécurité…

— Bien, monsieur…

Je me débarrassai de ma tenue et récupérai mon manteau, j'allais partir quand il me rappela.

— Comment êtes-vous monté jusqu'ici ?

— J'ai demandé à un de vos nouveaux… Chang… ou Kang… je ne sais plus trop… je ne suis pas sûr qu'il ait compris ce que je lui disais, mais il a ouvert…

Talbot soupira tellement fort que je crus qu'il allait s'envoler en zigzaguant dans la pièce. Il me raccompagna sans un mot jusqu'à l'ascenseur et inséra sa carte dans le lecteur magnétique.

— Je sais que vous êtes allé voir Paul Millard, me dit-il, en appuyant sur le bouton du rez-de-chaussée. Figurez-vous que je l'ai croisé ce week-end, au symposium Timofeeff-Ressovsky…

Il m'adressa un sourire méprisant, profitant de ma surprise pour placer l'estocade.

— Si j'étais vous, j'aurais accepté ce boulot sur les notices.

En fait, si, il pouvait me rendre plus chômeur que chômeur, et c'était bien le message qu'il m'adressait, tandis que les portes de l'ascenseur se refermaient.

Je m'abstins de frapper les parois de la cabine, pour ne pas lui donner le plaisir d'entendre qu'il m'avait blessé. Avoir une telle quantité de matériel génétique en commun avec ce type me faisait écumer de rage. J'aurais préféré être un lapin ou un phasme, ou n'importe quel invertébré, du moment que je partageais le minimum avec Talbot.

Je connaissais par cœur ses théories à la noix de généticien fondamentaliste. Pour lui, l'homme n'était que le véhicule de ses gènes. Nous les abritions et leur permettions de se copier à l'identique, à quelques recombinaisons près, depuis des millions d'années. Ils avaient remporté haut la main le combat de l'évolution, en nous mettant au point. Et si nous dominions la planète, c'était pour leur compte. Évidemment, pour rendre leur séjour à notre bord discret, devait perdurer l'illusion que nous étions ceux qui comptaient, et non pas ceux qui contenaient. Dans ce but, chaque engendrement s'accompagnait de principes puissants, au premier rang desquels figuraient l'amour, le désir de transmettre de nobles valeurs, l'aspiration au bonheur. Tous sentiments élevés ressentis grâce à l'action de neuromédiateurs et d'hormones, dont la sécrétion et la synthèse étaient, justement, dictées par les gènes. Ce vaste complot chromosomique ourdi en secret depuis les origines n'avait d'autre but que la perpétuation des quatre bases de l'ADN, issues de la nuit des temps, et promises à l'éternité, bien après que nos carcasses ainsi que celles des générations suivantes, mises au rebut, se seraient décomposées sous terre.

Personnellement, l'idée d'être le transporteur sophistiqué d'une cargaison autonome qui tirait en secret toutes les ficelles ne me convenait guère. Mais si l'offre du tout génétique n'était pas plus satisfaisante que l'hypothèse de Dieu, si l'homme était nu, seul, et responsable, alors que dire des individus dans mon genre, dont le comportement s'apparentait à celui d'une superballe balancée dans une cristallerie ?

19.

Hassan ne décolérait pas, et quand il était dans cet état, Nabil, son garde du corps, savait qu'il valait mieux écouter que répondre.

— Je dépense une fortune pour cet appartement et Persanti n'est pas fichu de laisser autre chose que du café soluble ? J'ai bu du Nés pendant quatre ans… cette odeur me porte au cœur, il suffit que je ferme les yeux pour revoir les quatre murs de ma cellule…

— Ils ont été surpris, essaya Nabil. Ça a été soudain…

L'Albinos l'interrompit d'un coup de poing sur la table qui fit déborder l'eau fumante des verres en Pyrex.

— On les paye pour déguerpir si on a besoin d'une planque ! Il faudrait que je les prévienne par recommandé, en plus ?

Nabil versa une cuillère de poudre de café dans son verre, et interrogea son patron du regard.

— Ils sont à la neige, peinards, reprit Hassan, en acquiesçant malgré tout. Baptisti leur a filé des billets en première classe. Ils se gavent de raclette… et tout ce qu'il y a dans leur cuisine, c'est du Nés et un frigo qui pue !

Il avait froid, il était vidé, et le rendez-vous à venir l'assommait. Il avait besoin de mettre la machine en route, quel que soit le carburant.

Les premiers jours, il avait vécu dans une excitation extrême, tout à son plaisir d'avoir abouti. Il lui suffisait d'imaginer la tête du directeur de la prison, quand à dix-huit heures quinze il avait appris que le détenu Cherkaoui semblait avoir du retard, pour ressentir une véritable jouissance. Dans la demi-heure, le directeur avait été obligé de prévenir le préfet, qui n'avait pas manqué de sonner le ministre. Hassan retint un gloussement. Dès sa sortie, au lieu de filer dans le trou à rats de Créteil, il était venu se cacher ici, en plein Paris. Il pensait vingt coups à l'avance et les avait tous mystifiés.

Mais à présent, il trouvait l'appartement des Persanti déprimant. Il n'en était pas sorti une fois, pas même pour aller au tabac du coin. Sa seule distraction, c'était le bouquin de Mesrine. Mais bon, c'était une autre époque. Finalement la liberté était plus fuyante qu'une savonnette mouillée. Heureusement, le départ pour Naples était planifié. Au programme des prochains jours, chaleur, espressos, et patchs de nicotine. Baptisti lui avait promis un séjour de rêve.

Nabil s'était levé. Il attrapa une éponge sur l'évier et fit couler l'eau.

— Qu'est-ce que tu fais ?

— Ben… je vais nettoyer le frigo…

— Avec ton costard à trois plaques ? T'es malade… Laisse tomber, de toute façon, on se tirera avant midi…

L'Albinos regarda l'heure et soupira bruyamment. Apercevoir cette petite montre de femme à son poignet lui faisait un effet étrange, comme si le bras appartenait à une autre personne.

— Dis-moi franchement, Nabil, comment tu me trouves ?

— Pardon ?

— Oui, en blonde… si tu me voyais passer dans la rue, t'aurais envie de me sauter ?

— Franchement ?

— Oui…

Derrière les verres fumés, les yeux en mouvement perpétuel d'Hassan sondaient le petit nouveau. Le gars avait du cran et du franc-parler. Une jeune pousse qui promettait au sein d'une organisation qu'il comptait remanier de fond en comble dès son arrivée en Italie.

— Franchement, non, laissa tomber Nabil.

Hassan eut un léger raidissement. Sa couverture ne tenait pas la route ? Ils allaient devoir rouler comme ça sur près de deux mille kilomètres.

— Je préfère les meufs qui ont plus de poitrine…

L'Albinos sourit et pointa son index en direction du front de Nabil, le pouce relevé, comme s'il le mettait en joue avec un revolver. Le gamin l'avait bien eu.

Trois coups légers retentirent dans le grand appartement désert. Suivis de deux autres. Et encore trois.

Hassan ne marqua pas la moindre réaction et lui indiqua d'un signe de tête d'aller ouvrir. Le garde du corps obéit et quitta la cuisine en déboutonnant sa veste, il ne voulait pas être gêné s'il était nécessaire de défourailler.

En remontant le couloir en direction de la porte, Nabil frissonna, la température devait avoisiner zéro. Lui non plus n'était pas fâché de lever le camp. Il avait déjà utilisé des nourrices, en général d'anciens détenus entretenus par des truands en activité, pour que leurs logements servent de caches d'armes ou d'hommes. Sur un coup de téléphone, les vieux décampaient sans poser de question. Mais d'habitude, ils laissaient le chauffage. Persanti était un rat et Nabil avait été infichu de redémarrer la chaudière. Il ne put s'empêcher de sourire. Au moins, lui n'était pas obligé de se trimballer en jupe.

Arrivé derrière la porte, il se glissa sur le côté et tapa à son tour sur le chambranle :

— C'est moi, fit une voix de femme, sur le palier.

— Personne ne t'a suivie ?

— Allez, magne-toi, ouvre, putain…

Nabil glissa la main dans sa veste et ouvrit. Aussitôt Liliane s'engouffra dans l'appartement, le bébé suspendu dans un sac ventral.

Nabil referma la porte, les yeux exorbités.

— Pourquoi t'es venue avec la petite, c'était pas prévu.

— Ah oui, et j'en faisais quoi ? Je la laissais brailler chez moi, jusqu'à ce que la police débarque ?

Sans lui laisser le temps de réfléchir elle enchaîna :

— Il est où ?

— Dans la cuisine…

Elle amorça un mouvement, mais il l'arrêta d'un geste ferme.

— Excuse-moi, il faut que je vérifie…

Liliane leva les yeux au ciel, dégrafa une des attaches du porte-bébé et déposa doucement la petite sur le sol.

— Bouge pas, Hasna.

Puis elle se releva et écarta les bras pour que Nabil la fouille. Il laissa courir ses mains sur le corps de Liliane, tâtant sous le porte-bébé, en profitant pour s'attarder sur sa poitrine. Cette fille était sacrément bien gaulée. L'Albinos avait raison. Il y avait pire comme punition. Il sourit et essaya d'entamer la conversation.

— Elle est trop mignonne, cette petite…

— On voit que c'est pas toi qui la torches.

— *Hasna*, ça signifie « beauté », continua-t-il, en glissant la main à l'intérieur des cuisses de Liliane.

— C'est bon, là ! Tu vois bien que j'ai un jean serré, j'ai pas planqué un calibre… tu en fais trop, Nabil ! s'emporta Liliane.

— C'est mon travail, rétorqua-t-il en lui tenant tête.

Il s'écarta brusquement et lui fit signe d'avancer. Liliane se baissa et récupéra Hasna, qu'elle réinstalla dans le sac ventral. Puis elle avança d'une démarche décidée. Il la suivit, sans cesser de la mater.

Liliane pénétra dans la cuisine, Hassan ne se retourna pas à son entrée, si bien qu'elle dut s'adosser à l'évier pour lui faire face.

— Pourquoi tu as amené la petite ? demanda-t-il d'un ton égal.

— C'est ta fille, je pensais que ça te ferait plaisir de la connaître…

Hassan eut un sourire crispé.

— Je n'ai pas eu le temps, tu le sais bien. Et je pars tout à l'heure…

— Je me fous de ce que tu fais, répondit Liliane, tandis que Nabil venait reprendre sa place en face de l'Albinos.

Liliane essaya de se concentrer sur ce qu'elle était venue réclamer.

— Tu es nerveuse, commenta l'Albinos. Tu secoues ce bébé comme si c'était un hochet…

— Je ne la secoue pas, je la berce. Mais si tu veux la prendre dans les bras, pas de problème…

— Non.

Un instant, puis il reprit :

— Comment tu me trouves en femme ?

— T'es pas mon genre, répliqua-t-elle, mais t'étais pas mon genre en homme non plus.

Nabil observa discrètement son patron. Il savait qu'il réagissait mal aux attaques qui concernaient son physique.

— Qu'est-ce que tu veux, Liliane ? demanda l'Albinos en levant la main, pour signifier que les préliminaires étaient terminés.

— Mon fric.

— Tu as eu ce qu'il fallait.

— Te fous pas de ma gueule, Hassan, ton avocat m'avait fait une promesse, j'ai joué mon rôle comme il faut, j'ai appris par cœur vos conneries du procès, je me suis tapé des kilomètres toutes les semaines pour que tu me baises… Mais il y avait un deal… je veux le numéro de ce compte en Suisse.

— Tu n'as pas respecté ta part du contrat, répondit sèchement l'Albinos.

— Putain, Hassan ! s'énerva Liliane, et elle tapa du poing sur la table.

Nabil se leva mais l'Albinos lui fit signe de se calmer.

Liliane tournait et retournait sur elle-même. Elle essayait de remettre de l'ordre dans ses idées, elle transpirait. Il y avait un pack de bières sur la paillasse, elle se saisit d'une cannette, l'ouvrit et avala une grande gorgée.

— Baptisti avait dit treize mille par mois, douze mois par an, sur cinq ans, égraina-t-elle. Ça fait huit cent mille euros, Hassan, c'était ça, le montant du contrat !

— Regarde-toi…, répondit Hassan, très calmement. Tu as besoin de picoler dès huit heures du matin… tu es pathétique… c'est toi qui as rompu notre accord… tu devais laisser tomber la dope… les tox, c'est pas fiable…

— Je m'y suis remise seulement quand on a su que ça avait marché… que tu allais avoir ta conditionnelle…

— J'ai fait un test, reprit Hassan. Tu as de la chance, si j'avais été séropo, je t'aurais fait descendre dans la minute…

— Je ne le suis pas, Hassan. Je ne me pique pas. Tu le sais très bien, tu m'as fait surveiller sans cesse.

— Je ne te fais plus confiance, lâcha l'Albinos sur un ton menaçant.

— Et cette petite ?

— Elle doit être aussi défoncée que sa mère.

— Si tu ne me payes pas…, commença Liliane.

— Quoi ? l'interrompit l'Albinos. Tu me dénonces ? Tu vas aller raconter aux flics que tout ça c'était un coup monté ?

Il se mit à rire et enleva ses lunettes pour s'essuyer les yeux.

Liliane baissa la tête. Car même s'il ne retirait jamais ses lunettes, pas une fois en quatre ans elle n'avait fait l'amour avec lui sans qu'à un moment leurs visages soient si proches qu'elle ne puisse échapper au ballet furieux de ses pupilles.

— Mais tu crois qu'ils ne l'ont pas compris ? s'amusa l'Albinos. Je suis en cavale, j'ai pris un max... je vais disparaître de la circulation et tu ne sauras même pas où je suis... Je suis tombé à cause de nanas qui étaient des tox... je ne me ferai pas avoir une autre fois... Donc tu vas déguerpir et t'estimer heureuse que je ne demande pas à Nabil de te loger une balle entre les deux yeux...

— Je lui logerai bien autre chose juste avant, miaula Nabil.

— Ta gueule, toi ! rugit Liliane. Tu fais le fier parce qu'il y a ton patron... mais des mecs comme toi, ils en ont à peu près autant dans le pantalon que lui il a de couleurs sur la gueule.

Hassan crispa les mains sur son verre en Pyrex.

— Le seul que ça puisse embêter si tu parles, c'est Baptisti, reprit-il, mais je lui fais confiance... Sa parole contre celle d'une petite pute qui a menti sous serment devant une cour d'assises...

La petite Hasna se mit à pleurer, Liliane lui passa la main sur le ventre, pour la caresser doucement.

— Moi, je trouve que tu t'en sors bien comme maman... tu as été payée pendant cinq ans, tu as pu reprendre tes études, on t'a trouvé un appart… tu devrais me remercier…

— Mes huit cent mille…

— Non.

— C'est dégueulasse…

— Et en plus tu rendras les clefs de l'appartement de Créteil… mais si tu en as besoin, je peux te le laisser encore une semaine… Maintenant, t'es gentille, barre-toi avec ta gosse et laisse-moi boire mon café… déjà que c'est pas bon, si en plus c'est froid…

Liliane était abasourdie. Elle espérait qu'il essaierait de négocier, mais non, il avait choisi de complètement l'arnaquer.

— Qu'est-ce que tu veux que j'en fasse de cet enfant ? lui répondit-elle. Je vais me retrouver à la rue…

Il eut un mouvement des mains, comme s'il s'en ouvrait à la grâce de Dieu.

— Tu sais… toutes les fois où tu es venue en prison et qu'il fallait que je te baise, c'était un peu comme une prescription médicale… Au début, c'était pas mal, je ne vais pas dire le contraire… mais au bout de quatre ans ça lasse… même en taule… Quand tu vas en vacances tout le temps à la montagne, il y a un moment où tu as envie de voir la mer…

— Hassan, la petite c'était la clef de ta grille… tu me fais honte ! J'ai bouffé tous les putains de médocs de Baptisti pour tomber enceinte… des fois j'avais les ovaires tellement gonflés que j'avais l'impression que mon ventre allait éclater… jamais je suis allée autant chez le gynéco de ma vie… et après, quand ça a marché, je l'ai portée… c'est lourd, Hassan… ça tire sur le dos pendant des mois… tu ne trouves pas une position qui va dans le lit pour dormir… à la fin t'as tout le temps mal au cul à cause des hémorroïdes… et à l'accouchement ces connards ont refusé de me faire une péridurale parce que tu leur avais dit que je pouvais faire une allergie ! J'en ai bavé ! Tu dois me payer. Point final.

— Fallait pas retoucher à la dope.

— Putain, Hassan, c'est juste depuis un mois…

Hassan proféra quelques phrases en arabe. Et Nabil glissa sa main dans sa veste, soutenant sans ciller le regard de Liliane.

Celle-ci comprit que rien ne ferait revenir l'Albinos sur sa décision.

— Bien…

Résignée, elle hocha la tête, et se dirigea lentement vers la porte de la cuisine, la cannette de bière dans la main gauche, la main droite toujours blottie sur le ventre de la petite Hasna.

L'Albinos eut un geste de dédain et ne se retourna pas. Seul Nabil la suivit des yeux et la vit faire demi-tour, dégager sa main de sous la doudoune de la petite, armée d'un Sig Sauer automatique. Elle enfourna le canon dans l'ouverture de la cannette de bière et tira à deux reprises au travers du silencieux improvisé. La première fois pour la balle de neuf millimètres qui atteignit le garde du corps en plein front, la seconde fois pour celle qui percuta l'arrière du crâne de l'Albinos à plus de mille kilomètres-heure. Mais de cela Nabil n'avait déjà plus conscience.

Le liquide et les parois d'aluminium avaient étouffé

les deux détonations et la bière avait giclé partout sur les deux cadavres.

La petite Hasna ouvrit les yeux, elle chougna doucement, et Liliane tenta de recouvrer son calme en la berçant avec application.

20.

J'étais resté un long moment à l'Accolade, le bistrot à l'angle de la rue où déjeunaient la plupart des scientifiques qui travaillaient chez Génolab, dans l'espoir que Marvin pousse sur ses béquilles jusqu'à moi. Mais le retour de Talbot avait changé la donne. Finalement, ne pas avoir de travail était à peine moins enviable que de vivre dans la terreur de le perdre.

— Je vous sers autre chose, Laurent ?

J'indiquai à Irène que j'avais eu ma dose de café. Un de plus et j'allais fumer par les oreilles.

— Ça fait longtemps qu'on ne vous avait pas vu, reprit la patronne.

Le coup de feu de midi approchait et la maîtresse des lieux dressait les couverts sur les tables à mesure qu'elles étaient libérées par les consommateurs du matin. Petite, la soixantaine pimpante, toujours vêtue avec soin, elle tenait la maison seule depuis plus de deux décennies. Un chef en cuisine, un plongeur déclaré. Pas de mari, pas d'enfants, pas d'associé. De l'énergie, une empathie naturelle et un menu pas cher, telles étaient les clefs de sa longévité.

— Je ne travaille plus au labo, vous savez…

— Je m'en suis doutée, il y a plein de nouveaux… mais ils ne sont pas accro au plat du jour comme vous autres…

J'émis un faible sourire en signe de complicité. En d'autres temps, j'aurais bâclé un protocole pour ne pas rater la dernière portion d'aligot.

— Vous êtes où maintenant ? reprit-elle.

— Nulle part, Irène…

— Vous avez la tête de quelqu'un qui a des soucis.

— Disons que je suis en train de faire des tonneaux sur l'autoroute à cent quatre-vingts kilomètres-heure, et que je réalise que j'ai une boîte d'œufs dans le coffre…

— Ah quand même…

Irène ôta ma tasse de café et commença à essuyer ma table. On peut être à l'écoute des autres et s'imprégner de notions de génie génétique au passage, on n'en a pas moins un commerce à faire tourner.

— J'ai du veau marengo aujourd'hui.

— Je vous remercie, Irène, mais je ne vais pas rester… Je peux vous demander un service ?

— Bien sûr…

— Je vous laisse mon numéro de portable, pour Marvin Girardi, au cas où il ne l'aurait pas… vous voyez qui c'est ?

Elle bloqua la valse de sa lavette et se concentra un instant avant de répondre :

— Mutation du gène EPM2B chez le chien, responsable de crises d'épilepsie… bien sûr.

C'était le fait d'armes de Marvin, qui avait collaboré avec une équipe canadienne pour identifier ce gène défectueux. Dans la foulée Génolab l'avait accueilli à bras ouverts, postulant qu'une telle avancée en science vétérinaire pouvait trouver son application en médecine. Naturellement, Juliette en avait entendu parler et n'avait pas manqué de le questionner sur le sujet une bonne partie de la seule soirée que nous avions passée ensemble. Il ne m'avait pas échappé qu'il en profitait pour lui faire gentiment du gringue, mais je connaissais suffisamment ma compagne pour savoir que seul l'intéressait l'horizon d'apparition d'une réponse thérapeutique. Il faut imaginer la détresse des maîtres qui voient leurs teckels baver en roulant des yeux au moindre allumage d'une ampoule.

— Vous voulez qu'il vous appelle ? traduisit Irène, en s'emparant du ticket de caisse sur lequel j'avais griffonné mon numéro.

— Oui, c'est ça…

— Pourquoi les scientifiques ne s'expriment-ils pas simplement ?

— Parce qu'ils voient le monde dans sa nudité.

Je m'étais levé et Irène me regardait comme si une touffe de poils m'avait poussé au milieu du visage. Je posai un billet de cinq euros sur la table, et me dirigeai vers la sortie.

— Merci, et à bientôt, Irène…

— Vous, vous avez besoin de vous confier à quelqu'un…, fit-elle au moment où je franchissais le seuil.

Je fis comme si je n'avais pas entendu.

Mais une demi-heure plus tard, en sortant du métro, je composai le numéro de ma mère. À cette heure-là, elle devait être en train d'extirper une aile de poulet de son emballage de Cellophane. J'avais passé tout le trajet à hésiter, cependant le besoin impérieux de me relier à quelque chose l'avait emporté.

Elle décrocha dès la deuxième sonnerie, et avant même qu'elle ait prononcé un mot, je fus plongé dans son univers familier. Les voix issues du poste de radio en toile de fond, le grésillement des oignons dans la poêle, et le frottement du micro sur ses vêtements pendant qu'elle ajustait ses oreillettes. Maman était comme cela, très sourcilleuse côté ondes, depuis qu'elle avait bazardé son téléphone fixe.

— Allô ? fit-elle enfin.

— Bonjour, maman, je ne te dérange pas ?

— J'allais me faire à déjeuner, mais pas du tout... mon fils ne me dérange jamais. À quoi sert d'être mère sinon ?

Oui, c'était exactement pour entendre ce genre de phrase que je l'appelais.

— Tu te prépares quoi ?

— Une escalope de poulet aux oignons... Et toi, tu te fais à manger au moins ? Ou vous allez toujours au McDo ?

Ma mère était persuadée que comme je vivais avec une femme plus jeune que moi, nous passions notre temps dans les fast-foods ou à EuroDisney.

— Juliette est fine cuisinière, tu as tort de médire.

Elle partit dans une quinte de toux, qui m'empêcha de déchiffrer sa réaction, mais fit résonner un coup sourd dans ma poitrine.

— Tu es malade ?

— Juste un peu enrhumée, tu as vu l'hiver qu'on a ?

Si elle avait quelque chose de grave je ne me le pardonnerais jamais.

— C'est une toux caverneuse quand même, il y a longtemps que tu as vu un médecin ?

— Écoute, Laurent, tu sais bien que les gens comme moi adorent s'inquiéter tout seuls, mais détestent que les autres s'angoissent pour eux… tu veux me faire attraper un cancer ou quoi ?

— Maman…

— À force de parler des choses, elles finissent par arriver.

Maman, par pitié, arrête. Je vais détruire le petit carnet. Mais tant de choses sont arrivées ces derniers jours. J'oublie à chaque fois de m'en débarrasser, je suis débordé, affaibli et tellement hésitant. Mais aussitôt qu'il aura brûlé, j'enfermerai les cendres dans un coffret en plomb que j'irai enterrer au fond d'une carrière abandonnée. Promis.

— Et toi, comment vas-tu ? dit-elle.

On y était. Depuis des années, à cette question, ma réponse fusait, invariable : j'étais en pleine forme, le boulot marchait à fond, je n'avais aucun souci matériel. Au zénith le ciel était toujours bleu. Bref, j'agissais à son égard comme avec Juliette. Ou plutôt, en rétablissant la chronologie, j'avais fini par me comporter avec ma femme comme avec ma mère. Un même ver creusait ses galeries dans mon inconscient, saison après saison, menaçant désormais l'édifice d'un effondrement majeur.

Finalement, il ne s'était rien passé de catastrophique à partir du moment où j'avais raconté mon histoire à Juliette, passé les premières minutes d'incrédulité, forcément. Quelque chose, même, me soufflait que si nous n'étions pas abattus par des truands ou emprisonnés à vie, notre couple sortirait renforcé de cette épreuve. Le désir dérisoire de ménager ceux qu'on aime finit par causer plus de tort qu'il n'en résout. Il faut l'envisager symétriquement. L'autre aussi vous aime, donc vous tait ses petites misères. À force, plus personne ne parle plus à personne. Amortir, oui. Épargner, non. Au fond, la vérité reste la plus profonde marque de respect.

— Pas très bien en fait, répondis-je.

Je m'attendais, déjà à cette phrase, qu'elle réagisse violemment ou gémisse. Mais elle répliqua :

— Attends, je vais baisser les oignons…

Jusqu'où pouvais-je lui dresser un tableau exact de la situation ? Le chômage, certainement. L'hypertension, vraisemblablement. La grande criminalité, c'était une autre paire de manches…

J'entendis s'atténuer les bruits de friture. Je venais de sauver une aile de poulet de la carbonisation.

— C'est bon, reprit-elle, j'ai du mal avec ces plaques à induction… avant je ne faisais pas brûler les aliments aussi souvent…

— Tu t'es bien adaptée au portable en tout cas…

— On en devient vite esclave… Tiens, je connais quelqu'un qui s'est fait voler son portable à la sortie de l'école de son fils, et en deux jours sa vie a volé en éclats…

J'étais concerné par le débat sur les faillites de la modernité, mais peut-être à un moment différent. Maman essayait-elle de jouer la montre ?

— Alors, tu as perdu ton boulot ? enchaîna-t-elle.

Non, finalement, c'était droit au but.

— Comment le sais-tu ?

— Je ne le sais pas, je devine. C'est la crise partout, ça m'étonnerait qu'on continue à payer autant de gens à étudier les gènes quand personne n'est plus fichu de s'intéresser à son voisin…

Je ne pus m'empêcher de sourire.

— Tu te rends compte qu'on a trouvé le corps d'un vieux dans un appartement l'autre jour… enfin quand je dis un vieux, il avait mon âge. Il était mort depuis six mois et personne ne s'en était rendu compte… alors ses chromosomes, si tu veux mon avis, à part les bactéries qui en ont fait leur quatre-heures, tout le monde s'en fout.

— Oui, peut-être, tu as raison…

— Ce n'est pas si grave, le travail, tu en trouveras un autre. Tu es doué, mon fils, tu n'as jamais peiné à tes examens.

— Mais il y a un autre problème…

— Ne me dis pas que tu es malade !

— Euh… si, de l'hypertension…

— Bah ! Moi j'ai commencé à prendre des cachets à quarante ans, eh bien, tu vois, plus de trente ans après ça ne m'empêche pas d'aller faire ma promenade deux fois par semaine avec Jacqueline et de déboucher une bouteille de rouge de temps en temps… Tant que tu ne me dis pas que tu as vraiment un truc grave… tu fais attention à tes grains de beauté ? Tu devrais voir un dermato de temps en temps… d'ailleurs ton amie, Juliette, elle est pleine de grains de beauté…

— Ce sont des taches de rousseur, maman, c'est différent.

— Bon… alors c'est tout ? Rien de vraiment grave ?

— Question de point de vue, relançai-je. Papa…

— Ton père fumait comme un sapeur, il buvait plus que de raison et il avait tellement de bide qu'il avait du mal à se rapprocher de la table… ses artères étaient aussi souples qu'un tuyau d'arrosage oublié dans le jardin pendant des années… Alors forcément, le jour où il a fait le coup de tension de trop…

Elle se tut. Nous gardions tous les deux l'image insupportable de mon père s'affalant tête en avant dans son assiette au milieu du repas. L'instant d'avant il avait baragouiné quelque chose, demeuré à jamais incompréhensible, mais qui, à voir son joyeux sourire, devait avoir du sens. L'instant d'après, une lumière s'était éteinte.

— Ce n'est pas ton cas, poursuivit ma mère, tu as plutôt belle allure, regarde, tu arrives même à séduire des jeunettes…

Je ne pus retenir un sourire. La première fois que ma mère avait vu Juliette, elle m'avait fait répéter trois fois son âge. Puis m'avait glissé à l'oreille qu'avec ma carrière de chercheur cela prouvait au moins que la jeune femme n'en voulait pas à mon argent.

— Écoute, Laurent, tu dis que ça ne va pas, et au final tu m'apprends que tu es licencié et que tu fais de la tension… en fait tu n'es pas plus mal loti que des millions de femmes et d'hommes dans notre pays…

— On peut voir les choses comme ça…

— Ce que je veux dire, ce n'est pas que je minimise ton ressenti, mais qu'il faut relativiser. Ce serait différent si tu m'annonçais que quelqu'un veut te faire la peau ou que tu as des problèmes avec la police…

Je repensai à ce poulet, probablement acheté au Franprix du coin. Se pouvait-il qu'elle ait conservé les abats et lu l'avenir dans le cœur et le gésier, comme à Delphes on rendait l'oracle ?

— Mais pourquoi tu me parles de ça ? me défendis-je.

— Pour te montrer la différence. Tu vas rebondir, mon fils.

Oui. Et m'écraser contre un mur.

— Tu as raison, maman…

— Tu veux que je vienne vous voir ? Ça fait longtemps que je ne suis pas venue à Paris, je pourrais vous donner un coup de main…

J'imaginai ce qui pouvait se passer si elle débarquait maintenant. La famille aurait été au complet. Je n'avais plus qu'à réserver une table au restaurant panoramique de la tour Montparnasse.

— Pas en ce moment, mais c'est gentil.

— Tu me diras quand ce sera possible ?

— Oui, promis… alors je t'embrasse, maman…

Juste avant de raccrocher, elle ajouta :

— Je te remercie de t'être confié à moi… tu sais, j'ai toujours l'impression que tu essaies de me protéger.

— Eh bien…

— Mais tu sais, mon fils, j'ai roulé ma bosse… et je me débrouille bien toute seule. Il en faut beaucoup pour m'atteindre, d'accord ?

— D'accord.

Je raccrochai, étourdi, comme après une épreuve de fond. Elle avait elle-même posé les limites de ce qu'elle voulait ou pouvait entendre, et je me fis le serment de me sortir de ce pétrin en trouvant moyen qu'aucune flèche ne l'atteigne. Jamais.

Sans m'en apercevoir, j'étais rendu au pied de notre immeuble et je m'apprêtais à pousser la porte vitrée quand il me sembla reconnaître un équipage au bout de la rue : Juliette en compagnie de ses parents, Mme Deplessis la main sur la poignée aérodynamique de la poussette, M. Deplessis en pleine conversation avec un inconnu.

J'étais rassuré de les voir de retour du zoo, quoiqu'il faille admettre que les dangers d'une telle expédition sont limités. Au pire on écope d'une amende si on a baratiné la caissière pour avoir une réduction étudiant.

Ils avançaient dans ma direction et je me hâtai à leur rencontre en moulinant de la main. Curieusement personne ne répondit à ma démonstration d'enthousiasme familial. Je commençai à distinguer la petite tache claire du museau de Clara au milieu de la capuche matelassée de sa doudoune. Puis j'entrevis le visage de Juliette, et je compris à son air fermé qu'il y avait un problème.

Encore quelques pas et je pus identifier l'homme, plongé dans une discussion animée avec le père de Juliette. C'était le pédiatre.

Je ralentis mon pas et, lorsque je ne fus plus qu'à une dizaine de mètres, le docteur Lebillon les salua et s'avança vers moi. Quand il me croisa, il baissa la tête et laissa échapper un « Bonjour » qui tenait davantage du coup d'épaule que de la formule de politesse.

— Ah ! Bonjour, docteur…, répliquai-je innocemment.

Mais déjà il s'éloignait sans un regard.

Juliette et ses parents arrivèrent à leur tour à mon niveau. Tout le monde avait l'air renfrogné, et particulièrement Mme Deplessis, qui semblait au bord des larmes.

— Mateus, hein ? fit le père de Juliette en désignant Clara.

J'interrogeai Juliette du regard, sentant que cela allait mal tourner. Mais elle fixait obstinément la pointe de ses chaussures.

— On sera mieux là-haut pour s'expliquer, décidai-je.

21.

Ses parents avaient préféré l'ascenseur, sans doute pour tenir conciliabule hors de notre présence. Juliette mit à profit notre tête-à-tête dans l'escalier pour me raconter de quelle manière le pédiatre lui était tombé dessus.

— Oh, bonjour, madame Minkowski ! Je me demandais bien si on se reverrait..., avait-il lancé en la reconnaissant.

Retenir mon nom du premier coup n'était pas si fréquent. Ce qui prouvait que notre visite lui avait laissé un goût incertain où la défiance se mêlait à la curiosité. Cela dit, ce n'était pas si difficile pour un médecin car j'avais un homonyme célèbre qui avait décrit une maladie du globule rouge dont tout praticien avait entendu parler : l'anémie de Minkowski-Chauffard. Ainsi, langueur, essoufflement et pâleur m'étaient associés, ce qui est moins valorisant qu'un nom évoquant l'intelligence pure ou une bataille victorieuse.

Puis le pédiatre s'était adressé à Clara :

— Alors tu t'adaptes à la vie parisienne ?

Les parents de Juliette avaient tiqué. Que ce soit la

veille au soir ou quelques instants auparavant en lançant des croûtons aux girafes, jamais leur fille n'avait laissé entendre que Clara ait connu d'autre lieu que la capitale, mais le pédiatre avait enchaîné :

— Vous devez être les grands-parents ?

— Euh oui..., avait répondu Mme Deplessis, pas peu fière qu'on lui reconnaisse cette qualité.

Il s'était tourné vers Juliette :

— J'imagine que vous allez pouvoir me rapporter le carnet de santé de Mateus...

Les parents de Juliette s'étaient figés en entendant le nom de son demi-frère.

— Mais pour quelle raison voulez-vous son carnet de santé ? s'était étonné Emmanuel Deplessis.

— Je suis le pédiatre...

— Si, si, bien sûr..., avait coupé Juliette. C'est un détail, papa, je t'expliquerai.

Puis elle s'était tournée vers Lebillon :

— Je m'en occupe...

— Parfait... Et sinon avec la neige, avait repris le médecin à l'attention des parents, vous n'avez pas eu de problème sur la route ?

M. et Mme Deplessis avaient échangé des regards effarés. Ils avaient quitté Brasilia sous une température de trente-deux degrés, et l'humidité de l'air n'était pas près de cristalliser. Le pédiatre avait caressé doucement la joue de Clara :

— Toi, tu me comprends, hein ?

Visiblement elle était la seule.

— Nous sommes venus en avion, avait alors tenu à préciser M. Deplessis, dans un réflexe de civilité.

— Ah bon ? Ça vaut le coup ? s'était étonné le

pédiatre. Il y a toujours tellement d'attente dans les aéroports… moi j'évite si je peux…

Emmanuel Deplessis savait qu'il n'est pas d'attitude préférable à celle qui permet aux paroles de circuler librement, quand bien même la conversation se déroule avec une andouille. En bon plénipotentiaire, il avait choisi de ne pas rompre le fil, repoussant à plus tard le débat sur l'opportunité de confier la santé de sa petite-fille à un tel énergumène, relançant, même, avec prudence :

— En l'espèce, je ne sais pas comment on aurait pu faire autrement…

— C'est-à-dire, mon chéri… que si on a le temps… on peut toujours prendre un bateau, avait commenté sa femme.

Lebillon, troublé par ce qu'il devinait de condescendance ou d'affectation dans l'attitude de ses interlocuteurs, avait tenté de recoller les morceaux :

— Le bateau ? À Genève… peut-être ?

Après tout il y a bien le canal du Rhin au Rhône.

— Plutôt Rio, avait souri Mme Deplessis.

— Je ne savais pas qu'il y avait une ville de ce nom-là dans votre coin…

Emmanuel Deplessis avait senti qu'il fallait reprendre l'initiative :

— Et vous, docteur ? Donc, vous vous êtes occupé de…

— De Mateus, oui… Quelle histoire quand même… quel fascinant démarrage dans l'existence…

— Mateus, avait répété la mère de Juliette, consternée, en scrutant Clara.

C'était alors que j'étais arrivé, au moment où le docteur Lebillon prenait congé, après avoir précisé à Juliette qu'il lui suffirait de se présenter avec le carnet de santé et qu'il la recevrait. S'il se posait déjà des questions avant de croiser notre chemin, il était plus que probable que, désormais, il allait s'en poser davantage.

J'avais pris place à côté de Juliette et de Clara sur le canapé. Face à nous, M. et Mme Deplessis s'étaient assis dans les fauteuils en cuir sans prendre la peine d'enlever leurs manteaux. Cela ne traduisait pas une envie de fuir, mais témoignait plutôt de leur accablement. L'infinie tristesse qui s'était emparée de leurs regards, posés tour à tour sur Clara et sur Juliette, ne disait rien d'autre.

Ce fut la mère de Juliette qui rompit le silence la première :

— Excuse-moi si j'ai mal compris… mais vous avez appelé votre fille Mateus ?

— Mais non, maman…, fit Juliette. C'est un malentendu… tu t'en doutes bien…

— On se doute de quoi, grand Dieu ? s'emporta son père. C'est plus qu'étrange, non ? Et pourquoi il nous a parlé de neige et de Genève ?

Ni Juliette ni moi n'osèrent répondre.

— Soit ce type est nul en géographie, soit quelqu'un lui a raconté des conneries, ajouta-t-il.

— C'est vraiment compliqué à expliquer, avertis-je.

— Eh bien, il faut espérer qu'on soit assez intelligents pour comprendre, rétorqua Emmanuel Deplessis. Il ne nous reste pas beaucoup de temps, mais je ne vous quitterai pas sans une explication.

— Emmanuel…, tenta de le modérer sa femme,

qui voyait le replâtrage de la veille s'effriter minute après minute.

Il ne répondit pas, mais fit comprendre qu'il n'en démordrait pas. Juliette me donna son aval d'un léger hochement de tête. C'était le moment ou jamais pour Emmanuel Deplessis de prouver qu'il avait le sens de la diplomatie.

— Clara n'est pas notre fille, commençai-je par avouer.

Je n'étais pas arrivé à la dernière syllabe qu'un rideau de larmes s'abattit devant les yeux de Juliette. Ce fut comme si on venait de lui annoncer qu'elle avait perdu sa fille et ses parents dans le même accident d'automobile. Une tristesse irrépressible qui fit bondir sa mère et prendre place d'autorité à son côté. Je me décalai et sondai du regard le père de Juliette. Celui-ci attendait la suite de l'histoire avec un air plutôt bienveillant. Je me demandai si c'était une tactique d'ambassadeur. On écoute son pire ennemi avec tolérance, on l'encourage par des hochements de tête à raconter de quelle manière il a orchestré une crasse pareille et, après l'avoir rassuré, au moyen de propos feutrés, sur ses propres intentions, on rentre au pays déclencher une apocalypse nucléaire. De toute façon, au point où on en était, se mettre un représentant de l'État à dos me paraissait relever de la vétille.

Ainsi je leur racontai toute l'histoire, pratiquement jusqu'au bout, sans qu'ils m'interrompent une fois. Simplement, ils se tassaient un peu plus dans leur fauteuil, à chaque nouvel épisode. À ce rythme-là, le cuir allait finir par les digérer, même si Emmanuel Deplessis avait l'air de moins en moins comestible.

J'en étais arrivé à ma visite chez Génolab lorsqu'un SMS fit vibrer mon portable.

— Excusez-moi…, fis-je, c'est justement mon collègue au labo… il faut que je…

Le père de Juliette m'enjoignit d'un vigoureux coup de menton de prendre connaissance du message.

Marvin avait pu terminer la comparaison du génotype de Clara avec celui d'Hassan Cherkaoui, établissant de manière irréfutable le lien de filiation. Mais il m'avait gratifié d'une recherche supplémentaire, ce qui expliquait le temps qu'il avait mis à me contacter, en recherchant la mutation de l'albinisme. Résultat positif : Clara était porteuse, sur le chromosome 11, du particularisme de son père.

— Voilà, dis-je, en passant le téléphone à Juliette, maintenant il n'y a plus de doute… c'est bien leur fille…

— Hétérozygote ? demanda la mère en parcourant le SMS par-dessus l'épaule de Juliette.

— Ça veut dire que Clara n'a la mutation que sur un seul de ses chromosomes… celui qui vient de son père… En face, celui de la mère est normal, cela suffit pour que la maladie ne s'exprime pas…

— Et si un jour elle a des enfants ?

— Eh bien, il vaut mieux qu'elle évite d'en faire avec un autre hétérozygote… et encore, là, ils n'auraient qu'un risque sur quatre…

— Bien, et maintenant que fait-on ? demanda le père de Juliette.

J'appréciai qu'il s'inclue au rang des personnes concernées, mais seuls Juliette et moi avions foncé tête baissée dans cette impasse. Nous nous retrouvions devant un mur de briques, trop haut pour qu'on puisse en tenter l'escalade, et j'entendais les aboiements furieux des chiens lancés à nos trousses.

— Je ne sais pas, avouai-je.

J'étais paumé. Maintenant que nous avions une certitude sur l'identité de cette enfant, il m'apparaissait impossible de prolonger cette situation.

— Je connais du monde, reprit l'ambassadeur, je peux m'arranger pour que vous vous constituiez prisonnier, sans que cela provoque de remous… Je vous aiderai à trouver un avocat… il ne devrait pas être compliqué de prouver votre bonne foi… si vous avez dit la vérité.

Je préférai ne pas relever la formulation conditionnelle.

— D'abord il faut rendre la petite à sa mère, trancha Juliette.

— La police s'en chargera, fit M. Deplessis.

— Désolée, je n'ai pas confiance… même avec tout l'entregent que tu as… je connais assez ton milieu pour savoir que tout n'est pas aussi lisse que tu aimes le dire…

Emmanuel Deplessis se raidit. Je sentis ressurgir les anciennes tensions. À nouveau, Juliette était prête à l'affrontement.

— Écoute, Juliette…, commença sa mère.

— Non, toi, écoute… vous, écoutez-moi… Une fois, seulement une fois, faites dans l'ordre que, moi, je choisis… Cette petite, Laurent lui a sauvé la vie, on l'a recueillie, elle est sous notre responsabilité, j'ai besoin d'être sûre de ce qui va lui arriver…

— Tu t'attaches, Juliette, essaya sa mère, sans conviction.

— Et toi, tu ne t'es pas attachée, en quelques

— J'ai besoin de toi, murmura-t-elle.

Je l'enserrai à mon tour, en prise au désir impérieux de me dissoudre en elle. Juliette dut ressentir la même chose car ses doigts se faufilèrent sous mon pull, elle releva son visage et, lorsque je me tournai, me planta un baiser sur les lèvres, d'abord doux, puis avide, tandis que ses cuisses rampaient sur les miennes et que nos mains s'égaraient. En un instant ce fut une course tourmentée, où le tintement de la boucle de la ceinture, la libération des boutonnières et le dégrafage des élastiques tinrent lieu de jalons.

— Qu'est-ce qu'on va faire ? laissai-je échapper, entre deux respirations syncopées, alors que la raison s'effilochait avec nos vêtements.

Juliette se leva et me tira fermement par la main. Elle était à moitié dévêtue, l'air farouche, le regard absent, d'une sensualité absolue.

— Pas devant la petite..., ordonna-t-elle de sa voix, réduite à un filet.

Je la suivis dans la chambre, où nous nous étreignîmes debout, au pied du lit, avec une violence et une énergie désespérées. Nous nous caressions en arrachant nos derniers vêtements, agrippés l'un à l'autre, comme si nous avions à faire front à un ennemi commun. Lorsque nous fûmes nus, Juliette remonta sa cuisse contre ma hanche et bascula en arrière, m'entraînant avec elle. Je sentis que je l'avais pénétrée avant qu'on ait atteint le matelas.

La sonnerie de mon portable nous tira du noir sommeil dans lequel nous avions sombré. Je me redressai et me précipitai sur mon pantalon, inextricablement entortillé dans une pièce de lingerie à même le sol.

minutes, hier soir... et ce matin avec la poussette ? Et au zoo, en demandant si tu pouvais lui donner le biberon ?

Sa mère ne répondit pas.

— Tu as envie d'apprendre que les flics l'ont collée dans je ne sais quel centre d'accueil ? Je veux une solution digne pour cette petite fille !

À son tour, le père de Juliette reçut un appel téléphonique. Il décrocha, en faisant mine de garder son calme.

— Oui ? Bien.

Puis il raccrocha :

— Notre chauffeur est en bas, on ne peut pas rester...

— Enfin, Emmanuel, on ne va pas les laisser comme ça..., protesta sa femme.

— Je dois monter sans faute dans cet avion...

Il se retourna et me fixa droit dans les yeux :

— Je souhaiterais vous aider, mais vous comprenez que je ne peux pas conserver ce genre d'informations pour moi... il faut que vous alliez à la police...

— Vous ne pouvez pas les garder un petit peu ? Il faut nous donner le temps de réfléchir...

— Je ne sais pas...

— Mais enfin, papa, relança Juliette, tu ne vas pas me dire qu'il ne t'arrive jamais de garder des secrets autrement plus lourds !

— C'est différent, s'il existe une raison d'État... Et cela vous mènera où de toute façon ?

— Et la raison du cœur ? Elle t'a mené où ?

Elle avait crié, tandis que sa mère étouffait un sanglot. Emmanuel Deplessis resta silencieux, sonné, puis il se leva.

— Je suis désolé, ma fille. Tu ne peux pas imaginer le bonheur que j'ai éprouvé pendant ces quelques heures… mais il y a des choses que tu ne peux pas me demander. Tu connais ma position…

Juliette secoua lentement la tête. Il me sembla que je pouvais entendre ses pensées : « Oui, je connais ta position. Ce n'est pas sorcier, elle n'a jamais varié. Coincée entre deux morales, la tienne et celle de ta fonction. »

— Réfléchissez et tenez-nous au courant, ajouta-t-il en me tendant sa carte avec son numéro de portable. Faites-moi part de votre décision avant qu'on décolle. Si besoin est, on devra s'exprimer d'une même voix.

Je compris qu'il venait de nous accorder une heure ou deux, même si je ne savais pas comment les utiliser.

— Pardon, dit-il à Juliette.

Elle haussa les épaules.

— Non, c'est moi qui te demande pardon.

Elle semblait s'être calmée.

En ce qui me concernait, j'avais un mal de crâne épouvantable. Car évidemment le seul responsable, celui qui avait tout bousillé depuis des jours, jusqu'aux retrouvailles de Juliette avec ses parents, c'était moi. Mon sang battait à tout rompre dans mes tempes. Ma tête était douloureuse. Il y avait clairement trop de soucis pour un si petit volume.

Je les saluai dans une sorte d'état second, incapable de me souvenir de leurs ultimes propos, obnubilé par une seule idée : comment parvenir à se sortir de cette mélasse au mieux des intérêts de Juliette et de cette petite fille.

Lorsque j'entendis claquer la porte, je réalisai qu
j'étais seul dans la pièce. Juliette les avait raccor
pagnés. Un instant, j'imaginai qu'elle n'allait p
revenir, qu'elle était partie avec eux, vivre au Brés
connaître Mateus. C'était au fond la meilleure cho
qui pouvait lui arriver.

— Ça va, mon boulet ? fit-elle tendrement, en s'
seyant près de moi.

Tiens, elle était restée.

— Sympa…

— Ce que tu penses est écrit sur ton visage…

— Tout est ma faute, répondis-je.

— Absolument.

Elle avait décoché ça sans la moindre hésitati

— Une fois que c'est dit, ça change quoi ? ajo
t-elle. Tu as fait la seule chose importante, tu as s
Clara.

J'observai la petite qui s'était rendormie, ind
rente au bruit et à la nervosité, comme l'air c
se contrefout du cyclone qu'il a créé.

— Juliette, il vaudrait mieux arrêter de l'ap
Clara…

— Oui…

Elle se serra contre moi, diffusant chaleur et
ceur, ses bras autour de mon torse comme un b
Son souffle régulier mêlé au mien.

— Tu crois que ton père va nous bala
demandai-je.

— Non, sinon il l'aurait déjà fait. Cela va pe
te surprendre, mais je l'ai rarement vu aussi
liant…

Je lui souris.

La pause avait été de courte durée, toutes les données du problème affluaient avec une précision aiguë, ne laissant pour l'instant apparaître qu'une évidence : jamais plus je ne pourrais me passer de la femme qui logeait la plupart du temps à l'intérieur de ce soutien-gorge.

— Allô ? criai-je en finissant par décrocher.

— Laurent ? C'est Emmanuel.

Le répit qu'il nous avait accordé était écoulé et j'allais devoir lui mentir. Je ne pouvais décemment pas évoquer ce que nous venions de faire, sa fille et moi, pendant une heure, au lieu d'avancer sur le dossier. J'entendis dans le lointain une voix diffuser une annonce en anglais où il était question d'embarquement.

— J'ai du nouveau pour vous, commença-t-il. Liliane Dorval réside au 44, rue Gabriel-Fauré, à Créteil. C'est au niveau du métro Créteil-Préfecture…

Comme je restais silencieux, il continua :

— J'ai contacté mon réseau. Elle a payé sa taxe d'habitation en novembre… elle y était encore à cette date…

— Merci, dis-je.

— J'espère que cela vous aidera à trouver une solution digne… C'est tout ce que je peux faire pour vous.

Juliette se serra contre moi, m'incluant dans une bulle de chaleur qui tenait à distance le monde hostile et glacé. Je notai sur un morceau de papier l'adresse que son père venait de me donner. Elle hocha la tête.

— Laurent… ma femme m'a convaincu qu'au point où on en était nous pouvions prendre cet avion en vous fichant la paix. Mais en arrivant j'aimerais apprendre que les choses sont retournées dans l'ordre.

— Combien de temps dure votre vol ?
— Neuf heures en passant par Lisbonne…
— Ça devrait me laisser le temps d'aller à Créteil.
— Je vous souhaite bonne chance.
— Il y a des choses qui ne se disent pas, Emmanuel.

J'avais tellement de bol en ce moment qu'il suffisait que je parie qu'il fasse jour pour que se produise une éclipse. Je retournerais au casino après ma prochaine réincarnation. Dans cette vie-là, les dés étaient pipés.

— Alors, faites ce qu'il faut, c'est tout. Vous embrasserez Juliette ?

Je venais de m'en donner à cœur joie, mais j'étais insatiable.

— Je le ferai, répondis-je, en la sollicitant du regard.

Elle me fit signe qu'elle ne lui parlerait pas. Il ne l'avait pas demandé d'ailleurs.

— Merci en tout cas, ajoutai-je.
— Ne me remerciez pas, je ne temporise pas pour vous, mais pour Juliette. Je l'ai déjà perdue une fois, je ne veux pas la perdre une deuxième fois. Quelle que soit l'issue, je compte sur vous pour endosser toute la responsabilité et la tenir à l'écart…
— Bien sûr.
— Je ne vous connais pas, Laurent, mais ma fille semble vous apprécier. Alors je préférerais que tout se passe bien pour vous aussi. Mais ne me mettez pas dans la position de choisir entre les intérêts de Juliette et les vôtres, d'accord ?
— Je comprends…

Et je raccrochai, livide.

— Qu'est-ce qu'il a dit ? demanda Juliette.

— Qu'il t'aime.

Je me levai et enfilai mes vêtements.

— Je t'accompagne.

— Il n'en est pas question, répliquai-je, pour l'instant tu n'es pratiquement mêlée à rien… C'est à moi de régler ça. Et à moi seul.

22.

Il régnait un tel froid que je me demandai si je ne m'étais pas trompé en changeant à Bastille. J'étais descendu à « terre Adélie », pas à « Créteil-Préfecture », c'était la seule explication plausible aux rafales de vent polaire qui balayaient le quai. Clara, emmitouflée comme une cosmonaute, et dont la résistance au froid n'était plus à démontrer, paraissait à son aise, dodelinant de la tête en jetant de petits gazouillis joyeux. Après avoir laissé les portes se refermer dans notre dos, et le long ver grisé s'ébranler en chuintant, je me décidai enfin à intégrer la cohorte des voyageurs sombres. C'est étonnant de constater qu'à température égale, en station de ski, les gens revêtent des combinaisons chamarrées, tandis qu'en région parisienne ils adoptent de si ténébreux accoutrements. On se détend, on s'évade, on porte de la couleur. On laisse le quotidien nous griffer, on bosse, on stresse : on hisse le pavillon noir. Ce n'est pas demain que les ouvriers qualifiés iront embaucher en pantalon de snowboard turquoise. À tout bien considérer, dans l'enfilade des portillons, la seule note de fantaisie provenait des nuages de respiration suspendus au-dessus des têtes comme de petits accents circonflexes vaporeux.

Je pressai le pas en direction des hautes tours d'habitation dressées dans l'air transparent. Le plan était simple : pénétrer dans l'immeuble où habitait Liliane Dorval, grimper les étages, frapper à sa porte et lui remettre Clara. Pour la suite, je comptais davantage sur son instinct maternel que sur mon sens de l'improvisation. Sachant que j'allais néanmoins essayer de lui soutirer quelques informations utiles à la constitution de mon dossier. Juste avant de monter dans l'avion, Emmanuel Deplessis m'avait envoyé un SMS avec les coordonnées d'un avocat de renom, qu'il me recommandait de contacter avant de me livrer. Je comprenais son point de vue. C'était un peu comme au bal des débutantes, personne n'était admis sans la recommandation d'une personne de qualité.

À bien y réfléchir tout cela tenait debout. À condition de ne pas dévier de la ligne. Je n'ai jamais excellé aux échecs, ni dans aucune sorte de jeu requérant des compétences de stratège, pas par manque de vision à distance, mais parce que je suis le genre de type qui essaie systématiquement d'introduire une variante avant de maîtriser les coups de base. Ce qui amuse de la part d'un jeune chiot, bondissant et mordillant tout ce qui passe à portée de sa gueule, peut se révéler totalement contre-productif dans le cadre d'un face-à-face avec un adversaire implacable et expérimenté.

Juste avant d'embarquer pour le pôle Sud, j'avais laissé Juliette et Clara en tête à tête dans la chambre. En deux jours l'évolution de la petite avait été hallucinante, elle souriait de plus en plus souvent et frétillait sitôt que ma compagne s'approchait – c'était un point que nous avions en commun. À l'évidence des liens charnels se tissaient à une vitesse phénoménale, d'invisibles grappins à leurs extrémités, projetés lors de chaque bain, biberon ou câlin, les ancrant de plus en plus solidement l'une à l'autre. Lorsqu'elle m'avait tendu Clara, ses yeux étaient rouges et brillants. Cela peut paraître idiot, mais j'étais convaincu désormais qu'en descendant l'escalier, puis en franchissant la grille métallique devant laquelle les deux livreurs de Darty avaient, d'une certaine façon, scellé mon destin, j'étais devenu débiteur d'un enfant vis-à-vis de Juliette. Je ne sais pas s'il y a des raisons meilleures que d'autres, ou plus valables, ou légitimes de concevoir un enfant. Il y en a eu une telle quantité depuis que l'espèce est apparue, engendrés par milliards, dans des forêts, des huttes et des déserts, qu'il n'est pas impossible que tous les cas de figure se soient présentés. Mais la question essentielle n'est pas là. On peut concevoir un enfant en ignorant le but poursuivi, consciemment ou pas, cela importe davantage de réfléchir à l'adulte que deviendra cet enfant. Car entre ses mains peut être détenu le pouvoir de changer un jour le monde.

Le 44, rue Gabriel-Fauré était un immeuble construit dans le plus pur style des années 1970. Sept étages de logements rectangulaires agencés régulièrement dans un dégradé de couleurs fanées. C'est-à-dire qu'un extraterrestre débarquant pour la première fois sur notre planète l'aurait sans doute pris pour un pilulier géant.

Comme il y avait un code, je me postai en face de l'entrée, non loin de l'arrêt du bus, attendant le moment propice pour me précipiter à la suite de toute personne entrant ou sortant. Vu le froid, il n'y avait pas âme qui vive dans l'environnement, à part quelques bactéries, probablement, du style de celles, increvables, qu'on avait retrouvées dans des carottes de la banquise. Pratiquement aucune circulation automobile non plus, juste deux ou trois voitures garées çà et là, la plupart scintillantes de givre.

J'étais d'assez méchante humeur. La probabilité que Liliane Dorval ne soit pas chez elle n'était pas négligeable. Qu'allais-je pouvoir faire ? L'appeler ? J'avais vérifié avant de partir, son nom n'apparaissait dans aucun annuaire, ce qui n'était que moyennement surprenant, étant donné ses fréquentations. Je pouvais toujours lui glisser un mot sous la porte. En gros, je me donnais une heure pour agir, tout en me demandant si j'étais assez chaudement vêtu pour résister ce temps-là.

— Tout va bien aller, tu sais, informai-je Clara, tu vas revoir ta maman, et elle va me dire comment tu t'appelles vraiment… parce que nous, on t'a appelée Clara, un peu par hasard… c'est une longue histoire… Enfin, tu es au courant, je suis débile…

Je fus étonné par la puissance avec laquelle ma voix avait résonné. Dans ce long corridor réfrigéré entre les immeubles, le son paraissait cassant comme du verre. Je vérifiai à droite, à gauche, personne ne m'avait vu me ridiculiser en parlant tout seul. Je me penchai sur l'oreille de Clara, d'où émanait une bonne odeur de bébé chaud et laiteux, pour murmurer la suite :

— Ça ne fait pas longtemps qu'on se connaît, mais tu peux te vanter d'avoir mis un gros chambard dans ma vie… Toi tu vas m'oublier… mais moi je ne t'oublierai jamais… peut-être même qu'au début tu vas me manquer…

C'était absurde, mais à m'entendre dire ça, j'arrivais à m'émouvoir. J'étais en train de devenir tout ramollo alors que personne ne m'avait réclamé la moindre péroraison. Je marchai quelques pas pour me changer les idées, manière aussi de ne pas attirer l'attention en restant planté comme un mobilier urbain, lorsque me vint une autre idée saugrenue. Je saisis dans ma poche-revolver le croquis judiciaire que j'avais imprimé avant de partir, celui avec les différents portraits de Liliane Dorval, et le montrai à Clara.

— Tu la reconnais ?

Évidemment elle ne me répondit pas.

— C'était avant que tu naisses… Tu vois… c'était quand elle était allée défendre ton papa. Ils s'aimaient fort tous les deux, ils se sont sûrement donné beaucoup de peine pour t'avoir…

Je lui tus que son père était un boucher sanguinaire, irrespectueux du droit en général, et de celui des femmes en particulier, laissant à d'autres, plus tard, le soin d'apporter ces précisions, mais je tentai de redorer l'image du père disparu en lui faisant entendre qu'il n'avait pas eu une vie facile.

J'en étais là de ce petit stage de réappropriation familiale, arpentant de long en large mon carré de bitume, lorsqu'un bus surgit du silence pour s'immobiliser devant l'immeuble. La porte arrière se libéra dans une toux aiguë et une femme descendit, stationnant quelques secondes sur place. Je fus certain que c'était elle, j'examinai à nouveau le croquis judiciaire, mais lorsque je retournai à la femme sur le trottoir, elle avait enfilé une chapka avec de grosses oreilles en fourrure qui lui mangeaient presque la totalité du visage.

Le bus ayant redémarré, elle mit le pied sur la chaussée, et avança en direction de la porte du 44. Je décidai de tenter ma chance et accélérai.

— Madame Dorval…

Elle ne réagit pas. Elle ne m'avait peut-être pas entendu, mais il me sembla qu'elle pressait le pas.

Puis il y eut cette autre voix :

— Liliane !

Cette fois elle regarda dans ma direction. Mais en fixant par-dessus mon épaule.

C'est alors qu'une grosse berline grise décolla de sa place de stationnement, se dirigeant droit sur elle.

— Liliane ! cria à nouveau la voix dans mon dos.

Par réflexe, je me retournai et vis un petit homme, lui aussi emmitouflé jusqu'aux oreilles, qui se précipitait.

— Cours !

Deux détonations déchirèrent l'air glacé au moment où la voiture frôlait Liliane Dorval, le moteur puissant s'emballa et le véhicule bondit, évitant de justesse le bus, dont le chauffeur avait pilé en entendant les coups de feu.

Liliane Dorval se tenait debout au milieu de la rue, fragile comme un pétale au bord du détachement, le torse exagérément droit, les bras ballants, les jambes chancelantes. Elle observait les deux orifices percés dans sa doudoune, au niveau de sa poitrine, cerclés d'auréoles brillantes. Une surprise infinie se dessina sur son visage, lorsqu'une plume de duvet s'échappa en voletant dans l'air glacé, fine et blanche, puis une seconde, rougie, plus lourde, qui tomba à ses pieds. Ce fut comme un signal donné pour que soit sectionné le fil invisible qui la retenait, et elle s'affaissa sur l'asphalte blanchi par le gel.

Rapidement un tourbillon de cris, de pas, de portières emporta le silence bien au-delà de la rue. Les passagers du bus étaient descendus et accouraient, le chauffeur appelait des secours par téléphone. Je vis plusieurs fenêtres s'ouvrir aux étages de l'immeuble et les curieux s'y pencher, s'interpeller d'un appartement à l'autre. Une voiture qui passait à son tour se mit à klaxonner. Bientôt, une sirène de police résonna au loin.

Étourdi, je reculai de quelques pas. L'agglomérat de badauds masquait le corps étendu, mais pas besoin d'être expert en armes à feu pour savoir que Liliane ne se relèverait jamais. J'avais instinctivement appuyé la tête de Clara contre ma poitrine, comme pour la protéger, lui cacher l'abominable spectacle aussi. Je sentis un flot d'amertume et de désespoir m'inonder, se transformer en larmes. Je ne pleurais pas sur mon sort, mais sur celui de cette petite fille, à présent orpheline et dont l'innocence était bafouée sans relâche. Je me mis à trembler de toutes mes forces, plus aucune couche de tissu ne pouvait empêcher un froid épouvantable de se glisser en moi, à la manière d'une lame d'acier qui raclait mes os et décollait mes tissus.

Des pires cauchemars on se réveille. Il y a toujours un matin pour y mettre un terme. Lorsqu'on se redresse en sueur, le cœur battant, on peut hurler de terreur assis sur son matelas, et au moment même où on éprouve cette formidable angoisse éclot la certitude qu'avec le jour venu elle a déjà été congédiée. Mais cette fois, une obscurité de maléfice s'était abattue et, avec elle, l'oppressante menace d'une nuit éternelle.

— Ne reste pas là… viens…

Je ne pus réprimer un cri. C'était l'homme à qui Liliane avait adressé son ultime regard, il se tenait à mon côté, la main posée sur mon épaule. Sa coiffe épaisse ne laissait dépasser aucun de ses cheveux roux, mais la cicatrice sur sa joue semblait briller, comme polie par le froid.

— Allez… ça ne sert à rien, insista Enki, au moment où le mugissement de la sirène de police s'amplifiait.

Un véhicule banalisé apparut au niveau du carrefour, le gyrophare posé sur le toit. Quelques badauds reculèrent, mais la plupart restèrent statiques, attendant l'arrivée des flics.

Je suivis machinalement Enki, qui m'entraîna à quelque distance de là, ne pouvant détacher mes yeux de la scène du crime.

La voiture s'immobilisa dans un ultime glapissement de sirène et deux inspecteurs en civil en jaillirent, des brassards orange autour des bras. Des éclairs bleutés se jetaient sur le dos des curieux, à mesure que le premier des policiers les écartait en progressant vers le corps étendu. Resté près du véhicule, son collègue s'époumonait dans sa radio à réclamer renforts et ambulance.

Enki me tira encore doucement par la manche, mais je ne pouvais plus mettre une jambe devant l'autre. Je me laissai tomber sur un banc.

— Tu vas te geler le cul…

— Je m'en fous… j'en peux plus, là…

Depuis le cambriolage, je n'avais cessé de penser au moment où le sort allait me remettre en présence d'Enki. Je m'étais juré de le secouer jusqu'à lui démettre le dernier des os. Mais après ce qui venait de se dérouler sous mes yeux, entendre les motifs pour lesquels il m'avait tendu ce piège me semblait digne du même intérêt que la fiche technique de la tétine à trois vitesses.

— C'est elle ? C'est la petite ? demanda Enki en examinant Clara avec attention.

— Oui…, répondis-je avec tristesse.

J'aurais voulu pouvoir répondre qu'il s'agissait d'une autre petite fille, avec qui le destin était plus clément. Disons n'importe laquelle des petites filles nées en France depuis cinq semaines, mais on ne tord pas la réalité comme on veut. Il était maintenant assez clair que la réalité manquait de souplesse et que la seule propriété élastique dont elle pouvait se prévaloir lui permettait de vous revenir en pleine figure à la moindre occasion.

— Je me doutais que c'était toi qui l'avais récupérée… comme on n'en parlait pas à la télé, fallait bien que quelqu'un l'ait trouvée…

— Qui l'avait laissée là-bas ?

Enki désigna d'un signe de tête le corps de Liliane Dorval, à nouveau visible, maintenant que les flics avaient réussi à faire reculer les badauds. Je fermai les yeux, envahi par le dégoût et l'incompréhension.

— Pourquoi tu es venu ici ? demanda Enki.

— Pour lui rendre sa fille.

— Ça n'aurait servi à rien. Elle n'en avait rien à foutre de cette petite, lâcha-t-il pour toute explication.

Pour elle, c'était juste une façon de gagner de l'argent. Et pour le père le moyen de s'évader.

Il se tut un instant, laissant flotter l'image de l'Albinos entre nous, puis il reprit :

— Elle l'aurait abandonnée quelque part, comme elle l'a laissée l'autre fois… dans son appartement, ou dans le hall de l'immeuble. Au mieux elle l'aurait filée à une voisine. J'étais venue la chercher, on s'apprêtait à partir, jamais elle ne se serait embarrassée de la petite…

— Ce n'est pas possible…

Enki se contenta de hausser les épaules, tandis que de nouvelles sirènes se faisaient entendre. Deux autres voitures de police apparurent, bientôt suivies d'une camionnette de police secours et d'une ambulance. Grâce aux renforts, les flics purent délimiter un périmètre. L'un d'entre eux sortit une couverture en aluminium de son coffre, et en recouvrit le corps de Liliane Dorval, faisant comprendre aux secouristes qu'il était inutile de se hâter.

— Rideau, commenta Enki, l'air grave.

— Comme au théâtre, c'est ça ?

— Oui, tout le monde a joué un rôle… L'Albinos savait qu'il en prendrait pour longtemps quel que soit son système de défense, alors il a choisi de ne pas se battre sur ce terrain. Il voulait obtenir une libération conditionnelle pour se faire la malle, mais il avait besoin d'un sacré argument.

— Une naissance…

— Ils ont recruté Liliane et l'ont fait entrer en scène à l'occasion du procès. Qui pouvait douter, après une si brillante prestation, qu'elle ne soit pas vraiment Mme Cherkaoui ?

J'avais compris la suite. Les visites, le mariage, les unités de vie familiale, tout cela conçu dans le seul but d'assouplir son régime de détention, d'attendrir un jour une commission de juges, de représentants de l'administration pénitentiaire et de psychologues émérites.

— Liliane Dorval a joué le rôle d'une mère porteuse un peu sophistiquée… le plan était royal, mais ça a grippé quand l'Albinos a refusé de lui payer ce qu'il devait…

— Pourquoi ?

— Il a prétexté qu'elle se dopait… ce qui était vrai…

Comme il interceptait mon regard en direction de Clara, il me rassura d'un clin d'œil.

— T'inquiète… Liliane y a retouché à partir de l'accouchement, mais pas avant… et je peux te dire qu'elle ne l'a jamais allaitée, la petite… on ne peut pas dire qu'elle avait l'instinct maternel…

Il s'interrompit pour fouiller dans sa poche et en sortir un paquet de cigarettes et un briquet. J'attendis qu'il l'ait allumée, et inspiré une profonde bouffée qu'il projeta dans le ciel, la tête en arrière.

— Ou bien Hassan avait décidé qu'il la truanderait depuis le début, reprit-il en me fixant à nouveau.

— Pourquoi il aurait fait ça ?

— Pourquoi on fait des conneries, hein ? Je ne sais pas. Il y en a qui ne peuvent pas s'en empêcher… Hassan était un truand, alors il truandait… c'était dans ses gènes.

— Oui, je connais, oui.

— Ça lui a coûté la vie.

Il marqua une nouvelle pause :

— Tu sais pourquoi je te raconte ça ?

C'était bien de savoir, mais ça n'aurait pas été grave de l'ignorer. Cela ne pouvait plus rien changer. J'étais ce condamné à qui le bourreau explique le fonctionnement de la guillotine. Il y a bien un ou deux rouages complexes pas inintéressants à connaître, mais à la fin la tête roule dans un panier, quoi qu'il advienne.

— Parce que tu le mérites, tu as été plutôt bon dans cette histoire. Tu avais peut-être raison de vouloir faire bandit.

J'aurais préféré qu'on me retire le foie avec les dents plutôt que de l'admettre, mais le compliment me flattait.

— J'étais sûr que les flics allaient te choper, et même qu'avec un peu de chance tu allais tenter de t'échapper et te prendre deux ou trois bastos, et puis l'affaire aurait été pliée… mais tu l'as jouée fine, je l'ai compris quand je t'ai vu ressortir de l'immeuble…

— Vous y étiez ?

— Dans une camionnette Fauchon… Ce sont des potes, le camouflage idéal dans les beaux quartiers…

Je souris pour la première fois.

— Je t'ai vu arriver dans ta Renault pourrie… et dès que tu es monté dans l'immeuble, j'ai prévenu les flics…

— Alors c'est vous qui avez tué l'Albinos ?

— Non… c'est Liliane qui les a buttés, lui et son garde du corps… Juste après elle m'a appelé… elle était en panique, elle voulait que je trouve une solution…

Il m'adressa un sourire, qui transforma sa cicatrice en un long trait exsangue.

— C'était ça, ton rôle… être la solution. J'ai dit à

Liliane de se tailler, d'aller balancer le flingue dans le canal et que je m'occupais du reste... Je ne savais pas qu'elle abandonnerait la petite là-bas, elle ne me l'a appris que l'après-midi, figure-toi... Le reste, tu connais...

— Et elle, qui l'a tuée, demandai-je, vous le savez ?

— Baptisti, sûrement, l'avocat de Cherkaoui.

Je me souvins des croquis où l'avocat semblait somnoler en plein tribunal. Il n'avait pas une tête de tueur. Mais ce que je venais d'apprendre sur Liliane prouvait qu'on ne juge personne sur sa frimousse.

— À partir du moment où Liliane est devenue incontrôlable, Baptisti s'est senti en danger... C'est lui qui avait supervisé tout le stratagème de l'Albinos... Elle pouvait le faire plonger... Mais c'est con, parce qu'elle ne l'aurait pas fait... l'avocat a perdu son sang-froid...

Il sortit des billets de train de sa poche et une seconde pochette aux armes d'une compagnie de ferrys.

— Paris-Marseille, puis de Marseille en Sardaigne... et de là, en vingt-quatre heures on était chez moi, à Ljubljana... je l'avais convaincue... Une fois là-bas, on aurait eu d'autres chats à fouetter. Regarde si j'avais fait faire de beaux papiers...

Il me montra deux passeports, avec des photos récentes de lui et de Liliane. Aux noms de M. et Mme Lakovic.

— Vous étiez ensemble ?

Il eut un rire grinçant.

— Ah, putain... non, jamais vraiment... J'étais un pote d'Hassan... enfin, un pote, comme un caïd a des potes... on s'est connus en prison... quand je suis sorti, il m'a confié une mission particulière… je devais surveiller Liliane…

— Garde du corps ?

— Chaperon plutôt… Faire attention qu'elle reste clean, et qu'elle n'aille pas avec d'autres mecs… qu'elle n'attrape pas une maladie, parce qu'Hassan, il ne voulait pas choper une saloperie… j'emmenais tout le temps Liliane chez le toubib, et tout ça… Et aussi, surtout, il ne voulait pas qu'elle voie d'autres hommes, parce que le bébé devait être d'Hassan et pas d'un connard rencontré un soir de beuverie en boîte… ils ne sont pas complètement abrutis, les juges, c'est trop facile de tomber enceinte, alors il faut pouvoir prouver que tu es bien le père… Je l'ai collée pendant ces années, tous les jours… c'est même moi qui lui ai procuré le flingue avec lequel elle a tué l'Albinos, au cas où elle en aurait besoin pour se protéger. J'ai frimé, tu vois… j'avais une petite filière, alors je lui ai refilé le Sig Sauer juste comme ça, pour faire le beau… Parce qu'à force j'étais tombé amoureux. Elle était jolie et intelligente, paumée mais rapide dans sa tête… c'est pour ça qu'elle a réussi à donner le change, non seulement à toute l'administration pénitentiaire et aux juges à chaque demande de mise en liberté, mais aussi au gynéco, pendant toute la grossesse, et à tout le monde quoi, pendant cinq ans… J'étais fondu de cette nana, mais je ne pouvais rien faire. La situation était bloquée. Le pire aurait été qu'elle se retrouve en cloque de moi. Tu te doutes bien qu'elle ne prenait pas la pilule, et les capotes, ça vaut ce que ça vaut. En plus, la dernière année, ils lui ont donné des trucs pour hyperovuler… Non mais t'imagines ? Ils auraient pu avoir des jumeaux…

Non, ça, je ne pouvais pas imaginer. J'avais déjà eu assez d'emmerdes avec un seul.

— Si Liliane était tombée en cloque d'un petit roux, reprit Enki, j'étais mort avant que la sage-femme ait coupé le cordon... Alors j'ai fait comme tout le monde, j'ai attendu que cette putain de commission finisse par lui accorder un droit de sortie... ce jour-là, c'était l'évasion garantie pour tout le monde, tu comprends ?

— Les choses tournent rarement comme on l'a imaginé, fis-je, en regardant Clara, qui semblait s'être endormie entre mes bras.

— Ouais, tu m'as l'air de savoir de quoi tu parles.

— À chacun son domaine.

Je savais surtout que nous ne nous reverrions plus jamais, je n'avais que des raisons de le détester, mais paradoxalement, quand il me tendit la main, je la serrai sans hésiter.

Avant de le laisser partir, j'avais une dernière question à lui poser :

— Et la petite ? Vous n'avez jamais pensé l'emmener avec vous à Ljubljana ?

— La question ne s'est pas posée comme ça.

— Oui, insistai-je, mais si Liliane ne l'avait pas laissée chez les Persanti ?

— Sauf qu'elle l'a laissée, répondit-il, irrité. N'essaie pas de me faire dire que je pourrais m'en charger. Maintenant, c'est ton problème.

— Non, je voulais juste savoir.

Je ne lui mentais pas. J'essayais d'estimer jusqu'à quel point tout était foutu pour Clara, bien avant même que je m'agenouille pour regarder sous le lit de cet appartement de l'avenue Malesherbes.

— Débrouille-toi bien, mec, me dit Enki, avant de tourner le dos et de s'éloigner d'un pas rapide.

— Oui, murmurai-je.

Je restai encore quelques instants assis sur le banc, à contempler l'animation, maintenant réduite, sur la chaussée. La température glaciale avait eu raison de la plupart des curieux. Seuls restaient ceux à qui les policiers voulaient s'adresser. Un flic interrogeait le chauffeur du bus et prenait des notes sur un calepin. Il portait régulièrement la pointe de son stylo dans sa bouche et exhalait son souffle chaud pour que l'encre ne gèle pas. Un autre photographiait la scène, tandis qu'un troisième ramassait les douilles avec une pince et les déposait dans un sachet transparent.

J'avais pris ma décision. J'étais au bout du rouleau. Je le sentais bien, j'avais la nausée, mes tempes battaient à cent à l'heure, mon oreille droite bourdonnait. Les flics étaient à portée de main, autant m'en servir. J'appellerais l'avocat du père de Juliette quand je serais au chaud. Cela n'allait pas changer grand-chose.

Quand je vis le flic en terminer avec la déposition du chauffeur, puis se diriger vers moi, je lui fus reconnaissant de m'éviter le déplacement.

Je déposai un léger baiser sur les joues de Clara. J'espérais qu'elle ne m'en voudrait pas, mais j'allais tout raconter à ce policier.

Il n'avait pas fini de souffler sur son stylo.

23.

C'était un très jeune flic. Un blondinet, coupé au bol, à qui sa maman avait dû tricoter un ou deux pulls épais qui gonflaient son blouson réglementaire. Il avançait d'une démarche un peu raide, à cause du froid et de la ribambelle d'accessoires d'interpellation qui pendaient à sa ceinture. Avec ses cannes grêles, ses coudes collés au corps, il avait beau faire, je l'avais reconnu. Je l'avais vu dans la vitrine du magasin de jouets, pique-niquant en famille autour du barbecue, ou avec ses copains de la ferme en train de passer le râteau ou de conduire un tracteur. J'allais être interrogé par un Playmobil.

— Bonjour, monsieur, police nationale…, me dit-il, dans un filet de voix chevrotante.

Le pauvre claquait littéralement des dents.

— Je recueille des témoignages… Vous étiez là depuis le début ? Vous avez vu quelque chose ?

Je savais qu'il aurait préféré une réponse négative. Que je ne lui sois d'aucune utilité, pour refermer son dossier, et foncer se réchauffer dans la voiture. Mais j'avais décidé de tout déballer. Pas de chance, c'était tombé sur lui. On ne l'apprend pas à l'école de police, mais la pneumonie fait partie des risques du métier, au même titre que la balle perdue ou la bavure.

— Oui, oui, j'ai tout vu, fis-je calmement. En fait je venais justement pour rencontrer la victime…

Le flic me regarda, étonné.

— Elle s'appelle Liliane Dorval, précisai-je, en gage de bonne foi. Et je venais lui rendre sa fille, la petite, là… Clara. Enfin on l'a appelée Clara, mais je ne sais pas comment elle s'appelle vraiment.

— Pardon ?

— C'est la fille de Liliane Dorval et de l'Albinos, le caïd trouvé mort à Paris. Celui qui venait de s'évader… vous en avez forcément entendu parler… J'étais dans l'appartement, en train de cambrioler, quand j'ai trouvé cette petite…

À présent le flic avait l'air stupéfait, il se tourna vers un de ses collègues.

— Vous ne prenez pas de notes ? m'étonnai-je.

— Je ne comprends pas, monsieur…

Si les neurones gelaient en dessous d'une certaine température, il y aurait eu beaucoup d'abrutis chez les Inuits. Comme ce n'était pas le cas, je commençais à penser qu'on m'avait fourgué un Playmobil avec un défaut de fabrication.

— Pourtant ce n'est pas compliqué, repris-je, irrité. J'étais dans l'appartement où la femme qui est étendue, là, au milieu de la route, a tué l'Albinos ! Puis elle a abandonné sa fille…

— Je suis désolé, je ne comprends pas, répéta-t-il.

Je m'enfouis la tête entre les mains. Il avait fallu que je tombe sur le demeuré de la patrouille. Ce n'était peut-être pas un hasard si ses chefs l'avaient envoyé dans la rue par un temps pareil, ils espéraient sans doute le perdre dans le blizzard.

Soudain, il me vint une idée. J'allais lui parler preuves. Puisqu'ils étaient dressés comme ça. Formés à douter. Ce qui, entre nous, ne devait pas être commode appliqué à la vie familiale : « Mon chéri, papa voudrait une preuve d'amour », ou conjugale : « Tu sais, mon amour, j'aurais aimé établir avec certitude le moment où tu as atteint l'orgasme ». Mais bon, s'il leur fallait de l'évidence, autant ne pas les décevoir.

— Je m'appelle Laurent Minkowski… j'ai dans la poche, un bout de toile, que j'ai volé là-bas, je voulais l'enterrer dans un papyrus, et puis je n'ai pas réussi… Vous allez voir… Persanti, c'est le peintre, le propriétaire de l'appartement…

Pendant que je m'escrimais à retrouver cette fichue toile, le flic fit un grand signe de la main. Ça y était, il appelait un collègue à la rescousse. On allait enfin me jeter sur le sol, me passer les menottes en m'insultant, puis on clarifierait tranquillement tout cela au poste, les fesses calées près d'un convecteur électrique. Tant qu'ils opéraient avec délicatesse avec Clara…

— Je ne trouve pas la toile, m'excusai-je, mais je l'ai, je vous assure… je la trimballe depuis deux jours…

C'est embêtant de promettre une preuve et de ne pas la fournir. En fait, je n'arrivais pas à mettre la main dans ma poche. Mes doigts étaient comme d'épaisses baguettes pendouillant au poignet. À rester trop longtemps sans bouger, sur ce banc, j'avais fini par geler.

— Mais aidez-moi, au moins ! Là, dans ma poche… regardez… allez-y, je ne vais pas vous mordre !

Au contraire de l'effet attendu, le policier recula et

tint conciliabule avec son collègue. Ou plutôt, non, il me sembla que c'était le médecin de l'ambulance, qui avait accouru, avec lequel il s'entretenait. Mais je n'en étais pas certain, j'y voyais subitement moins bien de ce côté.

— Qu'est-ce qu'il a ? demanda le toubib.

— Je ne sais pas, répondit le flic, il est complètement incohérent…

Là, il passait la mesure. Mais il fallait faire quoi dans ce pays pour être arrêté ? En dessous de l'attentat à la bombe sale, on n'était pas digne d'attention ? Les prisons étaient tellement pleines qu'on n'entrait pas sans le niveau génocide ?

— Excusez-moi de vous dire ça un peu brutalement, intervins-je, mais si quelqu'un ici manque de cohérence, ce n'est sûrement pas moi.

— Tu vois ? fit le flic, sur un ton où le fatalisme l'emportait sur l'inquiétude.

— On dirait de l'aphasie, acquiesça le médecin.

Puis il s'approcha et s'adressa à moi comme à un demeuré :

— Comment ça va, monsieur ? Comment vous vous sentez ?

Pas bien, à vrai dire. J'avais l'impression d'être un escargot essayant de jouer au Scrabble avec des hirondelles. J'avais beau coller les lettres les unes derrière les autres, elles continuaient de voler, indifférentes à l'accumulation des « lettre compte triple » et des « mot compte double ».

— Se brosser le trident pour un protocole linéaire ! protestai-je, décidé à ne plus prendre de gants.

Au point où j'en étais, je pouvais écoper d'outrage

à agent. Ce n'est jamais le gravillon qui fait couler la péniche.

— Faiblesse de fourneau !

Ils échangèrent un regard entendu et le médecin fit signe à l'ambulancier de rappliquer.

Je commençais franchement à être las de leur petit manège. Que voulaient-ils de plus ? Que j'avoue avoir tué Liliane Dorval ? Ils pouvaient toujours aller se faire voir. Je voulais qu'on me laisse tranquille. Ma tête tournait, et pour être honnête, depuis quelques secondes, j'avais du mal à garder l'homme qui s'adressait à moi dans mon champ de vision. Je devais sans cesse tourner la tête. Il avait la bougeotte. J'allais finir par me démettre le cou. Mais plus je tournais, plus il esquivait.

— Vous allez arriver à vous lever, monsieur ? demanda-t-il, d'une voix lointaine et truffée d'écho.

— S'il n'y a de belle vitamine au siège, et je vois providentiellement, que puis-je, encore ? répondis-je, cette fois résolu à appeler l'avocat.

La situation ne pouvait se prolonger, Emmanuel Deplessis avait eu raison à propos de ce bal des débutantes. Mais qui était Emmanuel Deplessis ? Pourquoi ce nom avait-il surgi sans crier gare ? À l'école, mon meilleur ami s'appelait Emmanuel. Mais je ne me souvenais plus de son nom de famille. Certainement pas Deplessis. C'était plus court. En deux syllabes.

— Fritol… Mabulique à l'epotomine.

— Grouille ! C'est un AVC ! Vite… appelle le régulateur !

Je m'inclinai, comme un navire se met à gîter après avoir heurté un récif. Mes forces lâchaient du côté droit où l'obscurité étendait sa ramée. De lancinants bourdonnements couvraient mes mots. Si cela continuait, plus personne n'allait rien comprendre à mon histoire.

— Laporinette était pusilavigne…

— Bien sûr, monsieur, ne vous inquiétez pas, fit le policier en posant sa main sur mon bras.

Enfin on me comprenait.

— Je récupère la petite, ajouta-t-il en me souriant.

— Carpiton… nomislande…

— Appelle le régulateur ! brailla le toubib. Demande une place à Henri-Mondor…

Je vis l'homme qui portait le costume bleu ôter la petite fille d'entre mes bras. Un si joli nourrisson. Ses parents pouvaient être fiers. J'aurais aimé connaître son nom. À moins que ce soit un petit garçon. À cet âge, c'est difficile à dire. En tout cas, avec un regard aussi intense, on sentait que cela turbinait derrière. Pas d'inquiétude à avoir sur son avenir. Aucune difficulté pour faire son trou. J'aurais bien voulu l'embrasser, avant qu'on me le retire. Déposer un doux baiser sur ses joues élastiques. Mais qui étais-je pour cela ? Il y a des parents qui n'aiment pas que l'on touche leur petit. Qui étais-je, d'ailleurs ? Voilà une question qui méritait qu'on se la pose. Vraisemblablement, parmi ces gens qui se pressaient autour de moi, certains étaient au courant. On ne transporte pas un homme sur une civière sans s'être renseigné. D'autant qu'ils se comportaient en professionnels. Je le déduisis à ce qu'ils bougeaient en ne produisant aucun son. Il faudrait mentionner à Juliette cette reptation silencieuse sous le ciel d'azur. J'aurais préféré qu'elle soit dans les parages. Elle m'aurait donné son avis sur la situation. Quoique, sans pouvoir mettre un visage sur son nom, sa présence n'aurait-elle pas ajouté de la confusion ? Certes, Juliette revêtait une importance capitale dans mon dispositif. J'en voulais pour preuve l'itération des entrées à son nom ou des sensations qui lui étaient associées dans la fuite de mes pensées. Au plus profond de moi, dans un refuge protégé, une flamme continuait d'éclairer sa silhouette. Simplement, je ne parvenais plus le moins du monde à distinguer ses traits. Était-elle blonde ou brune ? Peut-être le médecin qui m'avait enfilé un brassard autour du bras l'avait-il rencontrée ? Peut-être était-il capable de me la décrire ?

Je promis de lui demander, après.

Une fois qu'il aurait fini de prendre ma tension.

Ne pas bouger, garder le bras ballant. Sinon la mesure est foutue.

Pas facile.

J'avais envie de pouffer.

Franchement.

Il n'allait pas être déçu du résultat.

24.

Lorsque le téléphone avait sonné, Juliette avait senti son cœur s'écraser dans sa poitrine. Ils étaient convenus qu'il n'appellerait en aucun cas. Elle avait décroché, mue par un sombre pressentiment. En entendant le policier se présenter, elle s'était dit que Laurent avait été interpellé et, paradoxalement, en avait ressenti du soulagement. Au fond cela devait terminer de cette façon. Laurent allait pouvoir s'expliquer et elle ne doutait pas qu'il y parviendrait. Mais l'insistance du type à lui demander de se rendre à l'hôpital Henri-Mondor lui avait glacé le sang.

— Que se passe-t-il ? Il a été blessé ?

— Je ne sais pas, madame… je sais qu'il y a eu des coups de feu… on m'a demandé de prévenir la famille…

Ses jambes ne la portaient plus. Elle s'était assise sur le canapé, en proie à un violent vertige.

— On lui a tiré dessus ?

— Écoutez, madame, il faut que vous veniez rapidement. C'est tout ce que je peux vous dire. Pour l'instant ce sont des infirmières qui s'occupent de votre fille…

— Clara ? Clara est là-bas ?
— Je ne sais pas son nom…
— Où ça ?
— Aux urgences…
— Mais lui, qu'est-ce qu'il a ?

Elle avait pratiquement crié.

— Je suis désolé, je ne peux rien vous dire, madame.

La demi-heure de trajet en taxi jusqu'à l'hôpital Henri-Mondor avait certainement été l'épreuve la plus douloureuse de sa vie. Ce policier qui n'avait pu ou voulu fournir aucune précision lui avait infligé une véritable torture et elle avait maintes fois regretté depuis de ne pas avoir eu l'occasion de le retrouver pour le boxer.

Les médecins l'avaient interrogée dès son arrivée. Elle avait évoqué cette hypertension récemment diagnostiquée, ainsi que les soucis professionnels et privés qu'il rencontrait. Sans entrer dans le détail, constatant que personne ne semblait faire de lien entre l'accident dont avait été victime Laurent et sa présence sur les lieux.

— Cela peut suffire à expliquer ce qui lui est arrivé, lui avait dit l'interne. Votre mari était au bout du rouleau, tendu, et il a été témoin de cette scène abominable… Un de ses vaisseaux n'aura pas tenu le coup… Je suis désolé.

Juliette s'était retenue pour ne pas éclater en sanglots, mais plus encore elle n'avait pas osé poser la seule question qui importait. Elle pensait que l'information viendrait du médecin, mais celui-ci semblait s'en tenir à une position neutre, ne fournissant de réponses qu'aux questions formulées. On lui avait enseigné qu'il ne lui incombait pas de décider à la place des gens ce qu'ils avaient envie de savoir, ou pas. Soudain, Juliette avait vu une infirmière déboucher au bout du couloir avec Clara dans les bras. Alors elle avait trouvé le courage :

— Est-ce qu'il va… vivre ?

— Le chirurgien a pris la décision de l'opérer pour réduire l'hématome… ensuite il sera maintenu dans un coma artificiel pendant plusieurs jours… le temps que l'inflammation diminue… Je ne vais pas vous mentir, madame, il a beaucoup saigné et cela entraîne une forte compression du cerveau… S'il vit, rien ne garantit qu'il s'en sortira sans séquelles…

Juliette avait fermé les yeux et vacillé.

— Vous voulez vous asseoir ?

— S'il vous plaît…

L'interne lui avait rapproché un siège au moment où l'infirmière les rejoignait.

— Madame Minkovski ?

— Euh… oui… enfin oui…

Elle lui avait tendu Clara et Juliette avait étreint la petite fille avec désespoir.

— Ce n'est pas possible, avait-elle dit, en sanglotant. Ce n'est pas possible…

L'infirmière lui avait donné un comprimé et un verre d'eau.

— Tenez, c'est un petit calmant, ça va vous faire du bien.

Machinalement, Juliette l'avait pris et avalé, tandis que l'infirmière s'agenouillait à côté d'elle.

— Il faut garder confiance, madame Minkowski… pour votre fille surtout, avait-elle fait, en passant doucement la main dans les cheveux de Clara.

— Oui…, avait lâché Juliette sans conviction.

Le mensonge lui rendait la situation plus intolérable encore.

— Dans son malheur votre mari a eu de la chance, il est arrivé ici quelques minutes à peine après son AVC… Si je peux dire, il a bénéficié des secours qui étaient sur place pour cette pauvre femme…

Juliette s'était tue. Personne ne lui avait donné l'identité de la victime, mais au fond d'elle-même, elle n'avait aucun doute. Clara était désormais orpheline.

— Voulez-vous que je vous installe dans un box, pour que vous puissiez vous reposer un moment ?

Juliette avait acquiescé et s'était levée, soutenue par l'interne.

— Je vais attendre que l'opération se termine, était-elle parvenue à articuler.

— Cela va durer un moment, madame…

— S'il vous plaît, je n'ai pas envie de rentrer chez moi… au moins jusqu'à ce qu'ils sortent du bloc.

— Il sera mis en réanimation…

— Juste le voir… Et elle aussi doit le voir…, avait-elle ajouté, en désignant Clara.

L'infirmière avait adressé un signe à l'interne, qui les avait laissées en promettant de les avertir sitôt qu'il serait possible de voir Laurent.

— Je vais demander un plateau-repas pour vous, d'accord ?

— Je n'ai pas faim…

— Il faut manger, avait insisté l'infirmière, en la conduisant dans un des box des urgences. Il n'y a pas grand monde aujourd'hui, vous devriez pouvoir rester ici. Et la petite, vous l'allaitez ?

À cette question, Juliette avait été saisie d'un

chagrin incommensurable. Elle avait laissé couler sa honte à grands flots, mais elle pleurait aussi en songeant qu'en empêchant Laurent d'abandonner Clara la veille au soir elle s'était rendue responsable de ce qui était arrivé.

Évidemment, aucune force au monde n'aurait pu empêcher l'avocat d'Hassan Cherkaoui de vouloir se protéger des bavardages intempestifs de Liliane Dorval. Dans tous les cas de figure, la mère de Clara serait morte et la petite aurait été orpheline. Quant à savoir si cette circonstance avait favorisé la rupture d'une artère de taille moyenne dans l'hémisphère gauche du cerveau de Laurent Minkowski, entraînant des troubles du langage, puis de la motricité, jusqu'à ce que l'hématome le plonge dans un coma profond, personne n'aurait pu l'affirmer. D'autres conditions, d'autres fois, auraient pu causer des dégâts identiques. On traverse de nombreux hivers rigoureux dans une vie. Les occasions d'affronter des situations éprouvantes ne manquent pas. Et aucun organisme ne réagit de façon linéaire au traitement contre l'hypertension. Ou bien, le sort en décidant autrement, ce vaisseau aurait résisté ce jour-là, et les autres jours aussi, laissant en définitive Laurent poursuivre son chemin sans jamais connaître la moindre alerte.

Juliette, drossée par la douleur, n'était pas capable d'un tel discernement. Elle en voulait à Clara d'avoir existé, mais pas autant qu'elle se détestait elle-même. Elle était convaincue que seule son obstination expliquait qu'à cet instant l'homme qu'elle aimait gise le crâne ouvert, le cerveau fouillé par les mains des chirurgiens. Cet homme dont elle chérissait par-dessus tout l'esprit et dont l'esprit était peut-être anéanti.

C'était son désir égoïste d'être mère qui l'avait tenue éloignée de la réalité. Si peu soucieuse de voir que cette enfant avait de vrais parents, le regard rivé sur sa propre famille artificiellement recréée pour quelques heures.

Clara que pourtant Juliette continuait de serrer entre ses bras, Clara conçue dans la plus cynique intention.

Les sentiments de Juliette tourbillonnaient comme des sachets colorés un jour de tempête, sans qu'elle puisse dire s'ils étaient d'amour ou de haine.

Le tournis de ses pensées avait été interrompu par deux coups secs portés contre la porte du box. Un homme jeune, blond, avait passé la tête.

— Madame Minkowski ?

— Oui…

Elle commençait à s'habituer qu'on l'appelle ainsi.

— Bonjour, je suis policier… c'est moi qui étais avec votre mari quand c'est arrivé…

Juliette s'était dit qu'on y était, la police allait récupérer Clara.

— J'ai fini mon service… j'ai voulu revenir pour avoir de ses nouvelles…

— Ah… c'est gentil…

Il s'était avancé dans la pièce, il devait avoir son âge, vêtu d'un jean et d'une doudoune matelassée, les écouteurs d'un baladeur dépassant de part et d'autre du zip.

— Mais je ne sais pratiquement rien…, avait dit Juliette. Il est encore sur la table d'opération.

Le jeune homme avait hoché la tête et souri en regardant Clara.

— Comment s'appelle-t-elle ?

— Clara…

— Ma femme est enceinte.

Juliette avait lutté pour réprimer l'émotion qui la submergeait.

— Pardon, je…

— Non, non. Je suis bouleversée, c'est tout… c'est beaucoup…

Le jeune homme avait écarté les bras en signe d'impuissance.

— C'était ma première patrouille… j'avais commencé à l'interroger…

Il avait pris un temps :

— Je ne sais pas si je m'habituerai…

— Est-ce que mon mari… vous a parlé, il vous a dit quelque chose avant son malaise ?

— Il m'a dit qu'il avait tout vu et juste après ses phrases n'étaient plus compréhensibles du tout… il avait l'air de vouloir me dire quelque chose… je sentais que pour lui ça faisait sens… que c'était important même… il insistait… mais… c'était une espèce de jargon…

— Il a buggé, avait lâché Juliette.

— Euh…

Elle avait souri pour la première fois.

— Il est tout le temps comme ça… à faire de l'autodérision… c'est certainement ce qu'il aurait dit…

— Ah oui, avait dit le jeune policier, en répondant à son sourire, il a buggé. On peut certainement le dire comme ça…

— Enfin, si j'ai compris, heureusement que vous étiez là, avait relancé Juliette. Sinon, il aurait perdu connaissance, doucement sur ce banc, et là… personne ne s'en serait rendu compte.

— On peut voir ça comme ça, oui.

— Vous verrez, vous vous habituerez…
— Merci, madame.

Cette conversation avait eu lieu de nombreuses années auparavant. Précisément dix-huit ans avant que cette histoire trouve sa conclusion, non loin d'une plage du Pays basque sur laquelle Juliette marchait à présent sans hâte. Aujourd'hui elle avait quarante et un ans. Pratiquement l'âge qu'avait Laurent lorsque cette hémorragie cérébrale l'avait frappé. La surface de la mer miroitait sous le soleil bas de novembre et comme tous les ans, à la même date, les souvenirs avaient précipité dans son esprit. Il y avait une raison, simple : c'était l'anniversaire de la naissance de Clara. Mais cette année revêtait une importance particulière. Clara devenait majeure, et pour cette raison Juliette avait quitté la maison pour l'après-midi. Maintenant elle rentrait, la température commençait à baisser et elle voulait préparer le repas de fête avec soin. Mais au fond, plus que tout, la curiosité et une certaine appréhension la poussaient à revenir sur ses pas.

La maison qu'ils habitaient se situait sur la colline à l'extrémité nord de la baie et par les larges fenêtres du salon on pouvait voir l'Atlantique s'étirer à l'infini, mais aussi, dès qu'on avait poussé le portail et franchi le bosquet de forsythias, on distinguait tout ce qui se passait à l'intérieur. Et ce que vit Juliette lui fit chaud au cœur. Ils étaient là, à l'endroit où elle les avait quittés trois heures plus tôt, face à face, dans les larges fauteuils en cuir. En tournant la poignée et en pénétrant dans la maison, elle se l'avoua, un vertige l'avait saisie à plusieurs reprises tout au long de l'après-midi. Leur existence, si chèrement arrachée au sort, risquait de s'évanouir, comme l'écume des vagues mortes est absorbée à la lisière du sable sec.

Pourquoi prendre un tel risque ? Pourquoi avoir attendu dix-huit années ?

Justement parce que c'était aujourd'hui.

Elle passa la tête par la porte du salon et leur fit un petit coucou. Laurent s'interrompit et lui adressa un sourire paisible. Clara se leva et vint à sa rencontre, les yeux rougis. De Liliane Dorval, elle avait hérité la haute taille et de larges yeux ronds, qui rendaient son regard doux en toutes circonstances. D'Hassan Cherkaoui, la peau mate, les lèvres charnues et une masse épaisse de cheveux bruns frisés qui lui descendaient en cascade sur les épaules.

Clara l'enlaça et Juliette sentit contre elle ce corps de femme épanoui, dont l'abandon était celui d'une enfant.

— Maman… je ne sais pas quoi dire…, murmura Clara.

— Je t'aime, répondit Juliette.

— J'ai besoin de digérer tout ça…

— Bien sûr….

Elle fixa Laurent par-dessus les épaules de Clara. À soixante et un ans, il portait les cheveux courts, une barbe naissante, et elle le trouvait toujours aussi séduisant.

— Je vous laisse finir… je vais préparer le repas…

Clara approuva et se détacha, lui serrant la main d'une brève pression avant de retourner s'asseoir en face de Laurent.

Lorsque après plusieurs semaines de coma il avait rouvert les yeux pour la première fois et découvert Juliette à son chevet, en compagnie de Clara, il avait compris que ce qui les soudait désormais ne pouvait être défait. Les morts tragiques avaient créé des liens aussi puissants que ceux du sang.

Comme il ne pouvait pas s'exprimer, et voyant l'interrogation dans le regard de Juliette, il avait approuvé d'un hochement de tête. Ensemble, ce jour-là, dans une chambre d'hôpital, ils avaient pris la décision muette d'offrir une existence à cette petite fille. Personne n'avait jamais recherché Clara. D'une certaine manière, le stratagème imaginé par Hassan Cherkaoui avait joué en leur faveur. Le père biologique de Clara, en l'érigeant en duperie, lui avait nié une valeur propre, et personne ne consacre d'importants moyens à retrouver la production d'un faussaire.

Au courrier, quelques jours plus tard, était arrivé un pli en provenance de Ljubljana. C'était un acte de naissance au nom de Clara Minkowski. Un faux, bien entendu, mais parfaitement imité. Avait suivi une caisse de vin de Bordeaux de l'année, avec un carton portant la mention « Vin de garde ». Ils n'avaient plus jamais eu de nouvelles d'Enki par la suite.

Quand Laurent avait quitté le centre de rééducation, après trois mois, il avait quasiment retrouvé l'intégralité de sa motricité. Seul persistait un léger déficit dans sa jambe droite, qui l'obligeait à marcher en s'appuyant sur une canne. Par contre son aphasie perdurait et il ne pouvait prononcer que quelques mots et de rares phrases élaborées. Il avait pourtant recouvré l'ensemble de ses moyens intellectuels, mais il lui était devenu impossible d'énoncer les concepts. Forcément cela créait de l'embouteillage et son impuissance le plongeait fréquemment dans une rage terrible. Les centres du langage avaient été durement touchés. Les médecins, qui estimaient par ailleurs qu'il s'était admirablement sorti de son accident vasculaire, lui avaient annoncé que son cerveau, de ce point de vue, se retrouvait à peine mieux loti que celui d'un nouveau-né. L'hématome, la privation de sang qui en avait résulté, puis la contusion, avaient effacé de son cortex la majorité des acquis nécessaires à l'élaboration de phrases articulées. Lettres, syllabes et mots devaient retrouver leur chemin dans ses neurones. La rééducation passait autant par la création de nouvelles connexions que par l'attribution à des régions non endommagées de fonctions inédites.

Juliette l'avait épaulé dans son nouvel apprentissage et ainsi, jour après jour, mois après mois, Laurent et Clara avaient appris à parler en même temps. L'homme de cinquante ans et l'enfant avaient partagé les mêmes lectures, les mêmes leçons, et il n'avait pas été rare que la petite fille lui soit un soutien utile dans sa recherche d'une parole adaptée. Certaines notions progressaient plus vite dans le cerveau tout neuf de Clara que dans celui de Laurent, mais il avait pour lui le bénéfice de l'expérience et à mesure que les années passaient, le processus s'accéléra.

L'un dans l'autre, sept ans après son accident, alors que Clara entrait en CP, Laurent maîtrisait à nouveau l'expression orale.

Pendant toute cette période, ils n'avaient rien dit à la fillette car il leur semblait impossible d'affronter cette vérité tant que Laurent ne serait pas en mesure de s'exprimer. Puis ils avaient continué à se taire, au moment où Laurent retrouvait un emploi pour le compte d'un laboratoire américain qui lui adressait des données à traiter via Internet. Par crainte de rompre le fragile équilibre. Par lâcheté face au bonheur reconquis.

Mais à présent, ils en avaient longuement débattu. Clara, en entrant officiellement dans le monde des adultes, ne pouvait plus ignorer sa propre histoire.

Laurent parla trois heures sans discontinuer. Sa voix s'épuisa, ses lèvres séchèrent, mais rien ne le détourna de la tâche qu'il s'était assignée. Et Clara l'écouta avec une attention constante. Il s'interrompit une première fois au retour de Juliette, puis une seconde fois, quelques minutes plus tard, lorsque Zoé surgit à son tour. Onze ans, rousse aux yeux noisette, Zoé souhaita un bon anniversaire à sa sœur et lui offrit un bracelet qu'elle avait confectionné elle-même, avant de rejoindre sa mère pour l'aider aux préparatifs du dîner.

Laurent révéla à Clara la vérité sur la manière dont ils avaient fini par former une famille. Il lui dit comment sa peur irraisonnée de perdre Juliette l'avait conduit à l'époque à voler une télévision, puis un vélo, et de quelle manière il avait été amené à la trouver, nourrisson, sous un lit dans cet appartement glacial où sa mère venait de tuer son père. Il raconta ce qui avait suivi, sans omettre aucun détail, car les événements s'étaient gravés si puissamment dans sa mémoire qu'ils avaient traversé les années sans dommage. Il décrivit sans rien en cacher les sentiments qui l'avaient parcouru au long de ces journées où s'était joué leur destin. Il partagea ses doutes et ses espoirs, que pour certains il n'avait jamais confiés à

Juliette. Il transmit ses erreurs, comme l'avait dit le père de Juliette, mais aussi ses victoires.

Il lui dit qui avait tué sa mère et pourquoi. Puis lui remit un dossier contenant les articles relatant l'histoire complète de l'homme qui lui avait donné la vie, et détaillant son monstrueux plan d'évasion.

Il lui confirma qu'elle portait le gène de l'albinisme et lui recommanda de s'en ouvrir auprès du père des enfants qu'elle aurait un jour.

Il lui fit, en somme, très précisément ce récit.

Car c'est ce à quoi servent les mots. À transmettre à chacun le récit de ses origines.

Les mots qui vont et viennent, que l'on perd et que l'on retrouve. Et qui forment l'héritage de l'homme.

Remerciements

J'aimerais remercier tous ceux qui m'ont aidé pendant la rédaction de ce livre. À commencer par Mme Pascale Guicheney, qui a patiemment répondu à mes questions sur la génétique et sur le passionnant métier de ceux qui pratiquent les sciences de l'hérédité. Merci également à Pascale Richard pour m'avoir guidé lors de ma visite du centre de génétique de la Pitié-Salpêtrière ainsi qu'à Éric Villard pour avoir pris le temps de m'éclairer sur les travaux du professeur Yamanaka. Évidemment, je salue affectueusement Isabelle Denjoy, compagne de longue route du chemin scientifique, sans laquelle je n'aurais pas rencontré ces éminents chercheurs.

Je dois à Laurent Hazan d'avoir facilité mon immersion juridique ainsi que de m'avoir livré de nombreux renseignements sur la vie en détention, et je lui en suis très reconnaissant. Si des approximations persistent sur le sort des grands criminels au sein de notre système carcéral, ou sur celui de leurs avocats, elles ne lui sont pas dues, mais relèvent entièrement de ma responsabilité.

Un grand coup de chapeau à Stéphane-France Léger

pour sa lecture attentive du manuscrit, ses critiques pertinentes ont permis à cet ouvrage de s'améliorer au bon moment.

Un clin d'œil, aussi, à Jean Teulé, qui m'a fait remarquer un jour qu'il y avait toujours des histoires de bébés dans mes livres et m'a donné envie d'en écrire un où on ne parlerait que de ça.

Enfin, comme tout est histoire d'origine, et que ce roman – comme les précédents – n'existerait pas sans l'indéfectible soutien de mes éditeurs, je m'incline devant le talent et la générosité de Bernard Barrault et de Betty Mialet.

Et, vu le sujet, un immense merci à Lilou et à Ilona d'exister.

Citations

Page 31, la phrase entre guillemets est extraite du livre d'André Hardellet *Lourdes, lentes*, Éditions Jean-Jacques Pauvert, 1969.

Page 122, le passage entre guillemets est extrait du livre de Jacques Mesrine *L'Instinct de mort*, Éditions Flammarion, 2008.

Ouvrage composé par
PCA 44400 Rezé

Achevé d'imprimer en janvier 2015
par GGP Media GmbH
à Pößneck (Allemagne)

POCKET – 12, avenue d'Italie – 75627 Paris cedex 13

Dépôt légal : février 2015
S23880/01